西安曲江文化产业资助项目

西安市政协文史资料委员会
西安曲江新区管理委员会 编

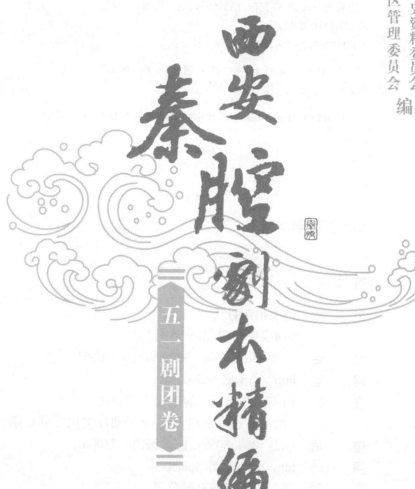

西安秦腔剧本精编

五一剧团卷

65

西安出版社

图书在版编目（CIP）数据

西安秦腔剧本精编.五一剧团卷:全8册/西安市政协
文史资料委员会,西安曲江新区管理委员会编.—西安:
西安出版社,2011.10

ISBN 978－7－80712－839－7

Ⅰ.①西… Ⅱ.①西… ②西… Ⅲ.①秦腔—剧本—
作品集—中国 Ⅳ.①I236.41

中国版本图书馆 CIP 数据核字(2011)第 217422 号

西安秦腔剧本精编 ⑤　　五一剧团卷

编 委 会	西安市政协文史资料委员会 西安曲江新区管理委员会
出　　版	西安出版社 （西安市长安北路 56 号）
电　　话	(029)85253740　邮政编码　710061
网　　址	http://www.xacbs.com
发　　行	西安曲江出版传媒股份有限公司 （西安市雁塔南路 300－9 号曲江文化大厦 C 座）
电　　话	(029)85458069　邮政编码　710061
网　　址	http://www.xaqjpm.com
印　　刷	西安新华印务有限公司
开　　本	710mm×1092mm　　1/16
印　　张	326
字　　数	4210 千
版　　次	2011 年 12 月第 1 版 2011 年 12 月第 1 次印刷
书　　号	ISBN 978－7－80712－839－7
全套定价	**1740.00 元(共 12 册)**

读者购书、书店添货或发现印刷装订问题,请与本公司营销部联系。
电话:(029)85458066　85458068(传真)

序

西安市政协主席　程群力

　　戏剧是人类精神文化形态之一,在世界戏剧史上,中国戏剧具有辉煌的地位。周、秦、汉、唐以来,历经千百年的发展积淀,中国戏剧形成了属于华夏文明自有的、独特的艺术体系。这个体系如同一个庞大的家族,遍布全国各地。在这个大家族中,秦腔以其丰厚的文化滋养、突出的历史贡献、沉雄质朴的艺术魅力而备受尊崇。

　　关于秦腔的起源和形成问题,历来争论甚多,有秦汉说、唐代说、明代说,甚至还有更早的西周说、春秋战国说等。但相对多数的看法,趋向于秦腔形成于明代中后期,即明代说。明代说认为,社会发展的基本规律表明,一切文化意识形态的发展变化,都由当时的生产力发展状况和水平来决定。明代中期正是我国资本主义萌芽期,商品经济的产生、发展,为当时文化的发展、变革、传播、繁荣提供了较丰实的经济基础。明代说也提供了必要的实物例证和文献记载。现在能见到的最早的陕西凤翔流传下来的明代正德九年的两幅《回荆州》戏曲木板画;现存文字记载中最早能见到"秦腔"字样的明代万历年间《钵中莲》传奇抄本中标出的[西秦腔二犯]曲调名,就是明代说有力的支撑。明代说的另一个支撑是比较能经得起专家、学者和秦腔爱好者以"体系"的视角作"系统论"式的考查和诘问。作为地方戏，秦腔和其他兄弟剧种一样，既有中国戏曲的共性，又有其独具的个性。共性的一面，都是以表演艺术为中心，融文学、音乐、表演、美术等各种艺术形式于一体的高度综合艺术，具有成熟的、完备的写意性、虚拟性、程式性和以"唱、做、念、打，手、眼、身、法、步""四功五法"为基本技艺手段，以生、旦、净、丑的行当角色作舞台人物，以歌舞扮演故事等这些经典的中国戏曲美学特征。个性的一面，秦腔与许多地方剧种相比，在"出身"上有着更多的原创性特征，体现在其声腔、音乐、文学、表演等基本要素与我国源远流长的原创性大文化之间，存在着直接的一脉相承的亲缘关系。这是因为，我国古代许多原创性文化，特别是诞生于周秦汉唐时期的《诗经》、秦汉乐舞、汉乐府、俳优和百戏、唐梨园法曲、歌舞戏、唐参军戏等等，都直接发生在以古长安(今西安)、咸阳为中心的关中地区，从而使这一地区成为当时全国文化最发达、成就最高的地区。根之茂者其实遂，膏之沃者其光晔。由于有这些原创性文化的滋养，更由于板腔体音乐在民间音乐和说唱文学的基础上日益成熟而引发的变革，最终造就了秦腔这个大的地方剧种，在西至陇东与银南、东至豫西与晋南、南至川北与鄂北、北至陕北与蒙南这片广袤的古秦地生根、发芽、成长，并影响到之后其他众多地方戏和京剧的产生与发展。

秦腔一经形成，就显现出卓尔不凡的气质和强大的生命力。一是秦腔长期从民间音乐和说唱艺术中吸取营养,活跃于人民群众之中,有广泛的群众基础;二是秦腔首创了板腔体音乐结构,奠定了中国梆子戏的发展基础。从而在声腔艺术的创造方面,在剧本创作、表演艺术等多方面,凸显出不可取代的许多特点,有力地推动了戏曲艺术特别是梆子腔艺术的大发展,具有划时代的意义。

由于秦腔是诞生最早、历史最悠久的梆子腔戏曲,更由于它当时作为新的艺术形式,内容上贴近生活、通俗易懂,表现形式上好听好看、生动感人、极易流传,所到之处,除了在陕西境内形成中路、东路、西路、南路、北路五路秦腔外,还渐次流传到晋、豫、川、鲁、冀、鄂、苏、皖、浙、滇、黔、桂、粤、赣、湘、闽、蒙、新、藏等全国许多地方,并与当地民间曲调融合,对当地新生剧种的催生、成长、成熟、完善做出了重大贡献。因之它也赢得了"梆子腔鼻祖"的地位和称誉。

近百年来,秦腔表演艺术,其行当角色之全、演出剧目之多、表现手段之丰富、唱腔艺术之精湛、四功五法之规范、演出综合性与整体性之完善,都备受文艺界和城乡观众的推崇。在陕西乃至西北广大地区,秦腔与老百姓的精神生活息息相关。人们津津乐道秦腔的魅力,对心目中的秦腔演员如数家珍,特别是一提起西安城里有易俗社、三意社、尚友社以及五一剧团,更带有几分神往。相当多的人,不仅会谈到演员,还会谈起许多脍炙人口的剧目《三滴血》《柜中缘》《看女》《三回头》《软玉屏》《翰墨缘》《夺锦楼》《庚娘传》《新华梦》《伉俪会师》《双锦衣》《盗虎符》《貂蝉》《还我河山》《西安事变》等等,更会谈论

在这些琳琅满目的剧目后面，站着的一群让人们肃然起敬的剧作家：康海、王九思、李十三、李桐轩、孙仁玉、范紫东、高培支、李仪祉、吕南仲、李约祉、王伯明、封至模、马健翎、李逸僧、李干丞、淡栖山、王淡如、冯杰三、樊仰山、姜炳泰、谢迈千、袁多寿、袁允中、鱼闻诗、杨克忍等等，还有由于种种原因没有留下名姓的剧作家，以及后来四个社团中加入编剧队伍的一批新知识分子，他们用心血熬成了一个个可供世代传唱的剧本。正是有了他们幕后的辛勤劳作，才有了台前精彩的表演。西安市的四大秦腔社团易俗社、三意社、尚友社、五一剧团，前三个都跨越了两个时代、两种社会制度，其中长者年已百岁。百年以来，四个社团总计演出的剧目逾千部之多。这些剧目，有些来自明清以来的秦腔老传统、老经典；有些来自各社团根据本单位的演员和资源条件，根据时势和观众的审美需求而开展的新创作、改编或移植、整理。这些众多的秦腔剧本满足着一代又一代观众的精神需求，也在很大程度上支撑着古城西安的文化舞台。西安秦腔事业的发展，为西安、为秦腔积累了一大笔可贵的精神财富。保护、传承、弘扬这笔财富，增强古城西安的文化软实力，扩大其国内国际影响力，实在是我们应尽的历史责任、文化责任和社会责任。

从 2008 年下半年起，西安市政协与西安曲江新区管委会合作，着手策划、组织、实施《西安秦腔剧本精编》工作。这是一项大型的剧本编辑工程，收录了西安市易俗社、三意社、尚友社、五一剧团四大著名秦腔社团上自清末、下至二十一世纪初百年来曾经上演于舞台的保存剧本，共计 679 本，2600 余万字；另有 22 个内部资料本，约 65 万字。参与编辑本书的专家、学者、工作人员，面对四个社团档案室中尘封了百年的千余本三千万字的剧本稿样，其中不少含混不清、章节凌乱、缺张少页、错误多出及其他众多问题，本着抢救、保护、弘扬国家非物质文化遗产的责任感，按照"精审精编"的工作要求，专心致志地投入工作。通过收集筛选、初审初校、集中审校、勘疏补正、规划编辑、三审三校等几个工作程序，对上述文本问题和学术问题，逐一研讨、逐一明晰、逐一完善。历经三年，终于编辑了这套纵跨百年、横揽西安四大秦腔社团舞台演出本的《西安秦腔剧本精编》，了却了广大剧作家、表演艺术家和人民群众的一大心愿，对西安的秦腔文化是一个重要的回眸与总结，对未来秦腔的振兴与发展做了一件坚实的基础性工作，对此我们感到欣慰。

编辑这套剧本集，工程浩繁，工作难度大，加之时间紧，错漏不足在所难免，诚望各方面人士，特别是专家、学者、业内人士提出批评指导意见，以便修订完善。

目录

演出单位

西安市五一剧团

香魂怨

根据张笑天、韦连城《爱的葬礼》改编

胡文龙　南子仲　柏成武　改编

西安秦腔剧本精编

剧情简介

　　该剧是根剧张笑天、韦连城的小说《爱的葬礼》编写的古典秦腔爱情悲剧。

　　美丽善良的少女冯香罗，在与表兄李上源即将结发为婚之际，不幸被抢入宫廷，从此遭受了种种的磨难，使她一生爱不遂愿，冤不能申，最后被亲生皇儿所害。临终前，她向上苍哭喊道："天理何在？良心何存？"真乃是：千古奇冤天下传，洛水悠悠恨绵绵；点点滴滴血泪怨，皇宫罪恶诉不完。

场　目

人 物 表

冯香罗	民女，十八岁——三十四岁
李上源	乐师，二十岁——三十六岁
冯永业	香罗之父，五十岁
皇　帝	五十岁
石泓娇	皇后，三十六岁——五十多岁
尤止达	丞相，四十岁——五十多岁
幼　聪	十六岁
马妙良	太监，三十岁——四十六岁
缪高昌	香罗义父，五十多岁

内侍、宫女、文武臣、卫士若干人

序 歌

秋去冬来月夏年，
千年古墓坐荒原。
情汉幕道睡，
玉人棺内眠。
人伦天良皆虚幻，
有情苦绪恨绵绵。
推情由，按理断，
一曲戏文解疑团。

第一场　春夜遭劫

〔暮春三月,夕阳西坠,落霞满天。

〔故都长安城外曲江池畔,冯香罗家,门前柳丝婀娜,
院中桃李争妍。

〔幕启:李上源袖着一支羌笛,信步而上。

李上源　（唱）　春回大地人心暖,

风摆细柳舞翩翩。

蜂鸣蝶狂桃李艳,

雁塔高耸入云端。

信步来到曲江畔,

想起往事心头酸。

只恨那年遇兵乱,

失散亲人整六年。

日思夜想常惦念,

兄妹何日得团圆?

（内传出一个高亢圆润的少年歌喉伴着琵琶声的歌曲）

柳是绿,桃是红,

点点落红付东风。

一年一度春风过,

花开能有几日红。

李上源　（听得入神,情不自禁地）妙呀!

（唱）　一曲仙歌意无穷,

婉转多变传真情。

声声把人心弦动,

我且上前看分明。

〔冯香罗抱琵琶上,和李上源相遇。

李上源　（施礼）小姐,打扰了,过路人讨碗水喝。

冯香罗　客官稍等,待我取来!（放下琵琶,入内）

李上源　（唱）　姑娘好似香罗样,

　　　　　　　　冒然相认理不当。

　　　　　　　　待她出来细打量,

　　　　　　　　但愿不是梦一场。

〔冯香罗端碗上。

冯香罗　客官,庄户人家,没有香茗好茶,这碗井水,权且解
　　　　渴!（递碗）

李上源　多谢了!（接水喝）

李上源　听小姐口音,不像是长安人吧?

冯香罗　祖籍潞州,避难到此。

李上源　（打躬）令尊大人可是潞州城里不肯应召进京作官的
　　　　大儒冯永业?

冯香罗　客官是……

李上源　在下是潞州人,逃避兵祸,可惜全家死于非命,只携
　　　　表妹出逃,却又在中途失散……

冯香罗　她唤何名?

李上源　冯香罗。

冯香罗　你是……

李上源　小可李上源。

冯香罗　有何信物为证?

〔李上源手露出蟹黄手镯。

李上源　（唱）　蟹黄手镯是信物,

　　　　　　　　情浓意深藏心窝。

冯香罗　（唱）　弹指六年日月过,

　　　　　　　　见镯如同见表哥。

　　　　　　　　妹妹我也有一个,

李上源
　　　　（唱）　黄镯成双难分割。
冯香罗

李上源　表妹！（二人举手亮出腕上黄镯）

冯香罗　自从失散,不知表兄流落何处?

李上源　失散以后,我便流落京师,现在右教坊当了一名领班乐师,若非表妹所弹琵琶声,难有今日相逢。

冯香罗　弹得不好,表哥见笑。

李上源　表妹所弹曲子,颇有西域风味,不知跟何人学来?

冯香罗　这是失传多年的《霓裳羽衣曲》,是爹爹结识的一位老琴师传给我的。

李上源　我在教坊中寻觅多年不见,不料表妹竟会此曲,可否再弹奏一回?

冯香罗　如此妹妹献丑了!

（冯香罗拿起琵琶,轻调丝弦,边弹边唱）

> 潞州人,
>
> 相思盼过几度春?
>
> 蜂蝶翻墙去,
>
> 桃李落纷纷,
>
> 时光不负耕织人。
>
> 长安客,
>
> 潞州琴,
>
> 妙曲几时谢知音?
>
> 梦里长相思,
>
> 醒来如见君,
>
> 一曲霓裳系两人。

〔冯香罗婉转清幽、圆润深情的歌声,李上源听得如醉如痴,沉浸在遐想中。

〔冯永业上。

冯永业　香罗!

冯香罗　爹爹,你看谁来了?

〔冯永业审视来人。

李上源　（跪拜）舅父,怎么不认得甥儿了吗?

冯永业　（惊喜地）上源呀,快快请起。大难不死,你我今日才

009

能重聚啊！香罗，快取酒来，与你表哥接风。

冯香罗　是。（入内）

冯永业　快快请坐。甥儿，六年来，你失落何方？

李上源　啊舅父，甥儿肩不能挑，手不能提，在宫廷右教坊当
　　　　一名领班乐师混日月。

冯永业　嗯！总算苦尽甘来……

　　　　〔冯香罗端酒上，给二人斟酒。

冯永业　甥儿，来，舅父今日与你痛饮几杯。

李上源　舅父请！（二人一饮而尽）

冯永业　甥儿，你父母早年下世，如今你兄妹已经长大成人，
　　　　我有心择个吉日给你们完婚，不知意下如何？

李上源　甥儿老大无成，抱愧不敢娶置妻室。

冯永业　哎，如今连年兵荒马乱，你们成了亲，既能告慰你爹
　　　　娘在天之灵，就是舅父百年之后也能瞑目了。

李上源　就凭舅父作主。

冯永业　那就定在端阳佳节给你兄妹完婚，甥儿请！

李上源　舅父请！（二人同饮）

　　　　〔远处传来雁塔寺的暮鼓声。

李上源　舅父，天色已晚，甥儿得回教坊去了。

冯永业　好，香罗，送你表哥赶路去吧！（收拾酒具下）

冯香罗　今日一别，不知何时才能相见？

李上源　嗨，长安曲江，近在咫尺，端阳佳节，指日可待。

冯香罗　（唱）　想当年遇兵乱潞州失散。
　　　　　　　　妹妹我日夜间心神不安。
　　　　　　　　六年来寻表兄把人问遍，
　　　　　　　　我父女受尽苦度日如年。
　　　　　　　　表兄你此一去若有长短，
　　　　　　　　岂不叫红颜女望眼欲穿！

李上源　表妹放心，端阳佳节到，愚兄便来接你。

冯香罗　表兄回到教坊，你要当心起居饮食。

李上源　表妹，你要保重身体。

冯香罗　表兄,且莫忘了端阳佳节。

李上源　愚兄记下了,表妹留步吧!(下)

〔冯香罗目送李上源远去。

〔冯香罗沉醉在幸福的向往之中。一阵急促的马蹄声由远而近,冯香罗急进屋,马妙良带领大小太监一干人持灯笼上。

马妙良　(抖开黄绢)冯永业父女接旨!

〔冯永业、冯香罗急上,跪地候旨。

马妙良　(读旨)今选中良民冯永业之女冯香罗进宫,即刻起行,不得忤旨。钦此。

冯香罗　爹爹呀——!

冯永业　哎呀公公大人! 小女自幼身居乡野,粗俗不堪,无才侍奉君王——

马妙良　住口! 君命如山,你敢违抗!

冯永业　小女已经许婚李家,婚期定在端阳节,望公公明察。

马妙良　休再啰嗦!(示意太监抢冯香罗)

冯香罗　爹爹!

冯永业　啊! 天子脚下,岂容你等这样作恶?(扑向前)

马妙良　去你的吧!(一脚将冯踢倒,冯口吐鲜血身亡)

冯香罗　爹爹……

冯妙良　押下去!

〔马妙良挥手,众拖冯香罗下。

第二场　入宫受辱

〔翌日晨。

〔安坤宫。

〔幕启:四宫女簇拥石泓娇上。

石泓娇　（唱）　石泓娇伴君王宫权独掌，
　　　　　　　　享荣华图富贵无上荣光。
　　　　　　　　我的父为宰相扶佐皇上，
　　　　　　　　兄和弟掌兵权定国安邦。
　　　　　　　　我石家权势重无人敢撞，
　　　　　　　　可叹我不生子令人忧伤。
　　　　　　　　多亏了马妙良妙计献上，
　　　　　　　　找美女进宫来李代桃僵。
　　　　　　　　但愿得这件事如愿以偿，
　　　　　　　　生龙子我要把太后来当。

　　　　　〔马妙良上。

马妙良　参见娘娘。

石泓娇　美女可曾选到？

马妙良　奴才已去曲江池畔选来一位绝代佳人。

石泓娇　是黄花幼女吗？

马妙良　错不了，娘娘请放宽心。

石泓娇　等一切安排停当再请万岁。

马妙良　是。

石泓娇　命那女子进宫。

马妙良　冯香罗进宫！

　　　　　〔二宫女引冯香罗上。

冯香罗　（唱）　强忍悲痛进皇宫，
　　　　　　　　香罗里黑外不明。
　　　　　　　　越思越想心惊恐，
　　　　　　　　好似鸟儿入牢笼。

马妙良　（指引）上前拜见娘娘！

冯香罗　（施礼）参见娘娘！

石泓娇　起来！（仔细打量）呀！

　　　　（唱）　她如花似玉容俊美，
　　　　　　　　体态不凡自生辉。
　　　　　　　　谁能与她来比美，

　　　　　　　万岁见了定失魂。

　　　　　　　你叫什么名字?

冯香罗　　民女冯香罗。

马妙良　　(对众宫女)她叫冯香罗,从今往后她就是娘娘的贴
　　　　　身宫女。

众宫女　　是!

石泓娇　　带她到后花厅香汤沐浴换装。

　　　　　〔二宫女引冯香罗下。马妙良随下。

石泓娇　　(唱)　冯香罗去沐浴更衣换装,
　　　　　　　　　倒叫我石泓娇暗生愁肠。
　　　　　　　　　常言道风流天子薄情郎,
　　　　　　　　　喜新欢厌旧侣反复无常。
　　　　　　　　　倘若她生龙子受宠皇上,
　　　　　　　　　我难免被冷落倍受凄凉。
　　　　　　　　　要避免陷困境心能安放,
　　　　　　　　　我还得先发制人多提防。

马妙良　　(内声)万岁驾到!

　　　　　〔皇帝上。

石泓娇　　陛下!

皇　帝　　梓童平身。

石泓娇　　万岁近日来好像有什么忧心之事?

皇　帝　　梓童你多疑了。

石泓娇　　臣妾听说陛下要从旁枝中选立太子?

皇　帝　　圣人言,不孝有三,无后为大。朕实为江山无人接掌
　　　　　而犯忧……

石泓娇　　万岁勿忧,臣妾在宫外千挑万选,与万岁选中一绝代
　　　　　之娇。

皇　帝　　承蒙梓童美意,孤王刻骨铭心,永志不忘。

石泓娇　　不过万岁要想得此绝娇,就得依我三件。

皇　帝　　莫说三件,就是三百件,孤也依你,这一?

石泓娇　　万岁要珍重龙体,不可贪恋。

皇　帝　这二件呢?

石泓娇　她乃民间女子,日后不得册封嫔妃。

皇　帝　这三件么?

石泓娇　若生龙子,一朝大典,我为当然太后。

皇　帝　这……

石泓娇　万岁若不守法,休怪我夺人之美呀!

〔二宫女引冯香罗上。

皇　帝　那是当然,那是当然呀!(忽见香罗,怔住)

（唱）　民女生得真俊俏,

好似嫦娥下九宵。

她若伴孤能到老,

千愁万绪脑后抛。

石泓娇　(妒火起)万岁天色尚早,朝事烦忙,先请回宫歇息,到时我自会派人接驾!(施送驾礼)启驾!

二宫女　启驾!

皇　帝　免!(无可奈何地下)

石泓娇　冯香罗,你为何不把大装穿上?

冯香罗　回娘娘,奴婢不配……

石泓娇　哼,别装正经了,我把丑话说在前头,这安坤宫就是你的寝宫,你若不识抬举,我就叫你不得好死!

〔冯香罗惊。

石泓娇　起驾!

〔灯暗。稍顷,复明后,已是夜阑人静,偏殿,一间幽静、雅致的屋子,内设红帐,空悬红灯,桌放红烛,墙上悬挂一幅《天王送子图》。冯香罗伏几刺绣长绢。

冯香罗　(唱)　阴森森冷凄凄夜深人静,

冯香罗遭不幸陷入牢笼。

哭爹爹实难见高堂身影,

唤表兄却不见有人应声。

实可恨石皇后灭绝人性,

她把我冯香罗囚入深宫。

想当初与表哥患难相共，
逃兵乱被冲散各自西东。
六年来寻表兄苦把心用，
幸喜得那一日桃园相逢。
草堂上老爹爹佳期许定，
端阳节拜花烛鸾凤和鸣。
好姻缘到今日却成幻梦，
不由得冯香罗难禁悲声。
想爹爹日三餐茶饭懒用，
念表兄夜难寐痛不欲生。
眼前这浑沌沌烛光浮动，
红罗帐好似那陷阱重重。
我有心今夜晚舍身丧命，
怎忍心弃表兄中断前情。

（卸下蟹黄镯观看）
这幅白绢，我何不用它绣一幅霓裳羽衣图，以表一片情思。

（接唱）面对银灯理针线，
　　　　线儿有尽情无边；
　　　　一绣曲江桃花艳，
　　　　再绣雁塔入云端。
　　　　三绣仙曲泪湿绢，
　　　　祝愿表兄得平安！

（远处仿佛传来霓裳羽衣曲，冯香罗激动不已）

幕内伴唱　　柳是绿，桃是红，
　　　　　　　点点落红付东风。
　　　　　　　一年一度春风过，
　　　　　　　　　花开能有几日红？

〔皇帝在乐曲中暗上。
〔皇帝笑吟吟走到帐前。
〔冯香罗一惊。

冯香罗　参见万岁。

皇　帝　平身,平身! 哈哈哈。

皇　帝　你叫什么名字?

冯香罗　冯香罗。

皇　帝　多大年纪?

冯香罗　一十八岁。

皇　帝　刚才你唱的是什么曲子?

冯香罗　(轻声地)我……我唱的《霓裳羽衣曲》。

皇　帝　哦,此曲乃是先皇所制御乐,宫中久已湮没不闻,你
　　　　怎么会唱?

冯香罗　是爹爹传给我的。

皇　帝　唱得好,唱得好!(拿过绢图)噢! 你还会刺绣? 绣
　　　　得不错! 真乃巧夺天工。(观图)曲江池畔,桃红柳
　　　　树,树荫之下,男女幽会,眉来眼去,亲热无比,这一
　　　　女子倒有几分像你。

　　　　〔冯香罗一惊。

皇　帝　上面还有诗句。(吟诗)

　　　　　　　高山流水对谁弹,

　　　　　　　曲江池畔饮恨眠。

　　　　　　　莫道人间富贵怨,

　　　　　　　堪慕嫦娥飞广寒。

　　　　嗯,怎么文图不符啊?

冯香罗　这都是民间传说。

皇　帝　你真是才貌双全! 寡人封你为香妃。

冯香罗　这……

皇　帝　还不叩头谢恩!

冯香罗　万岁!

　　　　(唱)　万岁慈悲容我禀,

　　　　　　　望你体贴察民情。

　　　　　　　民女早已把亲定,

　　　　　　　怎敢欺君乱宫廷。

皇　帝　（唱）　万岁江山属王管，
　　　　　　　　免除婚约有何难。
　　　　　　　　你三生有幸把君伴，
　　　　　　　　来来来，
　　　　　　　　随孤王进罗账共枕安眠！（拉冯香罗手腕，发
　　　　　　　　现黄镯）

　　　　　　你手戴何物？

冯香罗　（示镯）一只蟹黄镯。

皇　帝　取来我看！哎！此等粗俗之物，戴它何用！

冯香罗　此乃家母遗物，当作镇惊压邪。

皇　帝　如此说来，留且保存。（取出腰间宝玉）来来来，寡人
　　　　赐你宝玉一枚，以作念物。

冯香罗　民女承受不起。

皇　帝　你呀！

　　　　（唱）　此玉乃是镇国宝，
　　　　　　　　价值连城精工雕。
　　　　　　　　莫再推辞惹孤恼，
　　　　　　　　快快收起佩在腰。

　　　　快来接宝快来接宝！

　　　　（冯香罗无奈接住）

　　　　（更鼓三响）

皇　帝　（唱）　人静夜深星斗移，
　　　　　　　　香妃啊！
　　　　　　　　快陪王进罗帐共枕安息！

　　　　（皇帝欲拉，冯香罗后退，躲闪至宫内，外有太监把守）

　　　　（冯香罗欲撞时，被皇帝抱住，拉入帐内）

　　　　（烛光熄灭）

第三场 移花接木

〔一年后。

〔玉明宫正殿。

〔皇帝高踞龙公案前，石泓娇陪坐旁侧，背后是宫女、太监手执长柄宫扇、拂尘。冯香罗怀抱太子侧立。尤止达、四朝臣、马妙良分站两边，宫女舞蹈。

皇　帝　颁诏。

马妙良　（宣诏）"皇帝圣明，国后至贤，感应上苍，降太子于大唐宗庙，国后乃万年之功臣。朕册立皇儿幼聪为当今太子，赐赏石皇后黄金五百两，锦缎百尺，珍珠十斛。钦此！"

石泓娇　谢万岁！

冯香罗　（大惊）啊——

皇　帝　两厢赐宴！

尤止达等　谢万岁！（下）

皇　帝　册立太子，普天同庆，朕心喜悦，开恩赏赐！

马妙良　宣乐班李主事上殿！

〔李上源上。

李上源　领旨！右教坊领班李上源与万岁、娘娘叩头！

皇　帝　赐他们彩缎十匹，纹银百两！

〔马妙良递赏。

李上源　谢万岁！（起身）

〔李上源与冯香罗相遇，二人惊呆。

李上源
冯香罗　（同唱）金殿重见表妹/表兄面，

　　　　　近在咫尺如隔山。

只觉天旋地又转,

肠断心碎难开言。

〔冯香罗昏倒,摔掉太子。李上源失落手中赏单。

〔众惊。宫女们抱起太子,扶起香罗。

石泓娇　大胆!尔等竟敢君前失礼,罪在难容,拖下去重责!

皇　帝　慢!今乃喜庆之日,不宜动刑,朕恕尔等失礼之罪。下殿去吧。

李上源　谢万岁!(下)

皇　帝　退朝!

〔内侍陪皇帝下。

石泓娇　香罗,适才你是怎么啦!

冯香罗　奴婢该死!只因小时被兵荒惊吓,故尔容易昏倒。

石泓娇　哼哼香罗,我看你有心事啊!

（唱）　真龙太子是你生,

你为皇家宗业立大功。

圣上待你恩情重,

终有一朝要加封。

待到太子掌朝政,

你为国太多尊荣。

今后你要自保重,

抚养太子快长成。

冯香罗　(唱)　皇后之言道理明,

奴婢一定记心中。

人生骨肉情义重,

扶养太子尽忠诚。

石泓娇　既然如此,回宫歇息去吧!

〔众宫女陪香罗下。

马妙良　皇后适才所言极是,奴才心悦诚服,五体投地。如此这般,料她冯香罗也看不出破绽。

石泓娇　本后倒看出她的破绽来了。

马妙良　(莫明其妙)哦……

石泓娇　适才李上源同冯香罗相见,为何双双君前失礼?

马妙良　(赞同地)哦!

石泓娇　依本后看来,其中必有隐情。你速去查明,若有私情,
　　　　定要依法严惩!

马妙良　是!

第四场　诬　陷

〔数日后。

〔御花园赏兰亭畔。

〔幕启:李上源挟琴随马妙良上。

马妙良　你在此稍等,我去启禀万岁。

李上源　公公请。(马妙良下)

　　　　(唱)　自那日御驾前兄妹相见,

　　　　　　　连日来闷忧忧神魂倒颠。

　　　　　　　今日里动琴弦要加检点,

　　　　　　　再不能有疏忽失礼君前。

　　　　　　　马公公去多时未见返转,

　　　　　　　我不免把瑶琴操练一番。

　　　　(李上源弹奏《霓赏羽衣曲》)

李上源　(唱)　桃红柳绿相争艳,

　　　　　　　手抚瑶琴忆当年。

　　　　　　　兄妹偶逢曲江畔,

　　　　　　　桃花村上订姻缘。

　　　　　　　五月端阳迎新婚,

　　　　　　　佳期未到起祸端。

　　　　　　　兄妹姻缘遭涂炭,

　　　　　　　舅父死得好惨然。

万年县里去报案，
官府不肯申屈冤。
谁料表妹入宫院，
此事令人费思参。
霎时见了君王面，
苦苦哀诉肺腑言。
乞求圣上赐恩典，
成全夫妻早团圆。

〔冯香罗送茶上。

冯香罗 （唱）　马公公适才把话传，
　　　　　　贵客来到御花园。
　　　　　　他命我前来把茶献，
　　　　　　见人须得礼当先。

先生请来用茶！
〔李上源转身，二人俱惊，香罗失落茶盘。

李上源 （惨叫）表妹！

冯香罗 表兄！（欲走）

李上源 （牵衣）表妹，你，你叫我找得好苦啊！

冯香罗 表兄，你怎么来到这里？若被人瞧见，死无葬身之地。
　　　　你……你快走吧！（拨开上源手）

李上源 表妹莫要担心，马公公要我在此等候，圣上要听《霓
　　　　赏羽衣曲》。

冯香罗 （一惊）啊！
　　　（唱）　听他言不由我心生疑团，
　　　　　　为什么偏让我来把茶端？
　　　　　　看起来这其中定有隐患，
　　　　　　劝表兄离此地莫可迟延。

李上源 （唱）　一年来想表妹方寸已乱，
　　　　　　有多少肺腑言藏在心间，
　　　　　　今日里巧相逢天遂人愿。
　　　　　　为什么你对我冷眼相观。

冯香罗　表兄不必多言，你快快走吧！（欲走）

李上源　（阻拦）表妹……

冯香罗　你……你忘掉我吧！

李上源　表妹……你！

冯香罗　你就死了这条心吧！

李上源　啊！（几乎昏倒）

冯香罗　（背唱）表兄他痴呆呆长吁短叹，
　　　　　　　　他怎知冯香罗心似刀剜。

李上源　（背唱）表妹她进宫来心思生变，
　　　　　　　　忘前情断丝藕所为哪般？

冯香罗　（背唱）忆前情心有愧思绪千万，
　　　　　　　　表兄他怎知我有口难言。

李上源　（背唱）莫非她贪富贵忘却患难，
　　　　　　　　莫非她享荣华作乐寻欢。

冯香罗　（背唱）香罗我把富贵冷眼轻看，
　　　　　　　　怎知我陷苦海度日如年。

李上源　（背唱）上源为她染病患，

冯香罗　（背唱）香罗为他泪不干。

李上源　（背唱）上源不是负心汉，

冯香罗　（背唱）香罗并非情意迁。
　　　　　　　　入宫来少女贞操遭辱践，
　　　　　　　　到如今覆水在地收回难。
　　　　　　　　表兄他冰清玉洁无瑕点，
　　　　　　　　错将我残花败柳来贪恋。
　　　　　　　　表兄，你还是走吧！

李上源　好气也！
　　　　（唱）　你无情无义将我赶，
　　　　　　　　昧却天良悔前言。

冯香罗　（唱）　非是我将心肠变，
　　　　　　　　皇宫法度太森严，

李上源　（唱）　天子驾前求恩典，

		放你出宫回桃园，
冯香罗	（唱）	禁宫开放时已晚，
		韶华早逝红颜残。
李上源	（唱）	纵然是白头相结伴，
		我甘愿等你到百年。
冯香罗	（唱）	宫女常常被处斩，
李上源	（唱）	早日设法逃外边。
冯香罗	（唱）	插翅难出皇宫院，
李上源	（唱）	死后做鬼也团圆。
冯香罗	（失声痛哭）表兄！
李上源	表妹、表妹！（搀扶）

〔内侍、宫女、马妙良等拥石泓娇上。

石泓娇 啊！

马妙良 胆大的歹徒，竟敢在皇宫内调戏宫女，该当何罪？

〔内侍绑李上源。

石泓娇 押送万年县处斩！

李上源 香罗啊！

冯香罗 表兄……

〔内侍押李上源下。

冯香罗 娘娘！（跪倒哭诉）我叫叫一声娘娘、娘娘，我那表兄奉命进宫奏乐，马公公又命我花园送茶，他自幼读书识礼，并非歹徒，今日将他处死，家中妻儿老小依靠何人？

（唱） 娘娘平日心慈善，
好似观音在人间。
今日还要多怜念，
赦他不死离长安。

石泓娇 前日君失礼，本后早已看出破绽，今日花园又是本后亲眼所见，不处死你这个淫妇，日后难振宫规！（对马妙良）来，赐她一死！

冯香罗 （惊呆坐下）

石泓娇　　回宫！

〔石泓娇同宫女下。

冯香良　　天哪！（昏倒）

马妙良　　呀！——

　　　　　（唱）她本是太子生身母，
　　　　　　　　我怎敢对她太凶残。
　　　　　　　　日后小王登了殿，
　　　　　　　　若明真相受牵连。
　　　　　　　　诛灭九族要问斩，
　　　　　　　　先悔容易后悔难。
　　　　　　　　今日我且行方便，
　　　　　　　　留条后路自已宽。
　　　　　　　　取来药酒将她灌，
　　　　　　　　能过关者且过关。　（下）

冯香罗　　（唱）昏沉沉只觉得天旋地转，
　　　　　　　　冷森森御花园地狱一般。
　　　　　　　　石皇后施毒计将我诬陷，
　　　　　　　　霎时间离阳世魂游九泉。
　　　　　　　　众黎民称君王圣贤慈善，
　　　　　　　　怎知晓皇宫内罪恶万千。
　　　　　　　　有多少姐和妹历劫磨难，
　　　　　　　　一个个含屈冤离开人间。
　　　　　　　　冯香罗受凌辱生逢凶险，
　　　　　　　　倒不如脱苦海死后安然。
　　　　　　　　老天爷发慈悲把人怜念，
　　　　　　　　保表兄脱大难另结百年。

　　　　　我这样一死，表兄如何得知，不免我写下绝命书嘱告
　　　　　表兄！

　　　　　（撕罗裙，咬手指书写）

　　　　　　　　青梅竹马成怨恨，
　　　　　　　　霓裳羽衣有谁听。

此去泉台做厉鬼，

留下苦泪泡皇宫。

〔马妙良持药酒上。

马妙良　香罗，明年今日就是你的周年，我马某人明人不做暗事，如今我对你实说吧。只因石皇后连生三位公主，未降太子，她怕日后朝政旁落，难作太后，选你进宫，专为生子。今太子已册立，皇业后继有人，倘若将你加封，石后岂能相容？因之害你一死，杀你表兄，乃为灭口，我将真情讲明，你还有何话说？

冯香罗　（冷笑）……人生如梦，死有何惜，公公若有恻隐之心，念我遭此不白之冤，就该成全我三桩心事。

马妙良　先说你第一件？

冯香罗　这儿有我绝命书一封，劳驾公公设法转交我那表兄。

马妙良　（略一犹豫）好，我就代你转交。（接血书）这第二件？

冯香罗　我那表兄无辜被斩，负屈衔冤，望求公公奏明圣上，念起香罗生育太子之情，降旨赦免我那表兄李上源。

马妙良　这怕难啊！你在宫中目睹耳闻，石皇后大权在握，其弟在外操掌兵权，就连圣上也惧她几分。此事只怕……

冯香罗　公公足智多谋，身为天子宠臣，难道就束手无策吗？

马妙良　好，那我就代你暗奏圣上，成败与否，全在天意。

冯香罗　香罗谢过公公。

马妙良　这第三件？

冯香罗　香罗现在眼前，但求公公奏明圣上，让我母子最后见得一面。

马妙良　太子现在石后身边，你就断了这个念头！

冯香罗　（惨叫）儿——啊！

马妙良　（跪）香罗，看在太子份上，看在当今万岁份上，请受奴才两拜。（叩头）

马妙良　香罗，这是长眠酒，请你饮下去吧！这比白绫自尽好受哇！

冯香罗　表兄！香罗去了！（一饮而尽，倒下）

马妙良　来！

　　　　〔二内侍上。

马妙良　将尸体困在木板上，扔进胭脂河！（众下）

第五场　痛诉苦衷

　　　　〔十六年后的一天。

　　　　〔洛水庄缪高昌家。

　　　　〔幕前合唱：

　　　　　　　　光阴荏苒如轮转，

　　　　　　　　弹指一瞬十六年。

　　　　　　　　香罗遇救脱大险，

　　　　　　　　洛水庄上把身安。

　　　　〔幕启：冯香罗在为义父缝衣。

冯香罗　（唱）冬去春来寒暑往，

　　　　　　　花开花落催红妆。

　　　　　　　当年宫中遭魔掌，

　　　　　　　起死回生又还阳。

　　　　　　　义父救命把我养，

　　　　　　　十六年来情谊长。

　　　　　　　香罗得救有依仗。

　　　　　　　不知表兄在何方，

　　　　　　　娇儿如今怎么样？

　　　　　　　思念亲人好悲伤。

　　　　〔缪高昌上。

缪高昌　儿啊，你怎么又哭啦？

冯香罗　爹爹回来了。（急擦泪）

缪高昌	回来了。
冯香罗	快快请坐。爹,你试试这衣裳。
缪高昌	中!(穿上衣服)嘿!不大不小,穿上刚好。(取出纸包)我娃身体不好,为父买了几斤灵宝大枣,补养身子,不可缺少。
冯香罗	(接过纸包)爹,今日为何回来得这么早?
缪高昌	嘿!我娃你不知晓。今日洛阳城里,非常热闹,大街小巷,鸣锣响炮,人来人往,欢庆喜笑。
冯香罗	爹,有什么喜事呀?
缪高昌	嗨!今日幼主登基,颁发新诏,长安洛阳两都祝贺,进城人多,买卖真好,糊辣汤卖得快,为父回来得早。
冯香罗	但不知幼主是谁?
缪高昌	听说是石后娘娘所生。
冯香罗	(悲叹)是他!(泪下)
	(唱) 闻喜讯不由人热泪直淌,
缪高唱	天大的喜事,你怎么哭起来了?
冯香罗	(唱) 老爹爹你怎知其中端详。
	十六年儿未把真情明讲,
缪高昌	今日说也不迟呀!
冯香罗	(唱) 尊爹爹坐一旁细听心上。
缪高昌	我娃慢慢说。(坐)
冯香罗	(唱) 儿祖居潞州府冯家庄上,
	躲兵荒同爹爹逃往曲江。
缪高昌	哦!我娃也逃过难?
冯香罗	(唱) 与表兄订终身喜期在望,
	不料想却遭到大祸一桩。
	马妙良施诡计暗把我抢,
	入皇宫作宫女侍奉娘娘。
缪高昌	怎么!我娃还当过宫女?
冯香罗	(唱) 石皇后暗地里布下罗网,
	让孩儿与天子共枕同床。

缪高昌	（一惊）哦！
冯香罗	（唱）　我生下皇太子石后霸抢，
	施毒计害孩儿一命身亡。
	若不是老爹爹搭救收养，
	冯香罗早做鬼命见阎王。
	到如今皇太子高高在上，
	怎知晓生身母流落他乡。
缪高昌	（大惊跪倒）小人有眼不识泰山，让太后受尽可怜。太后莫要加罪，饶了我老汉！
冯香罗	爹爹折煞儿了，你老人家快快起来吧！（扶缪）在你面前，哪有什么太后，孩儿永远是你的女儿。
缪高昌	早知这样，我就不该让你种田纺织，熬糊辣汤。
冯香罗	爹爹别说这些。（扶起）
缪高昌	唉！（哭）
冯香罗	爹爹怎么哭起来了？
缪高昌	唉！皇上认了亲生母，你就要进宫当太后，丢下我孤老头，我咋能不哭？（又哭）
冯香罗	爹爹，人生在世，良心要紧，我怎能忘恩负义。爹爹，你再莫要担忧。
缪高昌	中！中！
冯香罗	爹爹在上，孩儿有礼。（跪）
缪高昌	哎呀太后，吓死小民了。（扶香罗）
冯香罗	孩儿有一事，要托爹爹去办。
缪高昌	我儿有何吩咐？
冯香罗	孩儿本想进京，面见天子，上告御状，怎奈石后党羽甚多，恐遭不测，想请爹爹代儿申冤。
缪高昌	不敢不敢，我老汉见了衙役浑身打颤，哪敢去见皇上。
冯香罗	爹爹莫要胆怕，（取出宝玉）带上这块宝玉，定能面见天子，伸冤报仇！（递宝玉）
缪高昌	只要有这玩意，我就试一下，儿啊，你说怎么个告法？（接玉）

缪高昌　说来话长。请爹爹下边用饭,孩儿与你细讲。

缪高昌　既然如此,为父就豁出这条老命了!

冯香罗　如此爹爹请!

缪高昌　不不不,还是娘娘请……

　　　　〔冯急阻。

冯香罗　爹……

缪高昌　哈哈哈……

　　　　〔冯挽缪下。

第六场　代女诉冤

　　　〔半月后。

　　　〔终南山野。

　　　〔幕启:幼聪率马妙良、尤止达、卫士、内侍等。

幼　聪　(内唱)离长安上终南游猎尽兴,

　　　　〔幼聪等上。

　　　　(接唱)

　　　　　　　免却了伴太后禁苑深宫。

　　　　　　　观眼前好一派崇山峻岭。

　　　　　　　御花园哪有这水秀山明,

马妙良　万岁,你往这里看——

幼　聪　啊!(唱)

　　　　　　　翠华峰好似那人间仙境,

　　　　　　　山花开百鸟鸣流水叮咚。

　　　　　　　看险峰赏美景引人入胜,

　　　　　　　寡人我只觉得其乐无穷!

　　　　〔幕内缪高昌呼喊,"冤枉"!卫士上。

卫　士　启奏万岁,有一老头喊冤。

幼　聪　哦……

马妙良　御驾在此,让他县衙去告。

尤止达　且慢,启奏万岁,此人敢告御状,必有奇冤,望万岁与民作主。

幼　聪　准他来见。

　　　　〔卫士带缪高昌上。

缪高昌　小民缪高昌参见万岁!(跪而即起,打量幼聪)真像,真像! 跟他妈一模一样。

马妙良　胆大的刁民,君前失礼,罪该万死!

尤止达　你这贱民,既告御状,还不跪了。

缪高昌　好说好说,面见天子,大礼已经拜过,下面说话,我要站着,请问大人,他妈给娃说话,难道还要跪着?

马妙良　满口胡道,推开斩了!

缪高昌　慢着,慢着。非是小民信口开河,只因我受人之托,她是皇上的……

幼　聪　两厢退下。(众下)

马妙良　(暗惊)……你这疯子越说越奇。万岁乃石后生养,你竟敢谎言欺君,就该杀头!

缪高昌　非是小人信口开河,此人乃是皇上的亲妈,冤屈甚大,不能乱讲,只能面见圣驾!

幼　聪　慢! 缪老头,寡人免罪,你且从实讲来。

缪高昌　万岁呀!

　　　　(唱)　你真是一位好皇上,
　　　　　　　　小民与你诉冤枉。
　　　　　　　　你本是冯氏生来石后养,
　　　　　　　　生下你冯氏遭祸殃。
　　　　　　　　石后为把大权掌,
　　　　　　　　陷害你妈一命亡。
　　　　　　　　十六年前被我救,
　　　　　　　　如今住在洛水庄。

幼　聪　这个故事讲得倒也有趣,你得拿出凭证来。

缪高昌　万岁听小民陈奏。当年宫中有一副《霓裳羽衣图》，是你母亲亲手所绣，上面还有一首小诗，写的是："高山流水对谁弹，曲江池畔饮恨眠，莫道人间富贵怨，堪慕嫦娥飞广寒。"

幼　聪　宫中倒有此图。丞相，你可知此图的来历吗？

尤止达　听先皇说过，此图乃是一位爱妃所绣，余情为臣不详。

幼　聪　（向缪）你还有何证据？

缪高昌　有、有，（取出宝玉）万岁请看！（呈玉）
　　　　（尤止达转呈宝玉）

幼　聪　（读玉上刻字）"万寿无疆！"
　　　　（唱）　朕幼年听母后亲口言讲，
　　　　　　　　国宝上刻着"万寿无疆"。
　　　　　　　　一代代相传继伴随皇上，
　　　　　　　　我父王丢此宝母后心伤。
　　　　　　　　这老人来献宝邀功请赏，
　　　　　　　　我还须追根底细向端详。

　　　　丞相，可曾见过此宝？

尤止达　此乃镇国之宝，它年不翼而飞，已有一十六载。

马妙良　万岁，想是他当年盗宝，而今又来冒功。

幼　聪　大胆刁民，竟敢盗宝冒功，欺朕年幼。将他推下……

缪高昌　（跪倒）冤枉！……

尤止达　启奏万岁，他既是盗宝之人，而今又来献宝，这岂不是自投罗网！望万岁三思。

缪高昌　皇上要斩小民不难，可得容我把话说完。

幼　聪　你讲！

缪高昌　哎，事情到了这步田地，万岁莫怪小民直言犯上。皇上不是要证据吗？皇上肚脐眼下那一排三星痣，该不是小民这等人能见得到的吧！

幼　聪　啊！哎呀且住！想寡人这三星痣儿，凡夫俗子如何得知？难道我生身之母真的受苦于民间不成！啊，丞相，此案如何发落？就该明言。

尤止达　啊！万岁，马公公乃三朝元老，又是石太后的左右臂膀，冯氏遭难之事，想他一概尽知。

马妙良　哎呀万岁！马妙良在宫中数十年，从未听说过这等蹊跷之事。

缪高昌　万岁！听你妈说害她的正是公公马妙良！

尤止达　大胆的马妙良，当面欺君，罪不容诛！

幼　聪　还不从实讲来！

马妙良　哎呀万岁！奴才岂敢欺君？当年害死冯氏，乃是石皇后钧旨。奴才想到，冯氏身为太子生母，不忍加害，有意给她留条生路。还请万岁详查！（跪）

幼　聪　你且站起来！（对尤止达）啊，丞相，今日之事，难煞寡人，丞相你看如何是好？

尤止达　启奏万岁！国母失落一十六载，千古奇冤，今已真相大白。忠孝节义，乃人之根本，万岁就该前去相认才是。

幼　聪　孤王认母之事不得走露风声。

内　侍　是！

尤止达　万岁有旨，起驾洛阳！（众下）

第七场　兄妹重逢

〔数日后。

〔白马寺佛殿。

〔幕启：冯香罗拎竹篮上。

（唱）　爹爹一去未回转，

　　　　香罗日夜把心担。

　　　　白马寺中来祝愿，

　　　　求菩萨保佑得平安。

（冯上香）

弟子冯香罗，拜见观音大士。愿菩萨大慈大悲，保佑我那爹爹上京告状免灾免难。（叩头起身）

〔李上源执佛尘上。

李上源　施主有礼了。

冯香罗　还礼了。

李上源　施主莫非是潞州的冯香罗？

冯香罗　（一惊）你……

李上源　贫僧李上源。

冯香罗　师傅你认错人了！

李上源　哦——怪我两眼昏花，冯香罗她早已死在宫中。（取血书）

冯香罗　（看血书）表兄！

李上源　香罗妹，天赐良机，你我兄妹重逢，有何苦处，你就说个明白吧！

冯香罗　（唱）　表兄不住问根源，

　　　　　　　　只好违心诉屈冤。

　　　　表兄呀！

　　　　　　　宫中兄妹共患难，

　　　　　　　多亏好心一太监。

　　　　　　　偷偷放我出宫院，

　　　　　　　虎口余生逃外边。

　　　　　　　四处寻你又打探，

　　　　　　　听说你囚禁死牢间。

　　　　　　　无奈荒郊寻短见，

　　　　　　　巧遇老伯到身边。

　　　　　　　救我不死收义女，

　　　　　　　洛水庄上把身安。

　　　　　　　今日幸会表兄面，

李上源　（接唱）李上源这里谢苍天。

冯香罗　表兄如何流落此间？

李上源　（唱）　那一日御花园遭受诬陷，

　　　　　　　　我只说问斩刑魂游九泉。

　　　　　　　　忽然间圣旨下将我赦免，

　　　　　　　　连夜晚离险境逃出长安。

　　　　　　　　怀揣这绝命书将心痛烂，

　　　　　　　　想表妹我将这红尘看穿。

　　　　　　　　白马寺披袈裟非我所愿，

　　　　　　　　学医道救众生倒也心安。

　　　　　　　　今日里见香妹冷心生暖，

　　　　　　　　脱袈裟我与你同归田园。

冯香罗　表兄！

　　　　（唱）　出家人若把俗家念，

　　　　　　　　难免叫人说闲话。

　　　　表哥，你半生沧桑，历尽磨难，都怪妹妹不好。佛门清静，安然无恙，待义父百年之后，这也是我的归宿。

李上源　虽说佛门清静，那比凡间天伦之乐。妹妹，咱们还是一同走吧！

冯香罗　表哥，你还是死了这条心吧！

　　　　（唱）　今日兄妹重相见，

　　　　　　　　你我就该庆团圆。

　　　　　　　　谁知你把心肠变，

　　　　　　　　仙曲我该对谁弹！

冯香罗　（唱）　表兄当面把我怨，

　　　　　　　　他怎知兄妹心相连。

　　　　　　　　我还得婉言将他劝，

　　　　　　　　也免得亲人太凄寒。

　　　　表兄，非是妹妹忘却前缘，只因义父在堂，此事还得从长计议。

李上源　既然如此，就依表妹。

冯香罗　时候不早了，妹妹就此告辞！（下）

李上源　送表妹。（递篮给冯，二人恋恋不舍）

第八场　茅屋认母

〔傍晚。

〔缪高昌家。

〔幕启:冯香罗持灯上,灯放桌上。

冯香罗　（唱）　自那日白马寺兄妹重逢,

回家来染重病险些丧生。

多亏了乡亲们常来照应,

到今日幸喜得恶病减轻。

白日里想爹爹门外坐等,

到晚间想爹爹伴守孤灯。

莫非他告御状身落险境,

悔不该让爹爹去把冤鸣。

（外面传来车马声）

冯香罗　（唱）　忽听得茅屋外车辆滚动,

我这里开柴门细看分明。

〔冯香罗开门,缪高昌引身穿便服的幼聪,尤止达、马
妙良等蜂拥而进。香罗惊诧。

尤止达　冯香罗接驾……

〔冯香罗木然呆立。

〔幼聪打量冯香罗。缪高昌端来破椅,又找来褥
子垫上。

〔尤止达推马妙良上前。马端详冯香罗后,突然跪倒,
如鸡叨米似地叩头。

马妙良　啊呀! 冯太后,怨奴才不得已之罪,奴才恭叩太后万
福金安……

冯香罗　（视而不见，呆立不语）

幼　聪　（唱）　面对母后看分明，

她好似观音露尊容。

双目慈祥令人敬，

可怜她流落民间受苦情。

草堂内我把母后认，

母后！你面前跪倒儿幼聪。（众陪跪）

母后在上，恕不孝皇儿之罪。

〔冯香罗仍然不理。

幼　聪　母后不肯饶恕皇儿，我就跪死在母后面前！

〔冯香罗无语。

尤止达　（叩头）太后茹苦含辛一十六载，非圣上之过，今圣明至察，方使奇冤得以昭雪，望太后转忧为喜才是。

缪高昌　儿呀！你咋发愣哩？要哭你就哭出来吧！

冯香罗　（唱）　冯香罗听爹言如梦初醒，

我面前跪倒着姣儿幼聪。

忆从前受苦难泪如泉涌，

怎能料盼来了骨肉相逢。

娘想儿十六春只在梦境，

儿既认亲生母我岂能无情。

幼　聪　母后！

冯香罗　你们都站起来！

众　　　谢太后。

尤止达　缪公，让太后、万岁在此叙谈，我等外面侍候。

缪高昌　好。（对香罗）儿呀有啥话，对皇上尽管说吧！

〔尤止达等同下。

冯香罗　（哭）

幼　聪　母后不必悲伤，皇儿为孝敬母后，要在这东都洛阳修座"慰慈宫"，专供母后后半生享受。

冯香罗　难道我活着就为贪图富贵么？

幼　聪　难道母后还有什么心事未竟？

冯香罗　难道我的心事你还不知?

幼　聪　皇儿不知,望母后详告。

冯香罗　我且问你,那毒似蛇蝎的石泓娇将你生母害到这步
　　　　田地,你将如何处置?

幼　聪　(唱)　母后不必太气愤,
　　　　　　　皇儿为你说原因。
　　　　　　　石家权重有后盾,
　　　　　　　凡事还得让几分。
　　　　　　　忍为高,和为贵,
　　　　　　　母后你要多开恩。

冯香罗　原来这样,看来石后权大,你……

幼　聪　母后息怒,此事干系重大,还得从长计较。时候不早,
　　　　皇儿我要起驾。望母后多多保重。

冯香罗　请便。天哪——!

　　　　〔幼聪下。

冯香罗　(唱)　我只说认儿能雪恨,
　　　　　　　怎知晓母子两条心。
　　　　　　　儿怕江山坐不稳,
　　　　　　　让我虚等十六春。

　　　　〔郎中装束的李上源突然进门。

李上源　表妹!

冯香罗　(一惊)啊表哥,你怎么来了?

李上源　(唱)　白马寺一别无音讯,
　　　　　　　我神魂颠倒寻知音。
　　　　　　　四乡游转作询问,
　　　　　　　黑夜漆漆找上门。
　　　　　　　唉,也许我不该来。

冯香罗　(情不自禁地拉住李上源)都怪妹妹我负了心。

李上源　事到如今,妹妹有何隐情,就该说个明白!

冯香罗　表兄!
　　　　(唱)　非是我把真情隐,

　　　　　　　　　　　人不变心变身份。

　　　　　　　　　　　天子刚才驾临门，

　　　　　　　　　　　茅草屋内认娘亲。

李上源　　啊！你胡说什么呀？

冯香罗　　（唱）　水有源来树有根，

　　　　　　　　　　　无因怎能欺郎君。

　　　　　　　　　　　当年含恨入宫禁，

　　　　　　　　　　　石泓娇胸中藏祸心。

　　　　　　　　　　　十六年我将真情隐，

　　　　　　　　　　　兄还冰清玉洁怎成亲！

　　　　　　　　　　　皆因为妹是残花败柳。

　　　　　　　　　　　今日实情对你云，

　　　　　　　　　　　劝表兄另选佳偶结知音。

李上源　　（唱）　表妹诉说血泪恨，

　　　　　　　　　　　不由上源泪纷纷。

　　　　　　　　　　　只因我痴情太过分，

　　　　　　　　　　　错怪表妹受苦人。

　　　　　　　　　　　如今你身为太后把宫进，

　　　　　　　　　　　祝愿你多福多寿、富贵长在万年春！

冯香罗　　妹妹岂是那无情无意、贪图富贵之辈！

李上源　　（拉香罗）表妹若还有情，表兄一如既往！

冯香罗　　表兄！（扑到李上源怀里）你若不嫌弃，我同你远走
　　　　　　高飞。

李上源　　好！中秋之夜你我一同逃去！

冯香罗　　（恋恋不舍地）表兄……

李上源　　表妹……

第九场　卸磨杀驴

〔半月后。

〔石泓娇寝宫。

〔幕启：石泓娇焦急不安地在宫内走动。

石泓娇　（唱）　只说是掌朝权日月好过，

　　　　　　　　谁料想小幼聪作事可恶。

　　　　　　　　去洛阳认生母背过于我，

　　　　　　　　满朝中乱议论无可奈何。

　　　　　　　　我有心废幼聪除掉害祸，

　　　　　　　　又恐怕乱大谋引起风波。

　　　　　这……这该怎处？

〔内侍急上。

内　侍　禀太后，皇上进宫请罪来了。

石泓娇　有请！

内　侍　太后请皇上进宫！

〔幼聪上。

幼　聪　（跪）母后在上，皇儿我请罪来了。

石泓娇　皇儿何罪之有？

幼　聪　不孝儿斗胆去洛阳认了生母，望太后息怒！

石泓娇　儿认生母天经地义，我怒者何来？皇儿快快起来。

幼　聪　谢母后。

石泓娇　皇儿真乃孝道之君，你生母做了国太，我就搬出皇宫。

幼　聪　母后！

　　　　（唱）　儿是生母亲骨肉，

　　　　　　　　母后养儿十六秋。

朝夕教养恩深厚，

儿永尊你皇太后。

洛阳认下亲生母，

在那里为她把宫修。

石泓娇　（唱）　皇儿若果这样做，

母后自觉心内疚。

幼　聪　母后，孩儿还有一事不明。不知生母因何流落民间，
望母后明言。

石泓娇　（叹息地）这……

幼　聪　母后，莫非其中有什么隐情？

石泓娇　过去之事不提也罢！

幼　聪　儿望母后详告。

石泓娇　皇儿！（唱）　皇儿既要问究竟，

且听母后说从头。

你母进宫常怀旧，

与乐师李上源把情偷。

马妙良告密事败露，

你父王赐她死不把情留。

〔幼聪一惊。

石泓娇　此事全怪马妙良，这奴才经常冒功领赏，致使你母险
遭命丧……

幼　聪　传马妙良！

内　侍　马妙良进宫！

〔马妙良上。

马妙良　奴才参见万岁！（跪）

幼　聪　胆大的马妙良！你竟敢药杀天子生母，欺瞒寡人一
十六年，留你何用？来！

〔众内侍上。

幼　聪　将这奴才乱棍仗死！

马妙良　哎呀太后！奴才随你一生，今犯大罪，还望太后求情。

石泓娇　我有心救你不死，怎奈君命难违。有道是王子犯法，

与民同罪。念你侍候有功，你的全家大小本后会另眼看待。

马妙良　谢太后。嘿嘿嘿，我马妙良在宫中数十年，知道得太多了，早就该死！当初谋害冯太后是主子一句话，如今我这个下场也是主子一句话，哎，当奴才也不容易呀，我要是个傻瓜，我还能活他二十年，我还能活他二十年！

幼　聪　押下去！

〔马妙良狂笑。

〔众押马下。

第十场　遗恨千古

〔中秋之夜。

〔洛阳王府。

〔幕启：二宫女陪冯香罗上。

冯香罗　（唱）　母子们虽见面未能如愿，

　　　　　　　搬进这王府宫又似当年。

　　　　　　　粗布衫换绸缎倒觉不惯，

　　　　　　　吃山珍还不如淡饭香甜。

　　　　　　　满腹的仇和怨愁眉不展，

　　　　　　　中秋节盼亲人心神不安。

〔缪高昌上。

缪高昌　（跪）　参见太后……

冯香罗　（急扶）我不是什么太后，爹爹快起。

缪高昌　女儿，爹给我娃把神医请来了！

冯香罗　快快请他进来！

缪高昌　神医请进！

〔李上源上。

冯香罗　先生请坐。

李上源　谢坐。

冯香罗　你看我的病要紧吗?

李上源　从气色上看,劳神过度,白日如梦,似重石相压,欲摆脱而不能,不知对否?

冯香罗　先生所言极是。昨夜梦得一仙携我飞升,顿觉清爽,不知是何兆头?

李上源　是吉兆。我开一剂药便可望好。

冯香罗　先生请。(李上源开药方,顺手交给冯香罗)

冯香罗　(念) "明月当空行,玉箫长亭等"。

李上源　如此,我告辞了。

　　　　〔内喊:"万岁驾到——"

　　　　〔冯、李同惊。

　　　　〔内侍拥幼聪上,除香罗外,众皆跪迎。

众　　　叩见万岁!

幼　聪　平身。(对李上源)你是何人?

李上源　小民李上源。

幼　聪　(怀疑地)李上源?

缪高昌　是太后让我请来的郎中。

幼　聪　村野巫医,怎能与皇家看病? 与我把他……送出去!

缪高昌　是。(与李上源同下)

幼　聪　母后有病,自有太医,尔后莫可在外投医。

冯香罗　我身体不爽,出去走走。

幼　聪　天色已晚,母后保重。

　　　　〔宫女甲、乙陪冯香罗下。

幼　聪　(拿起桌上药方读)"明月当空行,玉箫长亭等"。这是何意?

　　　　(唱)　见此方思前情心生疑团,

　　　　　　　李上源为什么来到此间。

　　　　　　　石太后曾对我话讲当面,

看起来今夜晚并非偶然。
借药方寄暗语露出破绽，
他二人怀旧情藕断丝连。
我这里将母后暗自埋怨，
你怎能忘记了国太尊严。
儿为你冒风险草堂拜见，
儿为你曾不怕石后阻拦。
儿为你在洛阳修筑宫殿，
儿为你行孝道朝夕问安。
你不该作太后失却检点，
你不该设计谋想逃外边。
你不该乱宫规自作下贱，
你不该忘记了儿坐江山。
这件事让人知皇儿有短，
从今后怎去见文武两班。

〔宫女甲上。

宫女甲　启禀万岁，太后独行独往，不让奴侍候。

幼　聪　现在何处？

宫女甲　现在长亭。

幼　聪　快请太后回宫。

宫女甲　是。（下）

幼　聪　（唱）　她去长亭有破绽，
　　　　　　　　定是私会李上源。
　　　　　　　　此事为王定要管，
　　　　　　　　要想逃走难上难。

〔内侍急上。

内　侍　启禀万岁，武士在长亭抓住一个可疑之人，名叫李上
　　　　源。

幼　聪　听候发落。

内　侍　是。（下）

幼　聪　（唱）　胆大包天李上源，

竟敢王府作弊端。

碎尸万段除后患，

方消王气解心烦。

〔尤止达急上。

尤止达　启奏万岁，长安秘报，石太后暗召二位国舅进京，图谋不轨，还望万岁早作准备！

〔尤止达下。

幼　聪　（唱）　为王听言心头颤，

皆因母后提祸端。

倘若石后起兵变，

为王难以坐江山。

到那时母后难赦免，

人生忠孝难两全。

罢罢罢我把内侍喊，

药酒侍候！

〔内侍棒药酒上，放桌上，复下。

幼　聪　（唱）　送母后早日归西天。

〔内喊："太后回宫"。

〔众宫女陪冯香罗上。

幼　聪　皇儿在此等候多时了。母后请坐。

冯香罗　难得你一片孝心。

幼　聪　忠孝节义，乃为人之本。天子以身作则，方能感化万民。

冯香罗　有道是：民为贵，君为轻，社稷 次之。

幼　聪　母后乃万民之母，贵体欠佳，万万不可疏忽大意。

冯香罗　宫中闷气逼人，外边倒也清爽。

幼　聪　（对宫女）太后心绪不好，我要与母后饮酒赏月，尔等退下。（众宫女下）

幼　聪　母后不必烦躁，皇儿这里备有美酒，为母后消愁解闷。（递酒）

冯香罗　（接酒）月有阴晴圆缺，人有悲欢离合，今宵饮酒消愁，

何时重见亲人！（欲饮）

幼　聪　（惊呼）母后！

冯香罗　（住杯）皇儿怎么了？

幼　聪　皇儿恐母后吃醉，误了赏月……

冯香罗　我还以为酒中有毒呢！（一饮而尽）

幼　聪　母后！（夺杯落地）母后！（跪）

冯香罗　你怎么了？

幼　聪　母后啊，这酒中有毒！

冯香罗　（猛击幼聪一拳）你好狠毒！

幼　聪　母后，皆因你与那李……

冯香罗　不要说了，我与那李上源青梅竹马缔结良缘，不料婚前被抢，充作宫女，身遭你父辱贱，生你之后，石泓娇鸠占雀巢，加害与我。实指望你登基之后，报仇雪恨，谁知你真假不辨，丧尽天良，下此毒手！

　　　　（唱）　皇儿你可真孝顺，

　　　　　　　　一杯毒酒敬娘亲。

　　　　　　　　旧仇未报添新恨，

　　　　　　　　雪上加霜仇更深。

　　　　　　　　当年为娘遭宫禁，

　　　　　　　　你父害娘葬青春。

　　　　　　　　为娘有心寻自尽，

　　　　　　　　怎奈怀儿欲临盆。

　　　　　　　　为儿我把苦痛忍，

　　　　　　　　幸喜皇儿降红尘。

　　　　　　　　生下皇儿更有罪，

　　　　　　　　弥天大祸又临身。

　　　　　　　　石后夺儿继王位，

　　　　　　　　陷害为娘命归阴。

　　　　　　　　也是为娘得幸运，

　　　　　　　　胭脂河遇上救命人。

　　　　　　　　十六年为儿真情隐，

秦腔

香魂怨

XIANGHUNYUAN

茹苦含辛度光阴。
十六年为儿苦受尽，
想不到母子不一心。
十六年含悲又饮恨，
儿害亲娘成奇闻。
十六年盼儿心欲碎，
盼来一个掘墓人！

幼　聪　哎呀母后！只因皇儿不明详情，大错注定，还望母后
　　　　恕罪。

冯香罗　我恨当年没有把你摔死！

幼　聪　母后，事已至此，你归天之后，皇儿定以厚礼安葬。母
　　　　后有何未尽之言，快快请讲。

冯香罗　我生不享荣华富贵，死也不图厚礼安葬，你若还有母
　　　　子之情，快将李上源找来，我生前未能同他在一起，
　　　　死后让他守在我的身边……

幼　聪　皇儿照办。（起身）让李上源来见。

内　侍　是！（下）

冯香罗　（唱）　幼聪儿比先王更加阴险，
　　　　　　　　毒生母丧天良禽兽一般。
　　　　　　　　大料想同表兄难以相见，
　　　　　　　　冯香罗难瞑目遗恨九泉。

　　　　（狂呼）天哪！你天理何在！良心何在！

〔内侍带李上源上。

李上源　表妹！

冯香罗　表兄……（死去）

李上源　表妹啊！（昏厥过去）

合　唱　千古奇冤天下传，
　　　　洛水悠悠恨绵绵。
　　　　点点滴滴血泪怨，
　　　　皇宫地狱是一般。

——剧　终

演出单位

西安市五一剧团

关公斩子

根据尚羡智《关羽斩子》改编

胡文龙 改编

剧情简介

　　荆州王关云长之子关兴,练马时误伤人命。苦主王妈妈将关兴认为关平,遂告到当官。知县罗正惧关府权势,劝苦主罢诉。王妈妈欲告无门,悲愤不已,正欲柳林自缢,恰被关府马官关彪所救,并引她径到寿堂鸣冤。关云长震怒,将义子关平交罗正押回县衙从严审处。关平为保关兴,隐匿真情,代弟替罪。关夫人私拜罗正,赠扇求情,关云长闻知怒斥夫人,执意判斩关平。行刑之时,关兴不忍连累兄长,毅然出面自首。云长始知伤人者非义子关平,遂将嫡子关兴上绑问斩。千钧一发之际,张苞搬来苦主王妈妈出面求情。在苦主再三要求下,关云长免去关兴死罪,判处重责 80,羁押 3 年。时逢江夏动乱,云长命关兴戴罪出征,得胜归来再行发落。

场　目

人　物　表

关云长
关　平
关　兴
关夫人
云　妈
王　苞
张　鹏
王　正
罗　彪
关　千
张

第一场　误伤人命

〔阳春三月的一天上午。

〔荆州郊外。

〔幕启:春光明媚,绿柳摇曳,桃杏绽红,蜂忙蝶舞。

关　兴　(内唱)郊野扬鞭把马练,

〔马童装扮的张千前导,关兴策马上。

(接唱)何惧千辛与万难。

　　　　　父辈俱是英雄汉,

　　　　　我定要青出于蓝胜于蓝!

〔关兴扬鞭,烈马受惊冲下,张千追下。

〔王鹏偕王妈妈兴致勃勃地上。

王妈妈　(唱)　和孙儿步香尘春风阵阵,

　　　　　　　一路上观不尽宜人景色。

　　　　　　　喜孙儿得名师谆谆教诲,

　　　　　　　但愿他肯发奋早些成人。

王　鹏　奶奶,你日纺夜织,育我成人,孙儿终生难忘。

王妈妈　可怜你父母早年亡故,我婆孙相依为命,愿孙儿勤奋
　　　　读书,将来报效国家。

王　鹏　奶奶勖勉,孙儿牢记心头。

王妈妈　鹏儿,可喜你拜得名师,我有心去庙中进香还愿,你
　　　　意下如何?

王　鹏　谨遵祖命。

王妈妈　哈哈哈!

　　　　(唱)　鹏儿年幼雄心壮,

　　　　　　　誓为社稷做栋梁。

　　　　　　　婆孙进香庙堂往。

（关兴内喊："马来了！"马嘶声、嘈杂声）

王妈妈　（接唱）阵阵喧嚷为那桩？

王　鹏　奶奶，有一匹烈马，朝这边狂奔而来，咱们快快躲开才是。

王妈妈　啊！（王妈妈跌倒在地，王鹏急扶）

〔关兴急上，烈马奔腾。

〔王鹏扶起王妈妈。烈马跃过王家婆孙。张千上，拦马。马腾跃，一蹄将王鹏踏死。关兴跌落马下，起身急扶王妈妈。王妈妈见鹏毙命，悲痛不已。

王妈妈　王鹏！孙儿！

（唱）　见孙儿马蹄之下把命殒，
　　　　好似那乱箭穿透我的心。
　　　　气愤不平把理论，
　　　　你……你纵马伤人何原因？

关　兴　（唱）　老奶奶且息怒莫要悲愤，
　　　　小兄弟遭非命我也伤心。
　　　　皆因为马受惊急驰狂奔，
　　　　并非是我有意伤害良民。

王妈妈　明明是你将人踩死，还想推脱不成！

张　千　（解释地）我家少爷在郊外练马，烈马受惊，闯下这祸，并非有意，老人家，你应宽恕才是。

王妈妈　踏死我孙儿，难道白白罢了不成？

关　兴　老奶奶息怒，这是几两纹银，你先收下，买口棺木，先行埋葬，再做道理！

王妈妈　（将银两打落，怒视关兴）谁要你的银子，我要与你到官府辩理！

〔王妈妈上前打关兴，关兴一闪，王妈妈摔倒。张千急忙扶起。

关　兴　老奶奶，你要告状也行，待我禀明双亲，再随你公堂听审。

王妈妈　（拦住）你是哪家的小畜牲，可敢留下姓名？

关　兴　　我乃荆州王之子关……

　　　　　（张千示意莫讲）

王妈妈　　关……莫非你是荆州王之子关平么？

张　千　　啊！

关　兴　　不，我不是关平啊！

王妈妈　　你，你还想抵赖，我去县衙告发，你，你要小心了！

　　　　　（急下）

关　兴　　张千，我们先把小兄弟尸体收殓一旁。

　　　　　〔二人抬王鹏尸体下。

第二场　　投衙告状

〔接前场。

〔荆州县衙。

〔二幕前：王妈妈急上。

王妈妈　　（唱）　恨关平仗父势纵马乱闯，

　　　　　　　　　可怜我小孙儿死得冤枉。

　　　　　　　　　拼老命奔县衙击鼓告状，

　　　　　　　　　但愿得遇廉吏制服豪强。

〔二幕启：荆州县大堂。罗正内白："衙役们！升堂
理事喽！"

〔四衙役引罗正手托金印上。

罗　正　　（念）　大堂之上明镜悬，

　　　　　　　　　三班衙役站两边。

　　　　　　　　　一颗金印怀中抱，

　　　　　　　　　两袖清风七品官。

　　　　　（唱）　人人都说当官好，

　　　　　　　　　当官也有当官的难。

　　　　　　　　　不怕百姓告百姓，

就怕百姓告官员。

若是碰上扎手案，

还要那个八面玲珑巧周旋。

〔击鼓声响，衙役喊堂威。

罗　正　老爷还未坐稳，你们喊叫什么？

衙　役　有人击鼓鸣冤。

罗　正　噢！有告状的。传击鼓人上堂！

衙　役　击鼓人上堂！

王妈妈　（上）叩见太爷！

罗　正　（唱）　白发老人跪当面，

　　　　　　　　罗正心中好不安。

　　　　　　　　离坐陪跪莫怠慢，

　　　　　　　　老太太你有什么冤？

（罗正与王妈妈并排跪下）

衙　役　（拉罗正）太爷，她为民，你为官；她告状，你断案；她下跪，为伸冤；你下跪，为哪般？

罗　正　你是只知其一，不知其二。你瞧，她这么大岁数，比我妈还大，比你奶也小不了几岁。常言说，人之父母，己之父母，这个理，不能失。再说，黎民百姓，是咱的衣食父母，人家来告状，先得叫人家高兴高兴，就是官司办不成，也不会骂咱们有官架子！（转身扶王妈妈）老太太，您起来，来！看座！（分坐两侧）老太太，您可有诉状？

王妈妈　诉状在此，太爷明察。

罗　正　（接过状纸，放在一旁）我这眼有点毛病，看，不如听。你就来个老虎吃豆腐——口素（诉）吧！

王妈妈　太爷容禀！

　　　　（唱）　未曾开言珠泪淌，

　　　　　　　　尊声太爷听端详。

　　　　　　　　我家住荆州城外二贤庄，

　　　　　　　　王门世代务农桑；

儿子媳妇把命丧，
丢下孙儿实可伤。
婆孙二人相依傍，
含辛茹苦度时光；
为将孙儿王鹏来抚养，
老身我日纺夜织四季忙。
为孙儿早成材名登金榜，
我和他上庙堂前去进香。
不料晴空霹雳降，
中途路上遭祸殃；
狂徒纵马乱奔闯，
我孙儿被踩一命亡；
明镜高悬公堂上，
求太爷与民伸冤枉。

罗　正　（唱）　听罢原委气满腔，
　　　　　　　　狂徒大胆丧天良。
　　　　　　　　纵马伤人胡乱闯，
　　　　　　　　这桩案件非寻常！
　　　　　　　　来，速去将那纵马伤人的狂徒缉拿归案。

衙　役　太爷，我们不知姓名，该去拿谁？

罗　正　是呀！老太太，那一狂徒姓甚名谁，家住哪里，你快
　　　　讲来，我好派人去抓他！

王妈妈　那一狂徒就是荆州王之子关平！

罗　正　什么？是荆州王之子关平？

王妈妈　是荆州王之子关平！

罗　正　呀！
　　　　（唱）　听说关平伤人命，
　　　　　　　　一股冷气心头冲。
　　　　　　　　荆州王权高势压众，
　　　　　　　　好比头上天一层。
　　　　　　　　这真是怕的下雨偏下雨，

言怕刮风偏刮风。

左思右想心不定，

心敲小鼓叮叮咚，咚咚叮叮，心敲小鼓响

叮咚！

老太太，听了你的申诉，真使人从心眼里难受！

我对那纵马伤人的狂徒，咬牙切齿，恨之入骨！

王妈妈　就该将那狂徒辑拿归案才是！

罗　正　哎呀老太太！我不说你不清楚，我一说你就不糊涂啦！这打狼，要有打狼的汉子；打虎，要有打虎的英雄。我满心眼想揽你打烂了的磁罐，可我没有这金刚钻！这真是心有余而力不足呀！

王妈妈　噢！听你之言莫非怕那荆州王不成？

罗　正　哎！怕倒是不怕，就是这玩艺（指帽翅）小了点。

王妈妈　难道就罢了不成？

罗　正　我不明白的老太太呀！

（念）　人常说有理不如有钱，

有钱不如有权。

有钱能使鬼推磨，

有权能叫神下凡。

依我看——

王妈妈　怎么样？

罗　正　（唱）　你孙儿已经把命断，

心上插刀——忍自安！

王妈妈　哼！你身为七品县令，怎不知王子犯法，与民同罪？

罗　正　你说的是手背这面儿，可手心这面儿哪？我告诉你，国法本是皇家定，自古刑不上大夫！

王妈妈　（气愤地）我定要上告！

罗　正　你是越告越倒霉！

王妈妈　拿来！

罗　正　什么？

王妈妈　我的诉状！

罗　正	物归原主。(将状纸交还王妈妈)
王妈妈	哼哼,你呀!
	(唱)　可叹堂堂七品官,
罗　正	比针尖儿大不了多少。
王妈妈	(唱)　惧怕豪门且偷安,
罗　正	官大一级压死人!
王妈妈	(唱)　民有冤屈你不管,
罗　正	无能为力!
王妈妈	(唱)　血染官衣黑心肝。
罗　正	骂得可够狠的啦!

〔王妈妈冷笑下。

罗　正	老太太,你慢点儿走!哎呀,这老太太骂的话儿可真是入木三分!咳!当官哪能怕挨骂啊!
	(唱)　本县并非糊涂蛋!
	心中早把轻重掂。
	来,退堂!

〔众衙役下。罗正欲下,又转身抱起金印,弹印上的灰尘,洋洋自得地下。

第三场　绝路逢生

〔前场次日。

〔荆州郊外柳林河畔。

〔二幕前:关彪乘赤兔马上。

关　彪	(唱)　君侯今朝庆寿辰,
	荆州文武将来临。
	宴罢宾客要摆阵,
	校场测试后来人。
	为洗战马河边奔,

马蹄生风如腾云。（急驰下）

〔二幕启：柳林河畔。

王妈妈　（内唱）一腔怒火满腹怨，

〔王妈妈面色憔悴，胸前背后，书有"冤"字，手执状纸，踉跄而上。

王妈妈　（接唱）含冤泣血呼苍天。

　　　　　大小衙门都跑遍，

　　　　　民告官真比登天难。

　　　　　有权人对此案推诿不管，

　　　　　同情人想帮衬手中无权。

　　　　　惨死的小孙儿你可看见，

　　　　　奶奶我走投无路陷深渊。

（滚白）我叫叫一声王鹏啊！可怜的小孙儿。奶奶我手执冤状，到处投衙，实指望告倒纵马狂徒，替你伸冤雪恨，不料那狂徒就是荆州王之子，无人敢收此状。看来这不白之冤，永远难伸了！

（唱）　　冤和恨化烈火周身翻滚，

　　　　　叹黎民身卑贱不值分文。

　　　　　民有冤为官者不敢过问，

　　　　　民告官官不允有冤难伸。

　　　　　荆州王荣华富贵享不尽，

　　　　　我衔冤被逼自尽在柳林。

　　　　　问苍天睁着眼于心何忍？

　　　　　问大地人世间公理何存？

　　　　　王法条条似利刃，

　　　　　为何偏偏杀黎民？

　　　　　越思越想心欲碎，

　　　　　解下腰巾系树身。

　　　　　柳林之中寻自尽，

　　　　　王鹏啊，小孙儿——

　　　　　咱婆孙九泉下冤魂相伴不离分。

〔王妈妈正欲自尽,关彪跃马冲上,挥剑砍断腰巾。

关　彪　老妈妈,因何要寻自尽? 有何冤屈尽管说来,我好替
　　　　你设法。

王妈妈　（唱）　你既要把详情问,
　　　　　　　　听我从头说原因。
　　　　　　　　我和孙儿上香把庙进,
　　　　　　　　中途路上祸临身。
　　　　　　　　关平仗势纵马奔,
　　　　　　　　横冲直撞踩行人。
　　　　　　　　可怜孙儿把命殒,
　　　　　　　　我满腹含冤进衙门。
　　　　　　　　到处告状官不准,
　　　　　　　　无奈来把自尽寻。

关　彪　老妈妈有所不知,我家二君侯教子有方,我家小将岂
　　　　敢做出这等伤天害理之事?

王妈妈　听你之言,你莫非是关府之人?

关　彪　不瞒老妈妈,我乃君侯拉马坠镫之人。

王妈妈　啊! 你是关府之人,难怪你护着他们! 你走你的,我
　　　　不要你管。

关　彪　老妈妈莫可多心,我虽关府之人,绝不替关府护短。
　　　　我且问你,那纵马伤人的小将,怎样的打扮?

王妈妈　他头戴英雄巾,身穿锦战袍,足踏花皂靴,腰中挎龙
　　　　泉,坐下一匹白龙马。他浓眉大眼,仪表轩昂。谁知
　　　　他却是一个人面兽心的豺狼!

关　彪　（唱）　仔细盘查真相明,
　　　　　　　　闯祸人果真是关平。
　　　　　　　　只说他少年刚强性稳重,
　　　　　　　　原来才是伪装成。
　　　　　　　　纵马冲闯伤人命,
　　　　　　　　天理王法岂能容;
　　　　　　　　更恼县衙不公正,

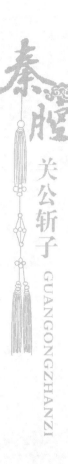

秦腔
关公斩子
GUANGONGZHANZI

　　　　　　　老妈妈含冤不能明。
　　　　　　　倘若她再丧了命，
　　　　　　　二君侯英名灰尘蒙。
　　　　　　　老妈妈！
　　　　　　　二君侯赤胆忠心性直耿，
　　　　　　　正气凛然贯长虹；
　　　　　　　嫉恶如仇秉公正，
　　　　　　　执法森严不徇情。
　　　　　　　你随我面见君侯把冤情禀，
　　　　　　　他定会明察秋毫按律行！

王妈妈　怎么？你叫我向荆州王告他的儿子？

关　彪　正是的。

王妈妈　我去得？

关　彪　去得。

王妈妈　告得准？

关　彪　告得准。

王妈妈　如此，我先谢过客官！（欲跪）

关　彪　（急扶）老妈妈不必如此，请来上马同行！（拉马）

王妈妈　（胆怯地）……

关　彪　老妈妈，不必胆怕！

王妈妈　好哇！（上马）

　　　（唱）　只说雪冤成泡影，
　　　　　　　谁料绝路又逢生。
　　　　　　　但愿此行不是梦，

关　彪　（唱）　我保你告倒小关平！

　　　〔关彪牵马引王妈妈下。

第四场　寿堂鸣冤

〔紧接前场。

〔荆州王府。

〔二幕启：关府寿堂。关平英姿勃勃地上。

关　平　（唱）　府门外车水马龙声喧闹，

　　　　　　　　寿堂内松柏结彩馨香飘。

　　　　　　　　为父帅庆寿辰肝胆相照，

　　　　　　　　学忠义保汉室不辞辛劳。

〔张千急上。

张　千　禀少将军，大事不好！

关　平　（一惊）何事惊慌？

张　千　少将军！关兴乘马郊外练武，烈马受惊，急奔狂驰，踏死一名幼童，闯下大祸，未讲真名，都说是你致伤人命，少时苦主要来告状，少将军你……你要速作准备。

关　平　啊！

　　　　（唱）　听说二弟伤人命，

　　　　　　　　冷水浇头吃一惊。

　　　　　　　　人命关天事严重，

　　　　　　　　怎让百姓把冤蒙。

　　　　　　　　叫张千，

　　　　　　　　随我去对父帅禀。

　　　　　　　　且慢，

　　　　　　　　此事还需三思行。

　　　　张千，此事非同小可，不要声张，我自会安排。

张　千　记下了。

关　平　快去对二公子叮咛，叫他要守口如瓶。

张　千　是!（下）

关　平　哎呀,且住!父帅暴烈,执法森严,若知此事,必然严
　　　　惩二弟。我若不说真情,定然拿我问罪。这,这,这
　　　　便如何是好?
　　　　（唱）　关兴弟年幼多傲性,
　　　　　　　　良言规劝他不听。
　　　　　　　　到如今闯祸伤人命,
　　　　　　　　苦主投状告关平。
　　　　　　　　真情若对父帅禀,
　　　　　　　　又恐怕爹爹动酷刑。
　　　　　　　　可怜二弟尚年幼,
　　　　　　　　弟受折磨我心疼。
　　　　　　　　我若不把真情禀,
　　　　　　　　苦主告我怎担承?
　　　　　　　　为爱弟我去把苦主挡定,
　　　　不可!
　　　　　　　　仗权势压原告天理难容。
　　　　　　　　自古道伤人一命还一命,
　　　　　　　　王子犯法与民同。
　　　　　　　　此事欲禀不敢禀,
　　　　　　　　此案欲压压不成。
　　　　　　　　进退维谷心不定,（思索）
　　　　罢!
　　　　　　　　为关兴担罪责见机而行!
　　　　〔中军上。

中　军　启禀少将军,拜寿时刻已到。

关　平　知道了。关平儿,恭请爹娘驾临寿堂。
　　　　〔中军下。打击乐起。
　　　　〔校尉、侍女、关兴、张苞、关夫人、关云长上。

关云长　（引）　笙歌颂德风送爽,
　　　　　　　　思桃园情深意长。

（念）		为汉室驰骋疆场，
		建奇功英名远扬。
		勤政事辅佐兄长，
		爱黎民誉满荆襄。
关 平		儿关平。
关 兴		关兴。
张 苞		张苞。
众		祝愿爹爹万寿无疆！（跪拜后，分列两侧） 伯父
关云长		哈，哈，哈！
	（唱）	这才是长江后浪催前浪，
关夫人	（唱）	喜今朝一门忠义聚寿堂。
关云长	（唱）	愿儿们怀壮志自强向上，
关夫人	（唱）	学父辈献丹心立业兴邦。
关云长	（唱）	看江山战机伏江夏动荡，
		且莫忘居安思危御强梁。
		宴罢后随为父校场同往，
		布兵阵决雌雄比试刀枪。
关 兴		爹爹！校场比武，儿要力夺魁元。
关云长		嗯！小小年纪，口出狂言，岂不知骄兵必败，儿要多多求教你众位兄长。
关 兴		是。
关云长		（发现关平独立一旁）关平儿！
关 平		（顿然警觉）爹爹！
关云长		我儿默默不乐，莫非有什么心事不成？
关 平		儿无有心事。
关夫人		我儿莫非身体不爽？
关 平		儿身强体壮，母亲不必挂念。
张 苞		我家关平哥哥，为伯父寿辰，日夜辛劳，大概身体疲惫了。
关云长		下面歇息去吧！
关 平		儿遵命！（下）

秦腔
关公斩子
GUANGONGZHANZI

063

〔中军上。

中　军　启禀君侯,荆州县令罗正前来拜寿。

关云长　有请!（示意夫人、侍女下）

中　军　有请罗大人。

〔罗正上。

罗　正　下官罗正,与君侯拜寿。

关云长　关某实不敢当。

罗　正　祝君侯万寿无疆!（拜）

关云长　关兴。

关　兴　在。

关云长　前厅设宴,请罗大人与众宾朋痛饮。

关　兴　儿遵命!（下）

关云长　罗大人请!

罗　正　请!（下）

〔关云长欲下时,关彪急上。

关　彪　启禀君侯,我去河畔洗马,遇一老妇含冤难明,要见
　　　　君侯鸣冤!

关云长　荆州王府不理民讼。命她县衙去告。

关　彪　她状告豪门,荆州官员无人敢管。

关云长　噢! 唤那老妇来见!

关　彪　遵命。君侯有命,老妇进见!

〔王妈妈上。

王妈妈　（唱）　耳听一声将我唤,
　　　　　　　　颤颤嗦嗦走上前。
　　　　　　　　进得寿堂忙跪见,
　　　　　　　　求君侯与我伸屈冤。

关云长　（蹉步搀扶）老人家请起。

王妈妈　求君侯与小民作主。

关云长　老妈妈,有何冤情,你且讲来!

王妈妈　这是诉状,君侯请看。（递状纸）

关云长　（阅状,惊怒,顿起）怪不得关平适才变颜失色,原来

	他、他、他触犯律条。容某查明案情,再行发落。
王妈妈	望君侯明察。
关云长	关彪,吩咐下边,赏老妈妈纹银十两,暂渡日月,护送 出府,听候传讯。
王妈妈	谢君侯!
关 彪	老妈妈,随我来!(同王妈妈下)
关云长	好气也!

关云长 （唱） 观罢老妇诉冤状,
　　　　　怒火阵阵烧胸膛。
　　　　　关平奴才太放荡,
　　　　　竟敢纵马将人伤。
　　　　　坏我军纪负众望,
　　　　　遭人唾骂理应当。
　　　　　法不徇私树榜样,
　　　　　惩逆子某要把正气伸张!

　　　　中军!
　　　　〔中军上。

中 军	在。
关云长	传某口谕,罢宴停觞!
中 军	是。下面听着!君侯有令,罢宴停觞!
关云长	关平进见!
中 军	关平进见!
	〔关平上。
关 平	（唱） 父帅他传口谕罢宴停觞, 　　　　　霎时间关府中雨暴风狂。 　　　　　为保护小兄弟安然无恙, 　　　　　天大罪我关平一人承当。
	儿,关平,拜见爹爹!
关云长	儿是关平?
关 平	父帅。
关云长	你可知有人将你告下?

关　平　儿知罪。

关云长　既知罪，为何不对为父言讲？

关　平　诚恐气坏爹爹！

关云长　如此说来，你匿罪不报还是为着为父？

关　平　这……

关云长　你你你进前讲话！

关　平　（向前）　爹爹！

关云长　奴才！（击平一掌）嗯！

　　　　（唱）　小奴才做此事实在可恨，
　　　　　　　　你竟敢纵烈马伤害黎民。
　　　　　　　　叫中军看法索速将儿捆，（中军缚关平）

　　　　有请罗大人！

中　军　有请罗大人！

　　　　〔罗正上。

罗　正　君侯！

关云长　大人！（交状纸）

　　　　（唱）　父母官应为民早把冤伸。
　　　　　　　　将关平交于你按律勘审，
　　　　　　　　秉公断莫徇私情莫偏心。
　　　　　　　　关某我急民苦亲疏不论，
　　　　　　　　三日后我定要核批回文。（下）

罗　正　哎呀！麻烦了！

　　　　（唱）　君侯要我审此案，
　　　　　　　　左右进退都作难。
　　　　　　　　这案究竟该怎办？
　　　　　　　　且回县衙再周旋。

　　　　来呀！

　　　　〔衙役上。

衙　役　伺候太爷！

罗　正　将关平押回县衙！

衙　役　是！（欲押关平走时，关兴内喊"慢走"）

〔关兴上。

关　兴　（扑向关平）哥哥！

关　平　兄弟呀！

　　　　（唱）　我今闯祸触法网，
　　　　　　　　身受缧绁理应当。
　　　　　　　　前车之覆后车鉴，
　　　　　　　　愿弟奋发图自强。
　　　　　　　　叮咛之言记心上，

关　兴　（唱）　为弟累你身遭殃。
　　　　　　　　眼含热泪叫兄长，
　　　　　　　　且听为弟说端详。
　　　　　　　　都怪我行不检点性放荡，
　　　　　　　　纵马闯下祸一场。
　　　　　　　　你为救我陷罗网，
　　　　　　　　俯首甘作替罪羊。
　　　　　　　　将心比心都一样，
　　　　　　　　小弟怎能丧天良。
　　　　　　　　我今要把真情讲，
　　　　　　　　好汉做事好汉当。

关　平　兄弟！你好糊涂，这人命大事，岂是儿戏？你休得
　　　　胡言！

关　兴　罗大人，纵马伤人乃我所为，请你放了我哥哥，拿我
　　　　问罪！

罗　正　这……

关　平　罗大人，吾弟素重义气，欲代我罪，急不择言，大人莫
　　　　可轻信。

罗　正　罕见，罕见，争当罪犯。我说二公子，你哥哥认罪在
　　　　前，你爸爸要我三天结案，你要顶替罪犯，这偷天换
　　　　日之事，下官实在不敢。

关　兴　我是真犯，他是假犯，你真假不辨，真是个糊涂县官！

罗　正　我一点也不糊涂。我劝你莫要无事生非，自讨苦吃！

关　兴　啊！（呆立一旁）

罗　正　将关平押上走！（下）

〔内喊："我儿慢走！"关夫人急上，张苞随上。

关夫人　儿呀！

关　平　母亲！

关夫人　（唱）　一见娇儿被索绑，

不由叫人痛断肠。

谁料大祸从天降，

儿呀！

关　平　（唱）　娘莫为儿把心伤。

张　苞　兄长，哥哥！

（唱）　热泪滚滚送兄长，

心思如潮涌胸膛。

再难并肩把阵上，

怎忍从此各一方。

关　平　兄弟！

（唱）　为兄失足落法网，

铸成大错悔难当。

愿你自惜多向上，

耿耿丹心保汉邦。

（衙役押关平欲走）

关夫人　关平！

关　平　母亲！

张　苞　兄长！

关　平　贤弟！

〔衙役押关平下。

关　兴　（急高呼）哥哥——

关夫人　你兄长，他他他去远了。

关　兴　（扑向关夫人，痛哭地）母亲！

张　苞　伯母！设法搭救兄长才是！

关　兴　（跪下）母亲！我……我，我求母亲搭救哥哥！

〔音乐骤起。

〔关夫人含泪凝思。

第五场　赠扇求情

〔前场次日。

〔荆州县衙二堂。

〔二幕前：罗正心绪不安地上。

罗　正　（唱）　怕麻烦，偏麻烦，

麻烦的事儿把我缠。

老太太那天把冤喊，

我把那分量掂又掂。

以下犯上太危险。

无奈顺水推了船。

只说此案无人管，

谁料君侯把案翻。

命我把关平来审判，

真是叫我来作难。

执法无私按律典，

量刑需防情理偏。

衙　役　禀太爷，君侯差人前来下书，太爷请看！

罗　正　（拆书）"小柬一封寄大人，

挥毫倍觉重千斤。

关平纵马伤人命，

家出逆子寒透心。

以儆效尤从严论，

开刀问斩慰民心。

如若有人徇私求情，尚方宝剑，格杀勿论。"

（倒吸一口冷气）开刀问斩！

（唱）　我还是莫违君侯命，

从严判处斩关平。

秦腔

关公斩子

GUANGONGZHANZI

哎呀，不能，

　　　　关平虽然致人命，
　　　　乃是误伤宜从轻。
　　　　为官若不主公正，
　　　　天理国法都不容。
　　　　从宽从严须慎重，
　　　　我可不当糊涂虫！

衙　役　禀太爷，关夫人差人送来垂金扇一把。

罗　正　（接扇唱）

　　　　夫人为何送金扇？
　　　　必有奥妙在其间。
　　　　打开扇儿仔细看：

（念）　"盼顾湖山绘丹青，
　　　　求花吐艳待春风。
　　　　从戎志在山河壮，
　　　　宽襟畅饮庆太平。"
　　　　盼求从宽，盼求从宽！

（唱）　原是要我量刑宽。
　　　　君侯他送书来怒冲霄汉，
　　　　关夫人赠金扇语言缠绵。
　　　　哪个真哪个假如何判断，
　　　　真令人费疑猜左右为难。

有了，我不免携带案卷，面见君侯，陈述己见，再好了
却此案。

（唱）　不下河怎知水深浅，
　　　　欲擒猛虎入深山。
　　　　接下这桩扎手案，
　　　　关系重大非一般。
　　　　拜会君侯陈己见，

唉！

　　　　为官者也并非诸事安然。（下）

第六场　豪气凛然

〔前场当晚。

〔荆州王府。

〔二幕启:关云长在灯下观书。风起云涌。

关云长　（唱）　晚风起乌云涌星月暗淡,
　　　　　　　　气难消恨难平郁闷愁烦。
　　　　　　　　烛灯下某强把春秋观看,
　　　　　　　　历代的兴与衰映现眼前。
　　　　　　　　顺民心操胜券千古明鉴,
　　　　　　　　违民意江山倾历代皆然。（合卷而起）
　　　　　　　　看今朝鼎足势瞬息千变,
　　　　　　　　展宏图还必须以民当先。
　　　　　　　　恨逆子荼百姓妄为铁汉,
　　　　　　　　伤黎民坏军纪胆大包天。
　　　　　　　　老妇人呈诉状来把冤喊,
　　　　　　　　我岂能徇私情姑息儿男。
　　　　　　　　命知县将关平从严惩办,
　　　　　　　　慰民心正军纪执法如山。

〔中军上。

中　军　禀君侯,罗知县求见。

关云长　有请。

中　军　罗知县进见!（下）

〔罗正上。

罗　正　（唱）　手捧案卷拜君侯,
　　　　　　　　只为消除两家愁。
　　　　　　　拜见君侯。

关云长　免礼,落坐。

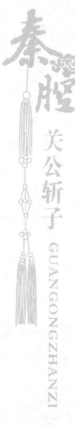

罗　正　　谢君侯。

关云长　关平一案,审讯如何?

罗　正　　勘审已毕,回复君侯。

关云长　关平可有招?

罗　正　　苦主所告属实,关平俱都招认。

关云长　如何发落?

罗　正　　苦主年老无靠,赡养送终;关平重责八十,羁押三载。

关云长　哼! 某之手谕,可曾看过?

罗　正　　句句拜读。

关云长　有何高见,望乞赐教。

罗　正　　下官才疏学浅,怎敢冒渎君侯。

关云长　话讲当面,某愿聆听。

罗　正　　纵马伤人,理应判处。量刑之时,尤须审慎。若将关
　　　　　平处以极刑,委实过重。

关云长　害民匿罪,败我威名,若不重处,岂能服众? 杀一儆
　　　　　百,怎言过重?

罗　正　　君侯忠烈刚直,执法如山,伸张正气,大义灭亲,吏之
　　　　　表率,万民敬仰。只是……

关云长　什么?

罗　正　　哎呀,君侯,这杀头可不是割韭菜,人头落地,再难复
　　　　　生。君侯威怒之下,将关平处斩,荆州失一良将,国
　　　　　家失一栋梁,恐日后追悔莫及,还望君侯明察。

关云长　严惩逆子,为民除害,何悔之有?

罗　正　　这……

关云长　重罪轻刑,莫非有人讲情不成?

罗　正　　这个……

关云长　你得了多少金银珠宝? 讲!

罗　正　　哎呀,君侯,下官怎敢受贿,只有夫人过衙送来一把
　　　　　垂金扇。

关云长　交某观看!

罗　正　　君侯! 请来观看! (交扇)

关云长　（观扇）

　　　　好恼！

　　　　（唱）　夫人处事真大胆，

　　　　　　　　借扇讲情理不端。

　　　　　　　　案卷交与某观看，

罗　　正　（递案卷）君侯请看！

关云长　（执笔批示）

　　　　（接唱）秋后处斩不容宽！

罗　　正　（接案卷）啊！

　　　　（唱）　秋后要把关平斩，

　　　　　　　　君侯之命大如天。

　　　　　　　　手捧案卷回衙转，

　　　　　　　　有心无力也枉然。（下）

关云长　内厅传话，夫人来见！

　　　　〔关夫人上。

关夫人　（唱）　忽听传唤神色变，

　　　　　　　　惴惴不安到堂前。

　　　　　　　　莫非隐情露破绽，

　　　　〔关云长见夫人，拔剑追杀。夫人左推右挡，跪倒
　　　　在地。

关夫人　（接唱）你，你，你追杀为妻为哪般？

　　　　君侯哇！你将为妻唤到堂前，一言不发，掌剑便杀，
　　　　这，这，这是为了何事？

关云长　罪证在此，你且看来！（掷扇于地）

关夫人　哎呀，果然被他知道了！

关云长　违某意愿，过衙求情，如何容得！（挥剑又刺）

关夫人　君侯呀，容妻把话讲完，再杀不迟！

关云长　讲！

关夫人　君侯哇！

　　　　（唱）　望君侯息雷霆且先住手，

　　　　　　　　容为妻诉一诉满腹苦衷。

秦腔

关公斩子

GUANGONGZHANZI

关平儿马脱疆误伤人命，
犯军纪触法网理应严惩。
君侯你不徇私令人崇敬，
我怎敢违夫命去徇私情。
倘若是小关兴把刑律触动，
任你杀，任你刮，千刀万剐妻顺从。
那关平并非是你我亲生，
还望你量刑时三思而行。
你念他平素间恭顺孝敬，
你念他失检点尚且年轻；
你念他为江山忠心耿耿，
你念他鞍前马后有战功；
你念他生身父母年迈没有人照应，
你念他能伏法将儿宽容。
如不然叫关兴代兄抵命，
也免得局外人说西道东。
求君侯这一次收回成命，
给为妻赏薄面饶恕关平。

关云长　（激动地）噢！
　　　　（唱）听罢夫人肺腑言，
　　　　　　　深情脉脉意绵绵。
　　　　　　　热泪涌出丹凤眼，
　　　　　　　卧蚕眉儿凝成团。
　　　　　　　心如火焚思绪乱，
　　　　　　　涟涟泪水如涌泉。
　　　　　　　豪杰并非无情汉，
　　　　　　　我关某岂是那铁石心肝。
　　　　　　　罢！罢！罢！收回成命把死刑免，
　　不能！
　　　　　　　纵子违法骂名传。
　　夫人哪！

血染征衣为扶汉，

兴业莫忘创业难。

江山一统未实现，

百废待举民求安。

关平犯罪触律典，

执法量刑应从严。

为官不把私情念，

耿耿此心可对天。

斩关平用鲜血标立典范，

教儿孙感皇恩除邪念奉公守法保江山！

关夫人　君侯，你，你，你执意要斩？

关云长　夫人，你，你，你也要体谅关某的苦衷。

关夫人　喂呀！

〔关兴、张苞上。

关　兴 孩儿 恳求 父帅 宽恕关平哥哥！（跪）
张　苞 侄儿 伯父

关云长　儿们听了！

（唱）　立国法整纲纪以民为本，

父岂能护一子舍弃万民。

闪闪青锋惊雷震，

（挥剑，入鞘，亮相）

执法人不执法何以服人。

（关云长威风凛凛，挥手拒绝）

（众惊服）

第七场　苦主允情

〔数月后。

〔王妈妈家中。

〔二幕前：张苞急上。

张　苞　（唱）　空中乌云凝成片，
　　　　　　　　北风呼啸旋成团。
　　　　　　　　伯父要把哥哥斩，
　　　　　　　　王府上下心痛酸。
　　　　　　　　三番五次求赦免，
　　　　　　　　伯父执法不容宽。
　　　　　　　　无奈去把苦主见，
　　　　　　　　搭救哥哥走一番。（下）

〔二幕启：王妈妈家中，桌上放着王鹏灵牌。王妈妈
手端饭碗，悲痛地上。

王妈妈　（唱）　春去秋临落叶卷，
　　　　　　　　风声凄凄好惨然。
　　　　　　　　小孙儿王鹏把命断，
　　　　　　　　雪上加霜愁万千。
　　　　　　　　孙儿亡故七期满，
　　　　　　　　手捧汤饭送灵前。（入内）
　　　　　　　　见灵牌忙把亡孙喊，
　　　　　　　　王鹏，小孙儿！
　　　　　　　　奶奶我来到了你的灵前。
　　　　　　　　实指望你长大肩挑重担，
　　　　　　　　既尽忠又行孝忠孝双全。
　　　　　　　　谁料想苍天爷不遂人愿，
　　　　　　　　偏偏地把大祸降到身边。
　　　　　　　　黄叶尚未遭风险，
　　　　　　　　霜杀嫩苗连根剜。
　　　　　　　　奶奶未亡孙命断，
　　　　　　　　王门从此断香烟。
　　　　　　　　可怜我前路茫茫谁照管，
　　　　　　　　白发苍苍倍孤单。
　　　　　　　　哭孙儿哭得我声嘶力减，

好似孤雁落沙滩。
哭孙儿哭得我裂肝碎胆,
好似万箭心头穿!
年迈人直哭得魂飞魄散,
是何人能替我消愁解烦。

〔张苞上。

张　苞　　老奶奶!

王妈妈　　噢,你是何人,唤我奶奶!

张　苞　　我乃阆中王之子张苞,前来看望老奶奶。

王妈妈　　(惊喜地)你就是那三声喝退曹兵的张将军之子?

张　苞　　正是的。老奶奶你如何得知我父喝退曹兵之事?

王妈妈　　哎呀,小将军!是你不知,那年兵荒马乱,我背井离
　　　　　乡逃难,路遇曹兵紧追不放,行至当阳桥前,眼看大
　　　　　难临头,危急万分。这时,你父扬鞭跃马,冲上桥头,
　　　　　连喝三声震断了桥梁,吓得曹兵望风而逃,我才转危
　　　　　为安。这些年来常把你父思念,今日能见你面如见
　　　　　你父一般。小将军,你到此有得何事?

张　苞　　老奶奶!

　　　　　(唱)　小兄弟被马踩死得伤惨,
　　　　　　　　　荆州城老和少闻知心酸。
　　　　　　　　　为此事我伯父定要把关平兄斩,
　　　　　　　　　求奶奶施恩典救他一番。

王妈妈　　这个……

张　苞　　老奶奶,王鹏小兄弟无辜身亡,令人心酸,留下你孤
　　　　　身一人,身世可怜。从今往后,我就是你的亲孙儿,
　　　　　你就是我的亲奶奶,我一定侍奉你欢度晚年。今天
　　　　　我家伯父就要处决我那关平哥哥,危在旦夕,孙儿求
　　　　　奶奶前去搭救他一条活命。

　　　　　(唱)　关平兄平素间待人和善,
　　　　　　　　　他本是奇男子战将一员。
　　　　　　　　　为江山他不惜流血淌汗,

多年来随伯父马后鞍前。

疆场上遇强敌英勇奋战，

保汉室和黎民功非一般。

倘若还今日里他被问斩，

遇强敌来侵扰黎民难安。

小兄弟遭非命虽然伤惨，

这件事并非他闯的祸端！

王妈妈　怎么致伤人命的不是关平？

张　苞　（接唱）

关平兄替关兴挺身出面，

全忠义把罪责一身承担。

老奶奶我求你大开恩典，

你念他为爱弟负屈蒙冤。

老奶奶我求你将他怜念，

他一双亲爹娘风烛残年。

小兄弟已亡故再难生返，

我给你当孙儿侍奉百年。

王妈妈　（唱）　小张苞一席话沁肺沥胆，

不由我年迈人暗自盘算。

为国家他求我讲情出面，

这件事倒叫我左右为难。

我有心收诉状此案罢免，

可怜我小孙儿负屈含冤。

二君侯斩关平我若不管，

岂不让后世人怨恨千年。

关平他重义气实在罕见，

我怎能忍着心让他蒙冤。

好心应把好心换，

逢春暖来临冬寒。

老关公为国家忠心赤胆，

扶汉室爱黎民心血劳干。

整军纪不徇私秉公而断，
无愧是英雄汉浩气凛然。
一桩桩一件件摆在当面，
哪个轻哪个重一掂再掂。
罢罢罢收诉状了结此案，
为汉室我也要忍痛割肝。
小张苞快起来莫可久站，
扶奶奶见君侯把义成全。

张苞，随奶奶走！

〔张苞高兴地扶王妈妈下。

第八场　戴罪出征

〔紧接前场。
〔刑场。
〔二幕前：内刀斧手喝吼："走！"

关　平　（内唱）刀斧手一声吼天摇地陷，
　　　　〔刀斧手押关平上。
关　平　（接唱）兄为弟赴刑场命丧九泉。
　　　　　　　想当年随父帅沙场征战，
　　　　　　　雄纠纠抖威风豪气凛然。
　　　　　　　今日里赴法场迈步艰难，
　　　　　　　有千言和万语隐藏胸间。
　　　　　　　不能讲，不能喊，
　　　　　　　忍辱负屈难开言。
　　　　　　　为全忠义把头断，
　　　　　　　待看万木早参天。
　　　　　　　鬼头刀出鞘寒光闪，
　　　　　　　午时三刻离人间。

我虽丧身心无怨，

但愿汉室捷报传！

〔二幕启：刑场、监斩台，劲松参天，乌云翻滚。侍女托酒、饭，引关夫人上。刀斧手下。

关夫人　关平儿！

关　平　母亲！

关夫人　儿呀！

（唱）　尘沙遮脸容颜变，

热泪如雨洒胸前。

从今后，再不能教儿读书卷，

从今后，再不能听儿捷报传。

儿死后莫要把你父帅埋怨，

挥泪斩子为的是汉室江山。

儿死后娘岁岁插柳把儿看，

送衣送饭到坟前。

儿呀！

你吃下这碗长休饭，

免得忍饥赴黄泉。

再喝这杯永别酒，

醉意朦胧得长眠。

我的儿睁开眼把为娘再看一看，

你，你，你，有何遗愿对娘言。（哭泣）

关　平　娘啊！

（唱）　母亲莫痛擦泪眼，

且听孩儿临终言。

儿虽非娘亲骨肉，

娘待儿恩深似海重如山。

儿原想敬奉爹娘百年满，

披麻戴孝送坟前。

谁知苍天违人怨，

儿赴泉台竟在先。

孩儿虽死无遗憾，

尚有那三件事请娘成全。

关夫人　这第一件？

关　平　（唱）　我父帅秉性烈忠心赤胆，

为汉室一生戎马不下鞍；

如今他年高迈须人照管，

娘劝他多保重贵体长安。

他若有不周之处娘莫怨，

望母亲看儿面容他二三。

关夫人　（悲伤地）为娘依从就是。这第二件？

关　平　（唱）　关定庄我生身父母将儿盼，

教儿永保汉江山。

儿死后，请娘另眼看，

劝慰他们度晚年。

关夫人　为娘对你的生身父母定会另眼相待。这第三件？

关　平　这第三件么……儿有几句言语，求母亲转告关兴

小弟。

关夫人　你且讲来！

关　平　母亲！

　　　　（唱）　愿小弟自强不息图上进，

子承父业秉忠心。

来日他青烟阁上名威震，

莫忘化纸慰孤魂。

〔中军抱剑上。刀斧手上。

中　军　下面听着，君侯刑场监斩，闲杂人等速快躲开。请夫

人回避！

关　平　请母亲回府歇息！

〔内喊："君侯到！"

〔关夫人哭泣下。

〔校尉、罗正等急上。

〔关彪牵马引关云长上。

081

关云长	（唱）	天网恢恢法森严，
		怒斩关平心亦酸。
		父子之情今朝断，
		强忍悲伤泪偷弹。

中　军　启禀君侯，午时三刻已到。

关云长　刀斧手！开——刀！

〔刀斧手押关平下。

关　兴　（内喊）　刀下留人！

〔关兴手执自首书，边喊边上。

〔关夫人随后跟上。

关　兴　爹爹！马踏人命一事，乃孩儿所为，与关平哥哥一字
　　　无关，现有自首书，请爹爹观看。（跪下）

关云长　（看罢自首书，走下监斩台）这马踏人命一事，是儿
　　　所干？

关　兴　是儿所干。

关云长　是儿所为？

关　兴　是儿所为。

关云长　好气也！（一脚将关兴踢翻，伏地）

	（唱）	小奴才你纵马伤害百姓，
		竟匿罪不禀报又害其兄。
		叫人来速快将关兴绑定——

〔校尉绑关兴。

关夫人
罗　正　（同时地）君侯！

关云长　（唱）　我岂能顾亲生饶恕畜牲！
　　　刀斧手！

〔刀斧手应声上。关云长归监斩台。

将关平赦回，将关兴推出斩！斩！斩！

〔四刀斧手押解关兴。关平上。

关　平　爹爹！且慢！儿有话讲！

关云长　关平，你欺瞒为父，袒护关兴，还有何话讲？

关　平　儿为关兴替罪，一为报答父帅之恩，二为使小弟上

进！请爹爹容儿讲来。

罗　正
关夫人　　请君侯容他一讲。

关云长　讲！

关　平　爹爹容禀！

（唱）　想当年拜义父如鱼得水，

传文韬授武略育我成人。

学爹爹保汉室赤胆忠心，

学爹爹大义凛凛为黎民。

儿今日自愿把碧血流尽，

只缘爱弟情意真。

一则是促弟成材图上进，

二则是血染霜刀报父恩。

爹爹呀！

关兴弟刑场自首把罪认，

你就该成全他改过自新。

爹爹，孩儿话已讲明，如若不赦关兴，就仍将孩儿斩首！（跪下）

关　兴　爹爹，一人犯罪一人当，请爹爹叫孩儿赴死抵命！（跪下）

罗　正　下官未能及时善理民讼，愿受重责，求君侯从轻发落小将军！（跪下）

关夫人　君侯呀！关兴犯罪，为妻有责，求君侯处我一死，愿与关兴同赴九泉！（跪下）

关云长　（唱）　众人求情跪当面，

只觉地转天又旋。

若将逆子来赦免，

苦主负屈心怎安。

左思右想寸心乱，

斩字出口更改难。

斩令已出，再难收回。

关　兴　容儿面对爹娘，拜上三拜，以谢二老养育之恩。

关云长　来！架起刀门，容他拜来！

关　兴　谢爹爹！

〔关平扶起关夫人。

〔关兴整容理衣，跪拜。

〔关云长、夫人等掩面悲伤。

〔行刑鼓响。

关云长　刀斧手！将关兴推出……斩！

〔刀斧手架起关兴下。

〔二通鼓响。

关夫人　儿呀！（晕厥，关平急扶）

〔一刀斧手上。

刀斧手　启禀君侯，苦主护守关兴，难以行刑。

关云长　啊！

〔张苞扶王妈妈急上。

关云长　老妈妈，关某处斩逆子，替你孙儿抵命，为何拦挡？

王妈妈　（唱）　君侯斩子雪冤案，

大义灭亲可对天。

人非草木心相换，

公理昭昭在人间。

为官能把民怜念，

黎民怎能不为官。

我孙儿已死难生返，

怎忍你绝后断香烟。

关兴未把斩罪犯，

按情发落宜从宽。

关云长　家出逆子，甚是羞愧，今日问斩，以正威名。

王妈妈　君侯执法无情，感人肺腑。小将军纵马闯祸，并非蓄
意谋杀。老身只恨那些官员，竟不敢受理此案。

罗　正　老妈妈所言极是，下官胆小怕事，有负黎民，愿闻
教训。

王妈妈　只要官清法正，百姓也就心满意足了。

罗　正	君侯,关兴已经自首认错,苦主又来讲情,就该另行……
王妈妈	君侯如不重新发落,我便讨回诉状息讼不告了!
关云长	这个……
王妈妈	哎呀君侯,小孙已死再难复生,岂能再伤一命。老身苦苦求情,你就该收回成命,如若不然,就连老身一同处斩了!

关云长　（唱）　老妈妈求情动肝胆,

不由豪杰作了难。

为汉室保皇兄东征西战,

多少个忠良将血染征鞍。

脱戎装勤政事荆襄地面,

全凭着军纪明执法森严。

亲生子伤人命徇情不斩,

怎能叫秉公断执法如山。

常言道法不严由上所乱,

我岂能对亲生忘却誓言。

若宽容不肖子善恶不辩,

坏军纪乱律条黎民怎安?

我若执意把儿斩,

苦主再三来阻拦,罢、罢、罢,

不看僧面看佛面,

念苦主把逆子发落从宽。

死罪赦了活难免,

重责八十羁三年。

老妈妈孤孀香烟断,

即日进府度晚年。

报旨官	（内）圣旨下。
中　军	禀君侯,圣旨下。
关云长	接旨!

〔关平、张苞等下。

〔报旨官上。

报旨官　荆州王关云长听诏：江夏逆臣张龙、张虎、谋反作乱，诸葛丞相奏请朕准，命关平挂帅，提调关兴、张苞等小将，即刻披挂出征，剿平叛逆，功成之日，再行封赏。传诏已毕，君侯接旨。

关云长　谨遵兄王诏命！中军，引差官回府安歇！

报旨官　谢君侯！

〔中军、报旨官下。中军复上。

罗　正　君侯，依下官之见，叫关兴披挂出征，以功赎罪，如何？

王妈妈　罗知县所言极是，望君侯应允。

关云长　中军！众位小将披挂进见！

中　军　君侯有令，众位小将进见！

〔关平、关兴、张苞等上。

众　参见爹爹！
　　　　伯父！

关云长　站立两厢，听父一令！

（唱）　关平挂帅赴边关，
　　　　关兴立功赎罪愆。
　　　　征途莫把秋毫犯，
　　　　齐心合力把敌歼。

众　（唱）　马离江夏敲金镫，
　　　　　　人望荆州奏凯旋。

〔马童上，众小将上马，关云长等相送。

——**剧　终**

演出单位

西安市五一剧团

玉蝉泪

根据甬剧《双玉蝉》改编

胡文龙 改编

剧情简介

　　《玉蝉泪》通过一个美丽善良的姑娘——曹芳儿的悲惨遭遇,控诉了封建婚姻和封建礼教的罪恶。"有淑女兮,怨恨多,老小亲成长恨歌;莫道淑女冤孽重,实为封建礼教恶;日行月移时有尽,此恨绵绵如江河!"

场　目

人　物　表

曹　芳　儿　　　　女，十六岁——三十六岁

曹　观　澜　　　　曹芳儿之父，四十多岁

三　　叔　　　　　三十四岁，酒徒

三　　婶　　　　　三叔妻，近五十岁

沈　梦　霞　　　　婴儿——二十岁

曹　族　长　　　　四十多岁——五十多岁

沈　族　长　　　　五十多岁

曹　念　祖　　　　三十多岁

曹　七　　　　　　二十多岁

吕　翰　林　　　　近六十岁

金　　氏　　　　　五十多岁

吕　碧　芸　　　　吕翰林之女，十八岁

惜　玉　　　　　　吕府丫环

吕　茂　　　　　　吕府家人

衙役若干人

第一场

时　间　仲夏清晨,阳光临窗,夏蝉振翅。

地　点　曹观澜家厅堂,设一绣衣绷架。

序　歌　　　清晨夏蝉叫喳喳,

　　　　　　日照纱窗女如花。

　　　　　　夏蝉叫,女如花,

　　　　　　女何喜悦蝉何哗?

〔幕启:曹芳儿体态轻盈地持针黹盒上,顿时阳光满室,蝉儿噪鸣。

曹芳儿　(唱)　奔厅堂忙把妆奁赶,

　　　　　　夏蝉树梢闹声喧;

　　　　　　日照纱窗红艳艳,

　　　　　　活活喜煞女婵娟。(蝉鸣更噪)

　　　　　　夏蝉夏蝉莫再噪,

　　　　　　有劳你报喜我知道。

　　　　　　出阁妆奁已办好,

　　　　　　待结同心盼来朝。

(羞喜之余,取出胸前玉蝉)

玉蝉呀!

　　　　　　人说你为配偶噪声不尽,

　　　　　　我听你琅琅声情长意深。

　　　　　　人说你生异翅再不高飞,

　　　　　　我看你多情种却有恒心。

　　　　　　但愿得若玉蝉早成双对,

　　　　　　比翼双飞不离分。

　　　　　　日后生男又育女,

091

　　　　　　　　唤罢爹爹叫娘亲。
　　　　　　　　天伦之乐享不尽，
　　　　　　　　神仙也要羡三分。
　　　　　〔沉醉于美好的幻想之中，三婶拎一包裹上。
三　婶　（唱）　空有夫君叹只身，
　　　　　　　　不堪寂寞探娘亲，
　　　　　　　　回来先把曹门进，
　　　　　　　　见了芳儿才放心。
　　　　　（入内）芳儿！
曹芳儿　（急藏玉蝉于绣衣内）三婶，你回来了。
三　婶　回来了。
曹芳儿　三婶，相别一月，你怎么今天才回来，真是想煞我了。
三　婶　（感叹地）唉！除了你芳儿，还有谁会盼望我回来！
曹芳儿　……
三　婶　（胸有隐痛，至绷架前翻看）嫁衣……玉蝉！芳儿，
　　　　　莫非你动喜星了？是哪家才郎？何人做的媒？
曹芳儿　（羞涩欲避）三婶！
三　婶　快讲给三婶听，今年多大？品貌如何？
曹芳儿　（又欲避）……
三　婶　芳儿，在婶面前还怕难为情？
曹芳儿　（唱）　那一日老爹爹经商杭城，
　　　　　　　　钱塘江去游玩跌落水中。
　　　　　　　　幸遇那沈举人下水搭救，
　　　　　　　　年迈人方脱险死里逃生。
　　　　　　　　回栈房老爹爹筵席摆定，
　　　　　　　　请来了救命人答谢恩情。
　　　　　　　　筵席前老爹爹亲口答应，
　　　　　　　　将奴身许配给沈门后生。
　　　　　　　　碧玉蝉作聘礼又是媒证，
　　　　　　　　这便是姻缘的前因后情。
三　婶　（接唱）恭喜芳儿好福气，

万中选下乘龙婿，

郎才女貌称心意，

一心一意盼佳期。

曹芳儿	三婶,你……
三　婶	看,你这嫁衣已经绣好,快穿上,让三婶看看。

〔芳儿在欢乐的音乐声中穿起嫁衣,曹观澜暗上。

三　婶	看我芳儿这一穿,真是心灵手巧,人样更好,定能配个如意郎君。
曹观澜	哈哈,我这一份赔妆么,就更要办好啊!
曹芳儿	爹……(娇羞地依在父怀)

〔曹念祖上。

曹念祖	芳儿,芳儿!(芳儿欲迎来人,一见自己穿着嫁衣,急退后)
曹观澜	啊,原是念祖兄,不知有何吩咐?
曹念祖	族长公公就要到来。
曹观澜	公公到来不知有何教诲?
曹念祖	大喜啊大喜。
曹观澜	何喜之有!
曹念祖	沈家有人来了!
曹观澜	沈家有人来了?(向女儿看看)
曹念祖	你们赶快准备,我去迎接公公。(下)
三　婶	芳儿,恭喜你了!
曹芳儿	三婶……
曹观澜	芳儿快快收拾收拾,为父去换件衣服。
曹芳儿	是!

〔曹观澜下。芳儿一边收拾绷架,一边偷看,被三婶
看见,羞而与三婶一起入内。曹族长偕同沈族长上,
后随曹念祖。

曹族长	沈兄走好!
沈族长	好走。曹兄,就在这里吗?
曹族长	就在这里。

曹念祖	观澜,族长公公来了。
曹观澜	(急自内出)见过公公,快请里面上坐。
曹族长	沈兄请!(曹、沈两族长入内坐定)
曹观澜	不知太公驾临,未曾远迎,万望太公恕罪!
沈族长	从此就是一家了,不必客气。
曹族长	观澜,你家贤婿已由沈家族长太公陪来了。
曹观澜	我家贤婿现在哪里?
曹族长	且莫急于相见,我尚有话告诉你。
曹观澜	公公有何吩咐,请讲。
曹族长	你可知你家贤婿因何而来?
曹观澜	想是前来迎娶。
曹族长	非也。只因你家亲翁、也是你的恩公沈举人已经作古了。
曹观澜	亲翁过世了?
曹族长	是的。你家亲翁临终之时,写了遗书一封,将你贤婿托交于你,遗书在此,你且看来! 〔曹念祖给信。
曹观澜	(拆信观后)亲翁啊……
曹族长	观澜,如今你们贤婿已经到来,你将怎样安排?
曹观澜	既然亲翁临终有托,就让他们两小在此完婚吧。
曹族长	理应如此。(以目询沈族长) 〔沈族长点头。
曹观澜	公公,但不知我家贤婿人在哪里,快请过来相见。
曹族长	(对曹念祖)你去把沈家少爷领来相见!
曹念祖	是!(至门口招手) 〔曹观澜也去门外左右张望。曹七抱沈梦霞上。曹观澜见而不知,先回室内。
沈族长	快抱梦霞过来拜见岳父大人!
曹 七	沈梦霞拜见岳父大人。
曹观澜	啊!他……他……
曹族长	就是你的贤婿沈梦霞。

沈族长　还有玉蝉为凭。

曹观澜　请问太公，我家贤婿他……今年多大年纪？

沈族长　去年八月所生，尚不满两周岁。

曹观澜　尚不满两周岁？

曹族长　（有意问之）怎么，你家贤婿是个两岁的婴儿，难道你事先不知？

曹观澜　公公啊！

（唱）　想当初钱塘江失足遭险，
　　　　多亏了沈举人救我命还。
　　　　为报答救命恩我设酒筵，
　　　　请来了沈举人饮酒猜拳。
　　　　酒席前我们把家境交换，
　　　　他有男我有女才把亲攀。
　　　　只说是这姻亲十分美满，
　　　　谁知晓生误会闹起波澜。

曹族长　什么误会？

曹观澜　他说他家令郎生肖属牛，我说我家小女生肖属鸡，丑酉合配，相差八年，我想男大八岁，乃是上甲之配，哪里知晓原来是小于我家芳儿一十六岁！

曹族长　如今你打算怎样？

曹观澜　公公啊！

（唱）　我单生这一女继嗣养老，
　　　　好比似十亩地育禾一苗。
　　　　实指望到晚年有依有靠，
　　　　谁料想未过河先断行桥。
　　　　望太公开大恩主持公道，
　　　　把这门大小亲一笔勾销。

曹族长　住口！竟敢在贵客面前，出言无状，坏我曹家门风。

曹观澜　公公……

沈族长　曹兄！

（唱）　花针难穿两头线，

　　　　　　　独脚难踩两只船。
　　　　　　　莫非曹族家谱乱,
　　　　　　　一女可以配二男。
曹族长　沈兄,你说哪里话来!
　　　　　(接唱)曹族虽然家谱短,
　　　　　　　　先王之道族规严。
　　　　　　　　悔亲之事岂能干,
　　　　　　　　有我决不负前言。
　　　　　观澜,先圣云:言既出,行必果。我曹家子弟焉能食
　　　　　言于人。
曹观澜　公公!观澜酒后失言,酿成罪过,愿受惩罚,千万不
　　　　　能连累芳儿,公公啊!
　　　　　(唱)　芳儿女早丧母身世伤惨,
　　　　　　　　若再配襁褓男更把愁添。
　　　　　　　　求公公开大恩把她怜念,
　　　　　　　　到来生变牛马结草衔环。
曹族长　住口!
　　　　　(唱)　老少夫妻不罕见,
　　　　　　　　并非今日自开端。
　　　　　　　　劝你循规把事办,
　　　　　　　　若再推辞难容宽。
　　　　　自古道脚无大小,端正就好。这桩婚事,沈曹两家族
　　　　　长早已讲妥,决无更改。
曹念祖　从此好好抚养,不得怠慢!
曹族长　还不快去接过你家贤婿!
　　　　　〔曹族长示意曹七授孩,曹观澜三次欲接未受。
曹观澜　公公……
沈族长　(抢上一步)曹兄,方才你我所讲之话……
曹族长　沈兄,你且放心!(追问曹观澜)你究竟接也不接?
曹观澜　我……
曹族长　唔?

曹观澜	是,是……(万般无奈地接过婴儿)公公,可否将梦霞作为螟蛉,观澜愿当亲生对待!
曹族长	语无伦次,白日做梦!(站起)与我立即完婚!
曹观澜	公公,此事万万不可,想小女生性你也知晓,如若强迫完婚,恐有意外不测!
曹族长	依你之见?
曹观澜	既然不能收作螟蛉,为使小女日后便于抚养、管教,可否暂且让他们姐弟相称,事出无奈,万望公公答应!(下跪)
沈族长	夫妻本有姐弟情分。
曹族长	(以退为进地)这个……那这桩事却是讲定了?
曹观澜	是!
曹族长	等待日后长大,择吉完婚?
曹观澜	……是。
曹族长	(示意曹观澜起来后转向沈族长)沈兄,你看如何?
沈族长	曹兄治家有方,实在令人钦佩!
曹族长	此乃小弟份内之事。
沈族长	时辰不早,我便告辞了。
曹族长	请!
沈族长	请!

〔曹、沈二族长、曹念祖、曹七下。

曹观澜　(心乱如麻地不知将婴儿置于何处)

(唱)　族长公公言出口,
　　　　好似沉雷响当头。
　　　　这门亲事不成就,
　　　　族规森严难宽容;
　　　　老小姻缘若成就,
　　　　女儿终生恨悠悠。
　　　　怀抱婴儿难丢手,
　　　　将我困在万难中。(无奈倒坐椅上)

〔曹芳儿一身新装,欣喜万分地上。

曹芳儿　　（唱）　听说沈家来了人，
　　　　　　　　　头戴绢花出房门。
　　　　　　　　　但愿早日结秦晋，
　　　　　　　　　莲开并蒂燕双飞。
　　　　　　（见父）咦！
　　　　　　　　　爹爹为何在纳闷，
　　　　　　　　　怀抱婴儿何原因？
　　　　　　（羞涩地问）爹爹，族长公公去了吗？
曹观澜　　（点头）……
曹芳儿　　爹爹，哪里这个婴儿，倒很好看，让我来抱。（接进婴
　　　　　　儿逗引）嗨……笑……叫姑姑……
曹芳儿　　（转问）爹爹，这婴儿是谁家的孩子？
曹观澜　　他是……
曹芳儿　　他是啥人？
曹观澜　　（背唱）女儿声声追问紧，
　　　　　　　　　满腹语儿难出唇。
　　　　　　　　　若以实情来答问，
　　　　　　　　　岂不冷却一颗心。
　　　　　　　　　不以实情去答问，
　　　　　　　　　抚养婴儿靠何人？
　　　　　　　　　看来真情实难隐。
曹芳儿　　爹爹，他到底是啥人？
曹观澜　　（接唱）他就是沈梦霞你的夫君！
曹芳儿　　此话当真？
曹观澜　　还有玉蝉为凭。
曹芳儿　　（唱）　闻凶如同雷轰顶，
　　　　　　　　　冷水浇头怀抱冰。
　　　　　　　　　美满姻缘成幻梦，
　　　　　　　　　竹篮打水一场空。
　　　　　　　　　爹爹做事太懵懂，
　　　　　　　　　你怎忍心害亲生。

　　　　　　天哪！（扑向桌前）

曹观澜　芳儿呀！

　　　（唱）　叫女儿且莫要泪流满面，

　　　　　　怪只怪爹爹我把你牵连，

　　　　　　实指望觅贤婿天遂人愿，

　　　　　　谁料想找了个襁褓儿男。

　　　　　　事到此为父我本该不管，

　　　　　　怎奈那曹族长凶恶森严！

　　　　　　直逼得年迈人有气难喘，

　　　　　　这件事望我儿委曲求全。

曹芳儿　爹爹！

　　　（接唱）飞燕尚且寻窝暖，

　　　　　　　姑娘岂肯受苦寒。

　　　　　　　非是女儿无情面，

　　　　　　　这事儿实难成全。

　　　　爹爹！我好糊涂的爹爹呀，可曾记得我母临终之时对你嘱托，她说：芳儿长大成人，定要配门好亲，莫管家道如何，只要人心忠厚，年貌相当，求其夫妻谐合，百年到老。事到如今，要儿配个襁褓，岂不害儿终生……我早死的娘啊！

曹观澜　我叫叫一声芳儿，父苦命的儿呀！自从你母亡故，我父女相依为命，为父实想给你觅一佳婿，我也晚年有靠，谁料为父酒后失言，将我儿错配襁褓，千错万错，都怪为父一人了！

　　　（接唱）自悔当初错主见，

　　　　　　　不该收下碧玉蝉。

　　　　　　　马到悬崖收缰晚，

　　　　　　　船到江心补漏难。

　　　　芳儿！

　　　　　　　不看僧面看佛面，

　　　　　　　为父养你十八年。

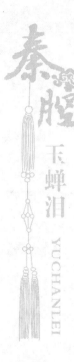

　　　　　　　　　我儿暂把愁眉展,
　　　　　　　　　收下婴儿再周旋。
　　　　　　　　　上有苍天会照鉴,
　　　　　　　　　生死富贵都在天。

曹芳儿　(接唱)爹爹讲话动肝胆,
　　　　　　　　　叫我进退两作难。
　　　　　　　　　天下道路有千万,
　　　　　　　天哪!
　　　　　　　　　为什么偏要我上这无底船!

曹观澜　(接唱)此事并非父心愿,
　　　　　　　　　万般出于无奈间。
　　　　　　　　　我儿要把父怜念,
　　　　　　　　　为父跪倒你面前!(突然跪在芳儿面前)

曹芳儿　(急忙陪跪)爹爹!
　　　　(唱)　思往事听父言心痛如绞,
　　　　　　　　　我腹中似扎上万把钢刀。
　　　　　　　　　我的父原本是为了我好,
　　　　　　　　　怎能料到今日陷入笼牢。
　　　　　　　　　曹芳儿有何罪遭此恶报,
　　　　　　　　　进不是退又难无法开交。
　　　　　　　　　眼看着我的父年纪衰老,
　　　　　　　　　怎忍心年迈人苦受煎熬。
　　　　　　　　　眼目前分明是悬崖绝道,
　　　　　　　　　我只得睁着眼去往下跳。
　　　　　　　　　是命运是造化迟早有报,
　　　　　　　　　为爹爹我只得接下祸苗。(接过婴儿)
　　　　　　　天哪!
曹观澜　儿呀……

第二场

时　间　八年后,初春傍晚。

地　点　途中。

〔二幕前:三叔提酒壶醉步上。

三　叔　(唱)　老天行事太可恶,

有妻如同没老婆。

可叹每日酒中过,

糊里糊涂往前磨。

常言道:只有山上千年树,哪有世上百岁人。为人在世,能喝且喝,能乐且乐……(呕吐)

〔沈梦霞上。

沈梦霞　(唱)　梦霞放学回家转,

边走心里暗喜欢。

书馆先生把我赞,

夸我聪明是奇男。

回家见了姐姐面,

先把此事向她谈。

正行走来抬头看,

三叔为何坐路边?

三叔,你怎么吃得这样醉?

三　叔　这叫一醉解千愁,万事去脑后。

沈梦霞　三叔,你这样一天到晚吃酒买醉,有啥味道?

三　叔　哈哈,不摘树上桃,哪知果儿甜。走!三叔请客,陪你再去痛饮三杯!(拉沈)

沈梦霞　我不去,姐姐知晓要责怪我的。

三　叔　姐姐?谁是你姐姐?

沈梦霞　当然是我家的姐姐。

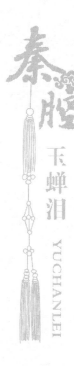

秦腔

玉蝉泪

YUCHANLEI

101

三　叔　你讲的是芳儿?

沈梦霞　嗯。

三　叔　(狂笑)哈哈……哈……

沈梦霞　三叔,这有啥可笑的?

三　叔　可笑呵,可笑! 明明是自己的妻子,偏偏要叫她姐姐。

沈梦霞　妻子? 啥妻子?

三　叔　(笑得更狂)哈哈……连这都不知道,妻子就是老婆。

沈梦霞　嘿! 你才说醉话,我才不信。

三　叔　我来问你:你姓什么?

沈梦霞　姓沈。

三　叔　芳儿呢?

沈梦霞　姓曹。

三　叔　同胞姐弟会有两姓,你在哪本书上读过?

沈梦霞　这……

三　叔　哈哈……

沈梦霞　三叔,不许你瞎讲,你不许瞎讲!

三　叔　这有啥用,我不讲,别人会讲。

沈梦霞　随便啥人都不许讲,谁要讲,我就告诉姐姐。

三　叔　姐姐! 好一个姐姐,好一个姐姐……哈哈! (下)

沈梦霞　(唱)　三叔临行把我笑,

　　　　　　　只觉脸红耳发烧。

　　　　　　　越思叫人越烦恼,

　　　　　　　回去定要问明了。(下)

第三场

时　间　当天黄昏。

地　点　同第一场,增设曹观澜灵台。

〔幕启:曹芳儿上,至门口张望。

曹芳儿　（唱）　日落西山天色晚,

　　　　　　　　家家户户冒炊烟。

　　　　　　　　梦霞南学把书念,

　　　　　　　　此时为何不回还。

　　　　　　　　放心不下倚门看,

　　　　　　　　燕子双双宿檐前。

　　　　　　　　呢呢喃喃声不断,

　　　　　　　　反倒给人添愁烦。

〔见天色已暗,返身入内掌灯。沈梦霞上。

沈梦霞　（唱）　半信半疑回家转,

　　　　　　　　要把详情弄了然。

〔入内,适逢芳儿端饭掌灯上。

曹芳儿　弟弟,你怎么这时才回来,快来用晚膳吧。

沈梦霞　（丢书包）我不吃。

曹芳儿　莫不是身体不爽?

沈梦霞　不是。

曹芳儿　可是受了先生责打?

沈梦霞　没有。

曹芳儿　遭了同学欺侮?

沈梦霞　也不是。

曹芳儿　即不是受先生责打,又没有遭同学欺侮,那为何闷闷

　　　　不乐?

沈梦霞　姐姐,我问你,你究竟是我什么人?

曹芳儿　（一愣）弟弟，你怎么无缘无故问出这句话来？

沈梦霞　有人讲，你不是我姐姐，是我妻子！

曹芳儿　（一怔）是谁讲的？

沈梦霞　隔壁三叔。

曹芳儿　（旁唱）梦霞回来气满面，

　　　　　　　　问得我结舌无对言。

　　　　　　　　长此隐瞒非我愿，

　　　　　　　　讲穿又怕起波澜。

　　　　　　　　三叔讲话少检点，

　　　　　　　　叫我进退两为难。

沈梦霞　（接唱）姐姐突然脸色变，

　　　　　　　　难道真应三叔言？

　　　　　　姐姐，你究竟是我什么人？

曹芳儿　弟弟，我是你的……姐姐。

沈梦霞　（方始放心）姐姐，那用夜膳吧！

　　　　〔芳儿正欲举筷时，忽然梦霞放碗又问。

沈梦霞　不对，不对，既然你是我姐姐，为啥你姓曹，我姓沈？

曹芳儿　这……

沈梦霞　既然你是我姐姐，为啥三叔说你是我的妻子？

曹芳儿　啊……

沈梦霞　既然你是我姐姐，为啥我问你，你要发愣？

曹芳儿　……

沈梦霞　（旁唱）她吞吞吐吐来敷衍，

　　　　　　　　定是想把真情瞒。

　　　　　　　　小小年纪有妻伴，

　　　　　　　　今后如何到人前。

　　　　　　不，不，我要姐姐，不要妻子。（哭着进房）

曹芳儿　弟弟，弟弟！

　　　　（接唱）老小亲到今日他已清醒，

　　　　　　　　竟然间要把我撇在途中。

　　　　　　　　阴森森冷静静残灯孤影，

　　　　　　曹芳儿好一似陷入牢笼。
　　　　　　细思想还是我红颜薄命，
（见父灵台）
　　　　　　对灵台不由人大放悲声。
　　爹爹！
　　　　　　只怪你于当初做事懵懂，
　　　　　　订下这老小亲凄苦伶仃。
　　　　　　害女儿这一生灾难深重，
　　　　　　坠陷阱八年整又走薄冰。
　　　　　　进不是退又难心神惊恐。
　　　　　　何一日笼中鸟才能飞腾？
　　爹爹呀！（伏桌痛哭）
　　（隔壁传来三婶的哭声，芳儿又慢慢抬起头来）
　　（唱）　耳旁忽听哭声惨，
　　　　　　来到门前仔细观。（三叔、三婶拉扯上）

三　婶　（拉住三叔不放）你不能走！

三　叔　马上就走，谁也挡不住！

曹芳儿　三叔，你为啥来了又要走啊？

三　叔　你去问她！

曹芳儿　三婶，这是为了什么？

三　婶　（唱）　生身母三周年明日期满，
　　　　　　　　儿女辈悼亡魂理所当然。
　　　　　　　　三日前把此事讲在当面，
　　　　　　　　要和他一同去祭奠一番。
　　　　　　　　怎奈他回家来炕席未暖，
　　　　　　　　拿了个大衣包要离家园。

曹芳儿　三叔，你就随三婶去一次吧！

三　叔　哎！芳儿，你哪里知晓！
　　　　（唱）　蝶儿恋花爱其香，
　　　　　　　　老妻少夫怎成双！
　　　　　　　　你看她——

秦腔
玉蝉泪
YUCHANLEI

半百之年老模样，

白发苍苍面皮黄。

倘若和我走路上，

旁人当她是我娘。

三　婶　你要怕人嘲笑，那么你走在前面，我跟在后面。

三　叔　哼！

（接唱）难道我受嘲笑还算不够？

难道我这一生还不苦楚？

难道你还要我当众出丑？

难道你缠住我死不罢休？

看起来你真是老不知丑，

无廉耻多作怪下贱骨头！

三　婶　啊！

三　叔　老实告诉你，今朝是我最后一次回来，从今以后我要以天为家，以地为乡，今生这世永不回来！（拂袖而下）

三　婶　（欲拉不能，痛苦地目送丈夫下）母亲……

曹芳儿　（兔死狐悲地）爹爹……

三　婶

曹芳儿　（同时）芳儿。（互扶进门）

三　婶　（唱）　方才情形你看见，

往后我怎到人前。

苍天何不睁开眼，

救我跳出苦水潭。

曹芳儿　（接唱）看看三婶想自身，

使我芳儿更寒心。

花草尚且求活命，

芳儿岂肯苦一生！

三婶，烦你明日一早去把族长太公请来。

三　婶　这是为了什么？

曹芳儿　三婶，明日你自会知晓。

三 婶	既然如此,明日一早就去。
曹芳儿	多谢三婶!（同下）

〔灯暗。复明后,曹七、曹念祖偕同曹族长上。

曹族长	（唱） 一族之长百事管,
	赏罚褒贬族规严。
曹 七	禀太公,来到芳儿门口。
曹族长	唤她来见。
曹 七	芳儿走来。

〔曹芳儿上。

曹芳儿	参见太公!
曹族长	罢了!（入内坐定）

〔三婶捧酒菜上,放桌,见过曹族长站立一旁。

曹族长	芳儿,今日请我到此,有得何事?
曹芳儿	太公啊!
	（唱） 自从老父赴阴曹,
	蒙太公照料把心操。
	寸草之心无以报,
	一杯水酒来酬劳。
曹族长	（接唱）芳儿贤淑又孝道,
	堪称曹门好根苗。
	几年抚养名声好,
	曹族门中德气高。
曹芳儿	这些本是份内之事,理应所为,可是梦霞昨晚回来……
曹族长	梦霞怎么了?
曹芳儿	（跪下)万望太公与我作主!
曹族长	梦霞出了什么事? 快说!
曹芳儿	（唱） 梦霞昨晚回家转,
	突然对我把脸翻。
曹族长	为什么?
曹芳儿	（接唱)三叔向他把事烂,

　　　　　　　　亲事再也难隐瞒。

曹族长　哈哈,原为这件小事,我为你做主就是。起来,起来,
　　　　哈哈……

曹芳儿　太公,既然梦霞不愿与我相配,倒不如……

曹族长　(打断)不必多说,我自有道理。曹七,去把梦霞
　　　　找来。

曹　七　是!(下)

曹芳儿　太公,此事恐怕不行!

曹族长　为什么?

曹芳儿　太公啊!

　　　　(接唱)好心不定有好报,

　　　　　　　姑息徒养留祸苗。

　　　　　　　我好比蝼蚁上火鏊,

　　　　　　　往后日月更难熬。

曹族长　(接唱)不怕河流有千条,

　　　　　　　只怕人把二心操。

　　　　　　　依你之计该怎了,

　　　　　　　不妨说与我知道。

曹芳儿　(接唱)坐家姑娘不稀少,

　　　　　　　芳儿情愿等枯焦。

　　　　　　　还望太公主公道,

　　　　　　　把这亲事一笔消。

曹族长　你……你说什么?

曹芳儿　我要与他一刀两断!

曹族长　一刀两断?

曹芳儿　事出无奈,万望太公体恤!

曹族长　你今日出此打算,可曾为你的终身归宿想过?

曹芳儿　这个……

曹族长　可曾为你家后嗣香烟想过?

曹芳儿　那个……

曹族长　可曾为我们曹族族规想过?

曹芳儿　太公……

曹族长　芳儿啊!

（唱）　你年轻做事少思忖,
　　　　怎能终身不成亲,
　　　　闺女纵然活百岁,
　　　　九十九岁要嫁人。
　　　　闲言浪语莫轻信,
　　　　快快收起退亲心。

曹芳儿　（接唱）茫茫苦海走不尽,
　　　　　　　　乞求太公开大恩。

曹族长　（突然把脸一变）呸!

（唱）　劝酒不吃吃罚酒,
　　　　天生一副贼骨头。
　　　　一味固执心不正,
　　　　要想退亲万不能!

曹芳儿　啊!

曹族长　回去!

曹芳儿　太公……

曹族长　你要讲说什么?

三　婶　公公,我有一事恳求!

曹族长　（不耐烦地）快讲!

三　婶　公公啊!

（唱）　芳儿苦情诉当面,
　　　　犹如杜鹃啼血斑。
　　　　还望太公施恩典,
　　　　怜念芳儿身孤单。

曹族长　什么,你也讲出这种话来?

三　婶　万望太公救她一命!

曹族长　住口! 想不到我平日夸奖于你,原来你也是邪心未
　　　　改,从中教唆。你要明白,若没有我当初为你作主,
　　　　你哪有今天这安稳的日子!

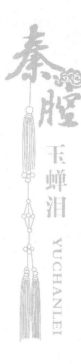

三　婶　安稳的日子！公公,是你活活害了我一生啊！

曹族长　（勃然大怒）你……你疯了！你讲！

三　婶　（唱）　回想起当年十九岁,
　　　　　　　　家贫嫁到曹家门。
　　　　　　　　婚配丈夫仅三岁,
　　　　　　　　像根牛绳穿在心。
　　　　　　　　无奈河边寻自尽,
　　　　　　　　你命人把我拉回门。
　　　　　　　　丈夫无知公婆狠,
　　　　　　　　把我全然不当人。
　　　　　　　　日夜苦水把口进,
　　　　　　　　公婆无端生是非。
　　　　　　　　百般苦楚都受尽,
　　　　　　　　为得曹门把身存。
　　　　　　　　苦心养郎十八岁,
　　　　　　　　谁知他却变了心！
　　　　　　　　虽成夫妻无情分,
　　　　　　　　相见犹如陌路人。
　　　　　　　　长夜风寒受不尽,
　　　　　　　　哭哭啼啼把你寻。
　　　　　　　　你言后生有福分,
　　　　　　　　叫我莫要起二心。
　　　　　　　　我听你言来从你训,
　　　　　　　　如今成了未亡人！
　　　　　　　　苦海茫茫何时尽,
　　　　　　　　又来葬埋芳儿身。
　　　　　　　　一腔积怨满腹恨,
　　　　　　　　纵然一死也要伸！

曹族长　（怒极）反了……反了！（喘不成语）将这贱人绑至
　　　　庵堂削发为尼,永世不得还俗！

曹念祖　是！（对三婶）走！

曹芳儿　三婶！三婶……

三　婶　芳儿，你要拿定主意啊！

曹念祖　走！（拉三婶下。芳儿痛不欲生）

曹族长　与我跪下！

曹芳儿　……

曹族长　跪下！

曹芳儿　（勉强跪下）……

曹族长　你听着：国法族规自古不变，儿女婚姻大事，订后不
　　　　从者，当众训戒；中途变卦者，开祠堂责打；违背族
　　　　长、屡教不改者，活活处死！

曹芳儿　啊！

曹族长　今后你再敢说出半个"不"字，她就是你的下场！

　　　　〔曹七偕沈梦霞上。

沈梦霞　参见太公！（跪下）

曹族长　梦霞，为什么出此恶语伤害你家姐姐！

沈梦霞　三叔说她不是我姐姐，是……

曹族长　你三叔那是醉汉，常说醉语，怎能轻信。

沈梦霞　姐姐，都怪我不好，惹你生气。

曹芳儿　（含沙射影地）弟弟，我不怪于你。

曹族长　既然如此，还不扶他起来。

　　　　〔芳儿扶起梦霞。

曹族长　梦霞，快去倒杯茶来，与你姐姐陪个不是！

沈梦霞　是。（下）

曹族长　（至芳儿前）摆在你面前有两条路：一条是好好抚养
　　　　梦霞，长大以后择吉完婚；一条是执迷不悟，邪念不
　　　　灭，活活处死！

　　　　〔曹族长偕曹七下。

曹芳儿　（自语）一条是好好抚养梦霞，长大以后择吉完婚；
　　　　一条是执迷不悟，邪念不灭，活活处死……（毅然
　　　　地）不！

　　　　（唱）　活在人世多风险，

不如一死也心甘！

〔芳儿正欲悬梁自尽，梦霞捧茶上。

沈梦霞　（见状奇异）姐姐,你要做什么?（又见绫带）姐姐,
莫非你想死！姐姐你不能死啊！你死了叫弟弟我怎
么办呢? 姐姐……

曹芳儿　（心实不忍）弟弟……

沈梦霞　姐姐,你如果一定要死弟弟我只有跟你一起死了,姐
姐啊……

曹芳儿　（旁唱）声声姐姐叫得惨,
　　　　　　　　铁石人闻也心酸。
　　　　　　　　梦霞未曾把罪犯,
　　　　　　　　怎忍害他丧黄泉。
　　　　　　　　长江东流不复返,
　　　　　　　　我的命苦似黄莲。
　　　　　　　　弟弟……

沈梦霞　姐姐……（扶芳儿下）

第四场

时　间　又相隔十年,隆冬。
地　点　山脚道旁。

〔幕内:一阵激烈的战斗效果,鼓声大震,杀声四起。

〔二幕前:沈梦霞仓慌上。

沈梦霞　（唱）　官兵争权互起战,
　　　　　　　　四乡黎民不安然。
　　　　　　　　伴姐离乡避灾难,
　　　　　　　　路遇官兵冲两边。
　　　　　　　　脚步踉跄把路赶,
　　　　　　　　不见姐姐在哪边。

（喊）姐姐，芳儿姐姐！（下）

〔二幕启：断壁，枯树，风雪交加，断壁之下贴有官家告示。曹芳儿上。

曹芳儿　（唱）　闯虎口亲人被冲散，（四下寻觅）
　　　　　梦霞，兄弟！
　　　　　　　　天保佑梦霞得平安。
　　　　　　　　风紧雪狂路迷漫，
　　　　　　　　饥病交迫抬步难。

〔跌倒，梦霞急上扶。

沈梦霞　姐姐，啊呀姐姐！

曹芳儿　（唱）　幸喜梦霞脱了险，

沈梦霞　（唱）　幸喜姐姐也安然。
　　　　　姐姐，幸喜脱出虎口，咱们还是往前赶吧！

曹芳儿　只是为姐又要连累于你……

沈梦霞　哎，咱们姐弟相依为命，何言连累，我们还是快走吧！

曹芳儿　（唱）　强打精神把路赶，

沈梦霞　（唱）　背井离乡好艰难。

曹芳儿　（唱）　四肢无力难立站，

沈梦霞　（唱）　相扶姐姐弟承担。

曹芳儿　（唱）　只觉天旋地又转，（跌倒）

沈梦霞　（唱）　活活吓煞梦霞男。（扶芳儿）

曹芳儿　兄弟啊……

沈梦霞　姐姐，可曾摔疼？

曹芳儿　兄弟啊！姐姐我头晕气喘，心跳目眩，实在难以行走了！

沈梦霞　这……姐姐，那边有棵枯树，为弟扶你前去，依树歇息歇息，（扶芳儿）姐姐，你挣扎些。

曹芳儿　（依树喘息少顷）兄弟啊，姐姐有病在身，如今更加沉重，路途艰难，再也无力行走，你还是独自逃走吧！

沈梦霞　姐姐，为弟怎能舍下你呀！常言，吉人自有天相，你的病不久就会好的。

秦腔玉蝉泪　YUCHANLEI

113

曹芳儿　啊呀兄弟，姐姐已是死过的人了，况又重病缠身，不久于人世。既然人世不怜于我，我又何恋于人世。幸喜你已长大成人，天涯海角，总有你的归宿之处，你快快走吧！

〔冷风吹来，芳儿颤抖。梦霞脱下衣服，披在芳儿身上。

曹芳儿　兄弟，你还是快走吧！

沈梦霞　姐姐呀！

（唱）　劝你莫再那样讲，
　　　　且听为弟诉衷肠；
　　　　你我相依共患难，
　　　　胜似一母同胞般。
　　　　春花秋月寒复暖，
　　　　风风雨雨十多年。
　　　　为我你把心操烂，
　　　　为我你不嫁受苦寒。
　　　　为我你青春丧去多一半，
　　　　为我你把皱纹添。
　　　　檐前鸽子梁上燕，
　　　　知道衔泥把愿还。
　　　　今日你把重病染，
　　　　怎忍丢你一身单。
　　　　为弟曾把圣贤念，
　　　　当仁不让前人言。
　　　　誓与姐姐共患难，
　　　　波涛难击意志坚。
　　　　终生愿把姐奉伴，
　　　　粉身碎骨也心甘。
　　　　面对雪山发誓愿，
　　　　负恩苍天不容宽。

曹芳儿　（感动地）兄弟……

〔风停雪住,天露微光。

沈梦霞 姐姐,你看风雪停息,茫茫天际露出微光,天公作美,你我定然得救。

曹芳儿 （暗喜,背唱）

　　　　他句句肺腑言有情有意,
　　　　这才是患难之中见心迹。
　　　　他真情挑起我求生意,
　　　　至诚人他不忍把我抛离。（掏出玉蝉,抚弄）
　　　　他感恩就更知恩义,
　　　　他知情就更有情谊。
　　　　但愿梅开三九里,
　　　　不是春期胜春期。
　　　　有心把百年事就此提起,
　　　　兄弟呀!

沈梦霞 姐姐,有何话说?

曹芳儿 （结舌）啊……

　　　　（接唱）面对面怎好向他吐心机。

沈梦霞 姐姐,有话请讲。

曹芳儿 兄弟呀!

　　　　（唱）　你可闻蝉鸣在耳际?

沈梦霞 （唱）　残冬哪会有蝉音。

曹芳儿 兄弟,不知怎的,姐姐怕听蝉鸣,又爱听蝉鸣。

沈梦霞 姐姐呀!

　　　　（唱）　单等冰消临春期,
　　　　　　　自有蝉鸣报佳息。

　　　　姐姐,你精神已有好转,待为弟去看何处有人家,我们好去投奔。（下）

曹芳儿 （唱）　梦霞不解我心意,
　　　　　　　怎知耳际有蝉音。
　　　　　　　单等冰消临春期,
　　　　　　　自有蝉鸣报佳息。

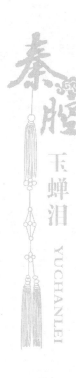

〔沈梦霞复上。

沈梦霞　姐姐……

曹芳儿　兄弟,可曾找到栖身之处?

沈梦霞　那边有一大户人家,我们一同前去恳求。(扶芳儿下)

第五场

时　间　紧接上一场。

地　点　吕翰林家耳厅。书法名画,清丽古雅。

〔二幕前:吕碧芸偕惜玉上。

吕碧芸　(唱)　常在深闺多幽怨,

　　　　　　　　无限凄凉倍愁烦。

　　　　　　　　今日庵中还心愿,

　　　　　　　　对泥台难把心事言。

惜　玉　(唱)　小姐快走莫怠慢,

　　　　　　　　眼看已近黄昏天。

吕碧芸　(接唱)撩衣移步往回转,

惜　玉　(接唱)不觉来到府门前。

吕碧芸　惜玉,快快进去!

惜　玉　是,小姐。

〔沈梦霞上。

沈梦霞　(对惜玉)这位大姐请了!

惜　玉　何事?

沈梦霞　只因逃难偕姐姐避难到此,天黑无处投宿,可否在此借宿一宵,明日就走。

惜　玉　这可不行!

沈梦霞　是!(后退)

〔曹芳儿在幕内喊:"兄弟",吕碧芸踮足眺望,颇为同情。

沈梦霞　这位大姐,既然投宿不便,可否讨怀热茶,为我家有病的姐姐止寒。

惜　玉　(向小姐)小姐?(碧芸点头示允)

惜　玉　(向梦霞)你且少等。

沈梦霞　是!

〔惜玉下,碧芸随下。沈梦霞低头相等。少顷,惜玉取茶上。

沈梦霞　多谢这位大姐!(接茶下)

〔惜玉转身入内。

〔二幕启:吕碧芸上。

吕碧芸　有请爹爹,母亲!

〔吕翰林偕夫人金氏上。

金　氏　女儿回来了,可曾受寒?

〔惜玉上,站于碧芸身后。

吕翰林　女儿,你怎么这时才回来?

吕碧芸　爹爹,方才女儿进门之时,门外有姐弟两人,听他所言,他姐姐避难有病,天黑无处投宿,欲想在我家投宿一晚,不知爹爹可肯应允?

吕翰林　多事之秋,不留也罢!

吕碧芸　母亲……

金　氏　老爷,常言救人一命胜造七级浮屠,不妨叫他们进来,问个明白再作道理。

吕翰林　(思忖后)也罢,惜玉,去领他们进来。

惜　玉　是。(下)

吕翰林　女儿,后房回避。

吕碧芸　是!(下)

〔惜玉领曹芳儿、沈梦霞上。

惜　玉　堂上就是我家老爷、夫人。

曹芳儿
沈梦霞　参见老爷、夫人!

吕翰林 金　氏	不必客气,一旁坐下。
沈梦霞	谢坐。(与芳儿坐定)
吕翰林	这位相公,尊姓大名,哪里人氏,因何到此?
沈梦霞	(唱)　梦霞开言泪满面,
	故居绍兴沈家园。
	姐弟离乡避灾难,
	囊中无有分文钱。
	姐姐偏又重病染,
	冷冻饥饿整三天。
	老爷、夫人行方便,
	容我姐弟把身安。
吕翰林	这位相公,你是绍兴沈家园人?
沈梦霞	正是。
吕翰林	有一位举人名叫沈东川,你可知晓?
沈梦霞	家父就是沈东川。
吕翰林	啊!原是贤侄到了!
	(唱)　山不转来路自转,
	竟遇贤侄到此间。
	你父和我把书念,
	同窗共读整三年。
	久别两地音讯断,
	你父如今在哪边?
沈梦霞	(接唱)家父早已把命断,
	与世长辞到九泉。
吕翰林	(接唱)多年曾把仁兄念,
	谁料他已升了天。
	仁兄啊!(悲痛)
金　氏	老爷,既是贤侄到此,就该安顿才是。
吕翰林	夫人言之有理。二位贤侄,难得你们到此,从今往后,尽管住在这里。

QINQIANGJUBENJINGBIAN 西安秦腔剧本精编

沈梦霞 曹芳儿	（起应）如此多谢伯父伯母。
沈梦霞	（见姐不支）姐姐，你怎么了？
曹芳儿	浑身发烧，头痛难当。
沈梦霞	这便如何是好？
金　氏	贤侄不必焦虑，惜玉！快扶到小姐房中养息。
惜　玉	是。（上前）小姐请！（扶芳儿下）
吕翰林	啊！贤侄，忆起往事老夫记得令尊在世之日，只生你单丁独子，怎么如今竟多了个大闺女来了？
沈梦霞	伯父有所不知，这位姐姐乃是先父亡故之前，托人将侄儿托至她家抚养之义姐，虽非同胞，却是情同手足。
吕翰林	原来如此。
金　氏	贤侄，看来令姐年纪不轻，为何还是闺女打扮？
沈梦霞	只为抚养侄儿，青春耽搁，故而至今未嫁。
金　氏	原来如此。
吕翰林	贤侄，我还有一言相问。
沈梦霞	伯父尽请吩咐。
吕翰林	贤侄弱冠之年，家中可曾订亲？
沈梦霞	（羞）这……功名未就，怎敢攀亲。
吕翰林	噢！原来如此。贤侄，想你少年有为，读书二字切勿废弃，今后尽可安心在此勤读，等到明秋大比之年，再好上京应试。
沈梦霞	伯父如此器重，侄儿没齿难忘！
吕翰林	何须客气。吕茂哪里？
	〔吕茂上。
吕　茂	见过老爷、夫人。
吕翰林	你快陪这位沈家相公到书房安顿。
吕　茂	是！相公，随我来吧。
沈梦霞	侄儿告退了。（随吕茂下）
吕翰林	哈哈哈！
金　氏	老爷，你为何这般高兴？

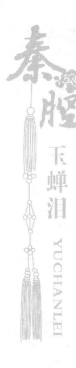

秦腔
玉蝉泪
YUCHANLEI

吕翰林 　夫人你看，侄儿虽然衣衫不周，可是出言吐语却是气
　　　　概不凡，看来日后前程，未可限量。

金　氏　唔！（忽然想起）啊哟！不对。老爷，让他们长此住
　　　　在这里，多有不便。

吕翰林　这却为何？

金　氏　老爷，你是多在外少在内，老身又是不常下楼，如今
　　　　女儿又是年岁不小，倘若……

吕翰林　噢。夫人你是为了这个？哈哈，这倒不妨。待老夫
　　　　几时试试他的文才如何。

金　氏　如果试得好呢？

吕翰林　试得好吗……哈哈，夫人，岂不了却你我一件心事
　　　　了吗？

金　氏　（方悟）明白明白了！
　　　　（唱）　老爷真来有远见，
　　　　　　　　贤侄气概果不凡！

吕翰林　（接唱）但愿事情遂心愿，
　　　　　　　　再不为女儿把心担。（同下）

第六场

时　间　半年后仲夏
地　点　雅韵轩书房
　　　　〔二幕前：惜玉捧文房四宝上。
　　　　〔吕碧芸上。

吕碧芸　（唱）　自从世兄进府门，
　　　　　　　　我如枯枝喜逢春。
　　　　　　　　本想向他托终身，
　　　　　　　　不知他是什么心。

京中考期已临近，

世兄今日要动身。

满腹春情再难隐，

惜　玉　小姐呀！
　　　　（接唱）你心事重重何原因？

吕碧芸　（掩饰）哎，我有什么心事呀？

惜　玉　（俏皮地）小姐，你的心思可瞒不过我呀。

吕碧芸　啐！我敢胡说，还不快走。

惜　玉　走！
　　　　（唱）　惜玉前面把路引，

吕碧芸　（接唱）去到书房求知音。（同下）
　　　　〔二幕启：雅韵轩书房。垂柳似帘，蝉儿噪鸣，沈梦霞
　　　　整理书箱完毕。

沈梦霞　（唱）　杨柳依依临风绕，
　　　　　　　　　夏蝉声声鸣树梢。
　　　　　　　　　世伯相留又照料，
　　　　　　　　　不忘前情念故交。
　　　　　　　　　更善世妹心肠好，
　　　　　　　　　问寒问暖把心操。
　　　　　　　　　今要动身去赶考，
　　　　　　　　　猛然想起事一遭：
　　　　　　　　　姐姐染病尚未好，
　　　　　　　　　我走谁为她操劳？
　　　　　　　〔惜玉偕吕碧芸上。

惜　玉　（唱）　手捧文房进书房，

吕碧芸　（接唱）千言万语口难张。

惜　玉　相公，我家小姐替你送行来了。

沈梦霞　啊，世妹到了。

吕碧芸　世兄，听说你今日要上京赴考，小妹谨以文房相赠，
　　　　聊表寸心，望世兄此去一路风顺，早日高中！

沈梦霞　哎呀！世妹厚意，愚兄实不敢当。

吕碧芸	世兄何必见外。
沈梦霞	如此多谢世妹。（接过文房四宝）
吕碧芸	世兄……（见惜玉在欲言又止）
沈梦霞	（不解）世妹你……（见惜玉，会意，也缄然不语）
惜　玉	（见情，知趣地）小姐，你在这里替相公送行，我先回房去，以防老爷、夫人唤我。
吕碧芸	（点头）你先去吧，我也即刻回来。
惜　玉	是。（下）
沈梦霞	世妹，方才你欲言又止，莫非有话要讲？
吕碧芸	我……（无话找话）哦，此番世兄上京，我爹爹为探京中故友，也要同去，一路之上，还望多多照顾。
沈梦霞	哎，世妹的爹爹，就如同愚兄的爹爹一般，沿途伺候，理所应当，不劳世妹操心。
吕碧芸	如此受小妹一拜！（行礼）
沈梦霞	（急阻）世妹礼重了——唉！
吕碧芸	（怔）世兄为何叹息？
沈梦霞	自蒙世伯收留，至今已有半载，只是我家姐姐病体未愈，我此番人虽上京，心实不安哪。
吕碧芸	哎，世兄的姐姐，也就如同小妹的姐姐一般，在家伺候，理所当然，世兄只管安心上京。
沈梦霞	若能如此，了却我心头一件大事。世妹请受愚兄一拜！（行礼）
吕碧芸	啊呀！世兄要折煞小妹了。（还礼不迭）啊，世兄。
沈梦霞	世妹！
吕碧芸	你……
沈梦霞	世妹，你还有什么话要说？
吕碧芸	我……啊，我没……没有什么话。
沈梦霞	（也似有话欲吐）啊，世妹！
吕碧芸	世兄！
沈梦霞	我……
吕碧芸	世兄，你有什么话要对我讲呀？

西安秦腔剧本精编
QINQIANGJUBENJINGBIAN

沈梦霞　我……我……呀,我也没……有什么话讲。

吕碧芸　(失望)哦!

　　　　〔僵场。蝉鸣聒耳。

吕碧芸　(闻声,抬头见柳)啊,世兄,窗外柳枝成荫,蝉儿噪
　　　　鸣,真是一幅好景致呀!

沈梦霞　啊,真是一幅好景呀!

吕碧芸　只是可惜了。

沈梦霞　(诧异)啊! 可惜什么?

吕碧芸　可惜蝉儿好笨呀!

沈梦霞　啊! 蝉儿好笨?

吕碧芸　世兄,你看哪!

　　　　(唱)　六月杨柳满树青,
　　　　　　　夏蝉柳枝叫不停。
　　　　　　　欲飞又不把翅动,
　　　　　　　不飞又噪为何情。
　　　　　　　说它无意却有意,
　　　　　　　道是无情却有情。

沈梦霞　(有所领悟)这……

吕碧芸　(接唱)要飞你快展翅动,
　　　　　　　　莫让秋凉花凋零。

沈梦霞　哎呀!

　　　　(旁唱)世妹分明寓真情,
　　　　　　　倒叫梦霞喜又惊。
　　　　　　　我们同窗六月正,
　　　　　　　理该上前吐真情。(欲前又止)

　　　　啊! 不能,不能啊!

　　　　(接唱)我本寒士未成名,
　　　　　　　怎累世妹受苦穷。

　　　　(转对吕)世妹呀!
　　　　　　　蝉儿栖身矮树丛,
　　　　　　　形丑难把树梢登。

123

柳条高空迎风动，

摇曳生辉耀眼睛。

只因高低不相称，

莫道蝉儿无真情。

吕碧芸 哦！（暗喜）世兄呀！

（唱） 伯牙碎琴谢知音，

柳条飞飘迎故人。

蝉儿若有真情意，

何论悬殊与高低。

沈梦霞 （喜）世妹你……

吕碧芸 （接唱）我碧芸愿作……

沈梦霞 愿作什么？

吕碧芸 （接唱）愿作窗外柳……

沈梦霞 （接唱）我梦霞愿为……

吕碧芸 愿为什么？

沈梦霞 （接唱）我梦霞愿为护柳人！（趋前一礼）

吕碧芸 （羞）世兄你……（避开）（蝉鸣更噪）

沈梦霞 （想起玉蝉）啊，有了，世妹呀！

（唱） 这里有个碧玉蝉，

相赠世妹订百年。

吕碧芸 （接玉蝉，唱）

今日了却心头愿，

苍天赐我好姻缘。

愿世兄此去早回转，

比翼双飞永不分。

吕碧芸 世兄，此番上京，不论高中与否，都要早些归来。

沈梦霞 是！我一定早去早归，以免世妹远念。

〔曹芳儿持衣上。

吕碧芸 不，你要知道芳儿姐姐是有病之人，我要你早去早归，可以免得芳儿姐姐远念。

沈梦霞 是！

曹芳儿　（闻听喜悦）世妹真是个热心人儿呀！（进门）世妹，
　　　　弟弟！

沈梦霞　啊，姐姐……

吕碧芸　姐姐来了。（局促地）啊，望世兄一路平安。姐姐，
　　　　小妹告辞了！（出书房）

曹芳儿　世妹……（欲留不及）
　　　　〔吕碧芸匆匆下。

沈梦霞　（掩饰）姐姐，世妹是替弟弟送行来的。

曹芳儿　是啊，世妹可真好。

沈梦霞　（以为芳儿故意取笑）姐姐，你……

曹芳儿　兄弟，现在虽是炎夏，不久即待秋凉，为姐怕你外面
　　　　受寒，昨夜特为你赶做一件衣裳，以备路途应用。

沈梦霞　姐姐，你有病在身，如此操劳，叫弟弟怎能安心。

曹芳儿　弟弟！

　　　　（唱）　你今上京求功名，
　　　　　　　　姐姐难以诉衷情。
　　　　　　　　十八年相依同一命，
　　　　　　　　一旦分手我心疼。

沈梦霞　（接唱）姐姐恩情如山重，
　　　　　　　　我也不忍各西东。
　　　　　　　　寄人篱下非终久，
　　　　　　　　为弟只好去登程。
　　　　　　　　若还到京得高中，
　　　　　　　　今别来日再相逢。
　　　　　　　　姐姐安心在此等，
　　　　　　　　且候佳音到门庭。

曹芳儿　弟弟呀！

　　　　（接唱）出门不比在家中，
　　　　　　　　且听姐姐细叮咛：
　　　　　　　　途中先要防热冷，
　　　　　　　　夜读莫要过三更；

125

天色未晚先住定，

不到拂晓莫起程；

会试要把心专用，

愿你金榜早题名。

我为你已把亲事订，

赠过玉蝉当红绳。

她会耐心将你等，

望你早日转回程。

沈梦霞　（误会,不好意思地）姐姐……

曹芳儿　（接唱）到那时奉旨完婚喜气盛，

我也能枯树开花分外红！

沈梦霞　哎呀！

（旁唱）姐姐一再作叮咛，

莫非她已知底情。

本应实情对姐奉，

怎奈羞惭难出声。

（转对芳儿）姐姐呀！

玉露之言我记定，

终生不忘大恩情。

婚姻之事姐主定，

为弟焉敢不依从。

曹芳儿　（暗喜）既然如此,为姐就与你一言为定！

沈梦霞　全凭姐姐作主！（一拱）

　　　　〔吕茂上。

吕　茂　沈相公,我家夫人备下水酒,给你和老爷饯行,并请
曹小姐作陪。

沈梦霞　你先前行,我们就到。

　　　　〔吕茂下。沈梦霞扶芳儿下。

第七场

时　间　翌年初夏。

地　点　曹芳儿卧室。

〔二幕前:惜玉上。

惜　玉　（唱）　曹小姐念兄弟悲声常叹,

卧在床泪长流湿透衣衫。

适才间老夫人将我呼唤,

言说是沈相公得中状元。

接待完文武官就要回转,

我先向曹小姐恭喜一番。（下）

〔二幕启:卧房香榻屏风,桌上放菱花镜一面,芳儿对玉蝉思念。

曹芳儿　（唱）　曹芳儿坐闺房神思不定,

想起了身前事令人伤情。

护玉蝉我已经苦把心用,

护玉蝉我已经积病在胸。

护玉蝉我已经人影消瘦,

护玉蝉我已经热泪结冰。

面对着碧玉蝉茶饭懒用,

为什么他一去无影无踪。

玉蝉啊,玉蝉! 你我朝夕相守,你可知……

〔惜玉上。

惜　玉　曹小姐,恭喜,恭喜!

曹芳儿　喜从何来?

惜　玉　沈相公高中了!

曹芳儿　你在讲什么?

惜　玉　沈相公得中状元了!

秦腔 玉蝉泪 YUCHANLEI

曹芳儿　此话当真？

惜　玉　方才捷报到此，千真万确！

曹芳儿　（悲喜交集）梦霞，你果然中了！

惜　玉　曹小姐，我家夫人特命丫环前来禀告你听，如今府里张灯结彩，正在迎接相公荣归。

曹芳儿　他何时回来？

惜　玉　即刻就要回来，请曹小姐出房迎接。（下）

曹芳儿　（喜悦万分地，唱）

惜玉前来报喜讯，

凋零牡丹又逢春。

梦霞高中身荣贵，

芳儿我将作夫人。

果然后生有福份，

搁浅鲤鱼跃龙门。

忙换嫁衣抹脂粉，

迎接夫君锦衣归！

〔芳儿整衣拔鞋，取出十八年前的嫁衣披上，至镜前正欲梳妆插花，忽见鬓发苍白、面黄肌瘦而大惊失色。

曹芳儿　啊……

（唱）　面对菱花吃一惊，

两鬓白发骤然生。

双颊见骨齿露缝，

额前皱纹密层层。

分明是人老陷晚境，

时到秋凉花凋零。

只说走完绝崖岭，

怎知又临断肠峰……

天哪！（伏桌哭）

〔灯暗。

〔沈梦霞在特写灯光下："姐姐，你我相依为命，姐姐为弟日夜操劳，费尽心血，我愿终生奉伴姐姐，绝不

负恩。婚姻大事全凭姐姐作主!"沈梦霞隐去,灯
复明。

曹芳儿　(渐渐抬头,重萌生念)对!

　　　　(接唱)丈夫不应嫌妻丑,
　　　　　　　　为妻不应嫌夫穷。
　　　　　　　　老小姻缘命中定,
　　　　　　　　白发原为梦霞增。
　　　　　　　　我若向他真情倾,
　　　　　　　　他岂能身荣忘前情。
　　　　　　　　我先理妆把容整。

　　　　(正欲梳妆,忽又缩手)

　　　　　　　　猛然想起事一宗:
　　　　　　　　三叔三婶相配情,
　　　　　　　　妻西夫东冷若冰。
　　　　　　　　若与梦霞成婚配,
　　　　　　　　必当三婶同路人。
　　　　　　　　应名夫妻无情分,
　　　　　　　　岂不误他好青春。
　　　　　　　　纵然婚配他应允,
　　　　　　　　岂能为己害他人。

　　　　(沉思后,向前,二幕合)

　　　　(夹白)我不能害他……

　　　　(接唱)若不与他来婚配,
　　　　　　　　曹家从此要断根。
　　　　　　　　人望安乐树望春,
　　　　　　　　不嫁他又该靠何人。
　　　　　　　　任凭雨打又风吹,
　　　　　　　　我要戴凤冠穿霞帔……

　　　　(东倒西歪地下)

第八场

时　间　紧接上场。

地　点　吕家大厅内,张灯结彩,鼓乐喧天。

〔幕启:惜玉同金氏上。

金　氏　（唱）　梦霞得中状元郎,
　　　　　　　　喜煞老身在厅堂。
　　　　　　　　女儿终身有指望,
　　　　　　　　但愿能配状元郎。

〔吕茂上。

吕　茂　启禀夫人,老爷回府。

金　氏　快快有请!

吕　茂　有请老爷!

〔吕翰林满面春风地上。

金　氏　老爷回来了!

吕翰林　哈哈,回来了。

金　氏　快请上坐。

吕翰林　夫人同坐。

金　氏　老爷,梦霞为何不与你一同回府?

吕翰林　噢,梦霞正在接待当地文武百官,随后即到。

金　氏　噢,老爷,女儿的婚事……

吕翰林　（唱）　女儿婚事已经定,
　　　　　　　　她与梦霞早钟情。
　　　　　　　　奏明圣上承恩宠,
　　　　　　　　钦赐凤冠诰命封。

金　氏　（唱）　听说女儿婚事定,
　　　　　　　　老身才把心放平。

　　　　哎呀,老爷,既然女儿许配梦霞,理应问过曹小姐才是。

吕翰林　那个当然,如今梦霞双亲已故,长姐代母,应该言明,谅她知晓,一定也是高兴的。

金　氏　对! 这个喜讯还是让老身去讨!

吕翰林　不,老夫去讨! 顺便也好与她商量成亲的日子。

金　氏　老身去讨!

吕翰林　老夫去讨!

金　氏　我去讨!

吕翰林　我去讨!

金　氏
吕翰林　好! 如此一同前去!

〔正其时,内喊:"状元公荣归!"

吕翰林　梦霞回来了!

金　氏　(对惜玉)快去请曹小姐!

惜　玉　是! (下)

〔衙役们捧凤冠霞帔、抬匾额在前上,后跟红袍官带的沈梦霞。

金　氏　梦霞你回来了!

沈梦霞　回来了! 梦霞拜见伯母……

吕翰林　(示意梦霞)咦……

沈梦霞　噢,梦霞拜见岳母大人。

金　氏　贤婿快快起来! 此番贤婿高中荣归,真是可喜可贺!

吕翰林　是呀! 贤婿不愧少年得志,真是十年寒窗,一举成名!

沈梦霞　这也是多亏岳父母大人栽培,才有今日。咦! 岳母大人,怎么不见我家姐姐!

金　氏　已命惜玉去请令姐,即刻就来。

〔芳儿由惜玉陪上。

曹芳儿　弟弟!

沈梦霞　姐姐!

吕翰林　曹小姐,今日梦霞得第荣归,老夫应当向你祝贺道喜!

131

曹芳儿　这也全亏伯父母相助,才有今日。

吕翰林　曹小姐,老夫指的是另一桩喜事。

曹芳儿　另一桩喜事?

金　氏　是呀,曹小姐你看这是什么?(指凤冠)

曹芳儿　凤冠!金匾!(不禁羞喜)

吕翰林　曹小姐,这桩婚事,就是梦霞的婚姻大事!

曹芳儿　婚姻大事!(更觉暗喜)

吕翰林　曹小姐,这桩婚事,老夫虽已愿意,但不知曹小姐意
　　　　下如何?

曹芳儿　这……(羞涩难答)

金　氏　啊呀,只要梦霞有意,我想曹小姐定然是愿意的。曹
　　　　小姐你说是吗?

曹芳儿　伯父,伯母,这桩婚事,族长早已对我讲过,等待弟弟
　　　　长大成人,择吉完婚。

吕翰林　既然如此,夫人,快请女儿出来,见上一礼。

曹芳儿　这……(惜玉扶了浓妆的吕碧芸上)

吕翰林　梦霞、碧芸,快快过来,双方拜见你家姐姐。

沈梦霞
吕碧芸　(双跪)姐姐在上,受梦霞碧芸一拜!

曹芳儿　(如天塌地崩)啊!

吕翰林　曹小姐,自今日起,我们也要改口叫你亲家姑了!

金　氏　是呀,亲家姑,老身想选个黄道吉日,让他们双方完
　　　　婚,也好了却你的一桩心事。

曹芳儿　(顿时呆若木鸡)……

沈梦霞　姐姐你?

吕翰林　(向女婿一看)亲家姑,你怎么啦?

〔全场愣住,面面相觑。

曹芳儿　(旁唱)一声亲家姑叫当面,

　　　　　　　　好似地陷塌了天!

　　　　　　　　姐弟姻缘成梦幻,

　　　　　　　　水月镜花十八年。

　　　　(转身视梦霞、碧芸)

一对良人站当面，

年貌相称好姻缘。

我好似风筝断了线，

幽情苦绪对谁言？

海要枯来石要烂，

人老何曾再少年！

光阴荏苒如轮转，

青春一去不复还。

茹苦含辛人前站，

倒不如隐情到九泉！

吕翰林　亲家姑，今日梦霞荣归，理应欢喜才是，为何如此？

沈梦霞　姐姐，你可是旧病复发？

〔芳儿摇首。

沈梦霞　姐姐，此番弟弟我能得中，全靠你当初一片养育之恩，为此，特在万岁面前详奏一本，万岁嘉许姐姐贞如松柏，坚如磐石，特赐恩姐匾额一块。

（掀开红布，赫然见"义媲女婴"四个金字）

曹芳儿　"义媲女婴"？

吕翰林　亲家姑，此乃万岁赐，快快下跪接匾。

曹芳儿　不，我不要这种东西！

吕翰林　亲家姑，你……

曹芳儿　难道我十八年抚养，就是为了要得到这块匾吗？难道半生沧桑，这块匾就是我的报应吗？

吕翰林　亲家姑，你到底是为了什么？

沈梦霞　（扶住芳儿）姐姐，究竟为了什么？你就讲个明白吧！

金　氏　是呀，亲家姑，你就讲吧！

吕碧芸　姐姐，你快讲吧！

〔曹芳儿从袖中摸出玉蝉，交与梦霞。

沈梦霞　玉蝉！

曹芳儿　弟弟，这只玉蝉本是你沈家之物，今日原物奉还，望

弟弟妥为保存。(此时吕碧芸也取出玉蝉对视)

沈梦霞　姐姐,你莫非就是我的……

曹芳儿　(阻止)弟弟,过去之事再莫提了!

　　　　(唱)　玉蝉成双偿夙愿,
　　　　　　　总算我没白苦十八年。
　　　　　　　梦霞、碧芸向前站,
　　　　　　　且听姐姐心腹言:
　　　　　　　祝你们海枯石烂情不变,
　　　　　　　夫妻恩爱似蜜甜!
　　　　　　　祝你们银河双星不分散,
　　　　　　　永似中秋月儿圆。
　　　　　　　祝你们传接香烟根不断,
　　　　　　　子子孙孙奉堂前。
　　　　　　　祝你们龙凤偕合百年满,
　　　　　　　天长地久……乐无边……

　　　　(曹芳儿一口鲜血吐在"义媲女婆"的匾上)

沈梦霞　啊!血……姐姐!

吕翰林
金　氏　亲家姑!

沈梦霞
吕碧芸　姐姐!(在暮色茫茫中,芳儿凄厉地气绝于梦霞怀

中)

　　　　(合唱声)
　　　　　　　有淑女兮,
　　　　　　　怨恨多,
　　　　　　　老小亲成长恨歌;
　　　　　　　莫道淑女冤孽重,
　　　　　　　实为封建礼教恶;
　　　　　　　日行月移时有尽,
　　　　　　　此恨绵绵如江河!

　　　　　　　　　　　　　　　——剧　终

演出单位

西安市五一剧团

三关点帅

根据张翔、晏杰、梁枫同名晋剧移植整理

胡文龙 移植整理

剧情简介

　　秦腔《三关点帅》是根据张翔、晏杰、梁枫同名晋剧移植整理的。剧情是：北宋，镇守三关的主帅杨延昭陷入了辽国天门阵，被穆柯寨女将穆桂英相救。杨慧眼识英雄，命部将焦赞、孟良去请穆桂英下山破阵。同时，其子宗保在巡营瞭哨中巧遇桂英，二人射雁比武，相慕订亲。桂英因宋王昏庸，不肯下山。杨假借辕门斩子，引得桂英下山，晓以大义，招其归宋。遂又向监军八贤王举荐贤能，要桂英挂帅破辽，但遭到了反对。经过杨延昭的极力推荐和佘太君的说服，八贤王才勉强同意了不拘一格用人的主张，授印给穆桂英。

　　桂英挂帅印，宗保当先行，老元戎自荐为押粮官，年逾古稀、德高望重的老太君也甘为牵马坠蹬。一个经过更新的三关统帅部，在年轻的女统帅穆桂英的指挥下，以排山倒海之势，向着剽悍的敌人压去……

西安秦腔剧本精编

QINQIANGJUBENJINGBIAN

场　目

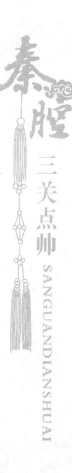

人 物 表

郎　英　王　保　君　赞　良　瓜　香　佐
杨　六　桂　贤　宗　太　焦　孟　穆　肖　天
穆　八　杨　佘

宋兵、女兵、辽兵

第一场

〔初秋时节,辽兵阵地。远山绵绵,隐约可见长城、烽火台。胡笳、驼鼓声中,肖天佐率辽兵上,窥视疆场。

肖天佐　（念）　驼鼓号角震天响,
　　　　　　　　滚滚黄沙蔽日光。
　　　　　　　　调兵布阵撒罗网,
　　　　　　　　定叫神州归辽邦。

　　　　　　某,辽兵大元帅肖天佐,奉了狼主旨意,调兵遣将,大摆天门阵,誓夺赵家江山。

　　　　　〔报子上。

报　子　报！杨延昭统领三军前来破阵。

肖天佐　啊！再探。（报子下）巴吐鲁！准备迎战,杀他个落花流水。

众　　　杀杀杀！

　　　　〔孟良、焦赞等宋兵将引杨六郎上。

　　　　〔两军对阵,战不几合,杨六郎败下,肖天佐等追下。

　　　　〔杨六郎等宋军复上。

杨六郎　（唱）　番辽摆的天门阵,
　　　　　　　　密如罗网暗恢恢,
　　　　　　　　束手无策难对垒,
　　　　　　　　只得收兵把营归！

　　　　　　众将官,收兵回营！（率众下）

　　　　〔肖天佐带辽兵追上。

　　　　〔报子上。

报　子　杨延昭败阵而逃！

肖天佐　（狂笑）哈哈……巴吐鲁,天色将晚,暂且收兵回营,宰杀牛羊,庆贺头功！（下）

第二场

〔二幕前：女兵引佘太君押粮车上。

佘太君 （唱）　六郎儿镇三关御敌犯境，
　　　　　　　　八千岁做监军随营出征。
　　　　　　　　入秋来边关紧辽邦挑衅，
　　　　　　　　布迷阵兴妖风杀气腾腾。
　　　　　　　　宋王爷昏蒙蒙不理朝政，
　　　　　　　　听谗言宠奸佞不发援兵。
　　　　　　　　满朝中文武臣保官惜命，
　　　　　　　　不由我年迈人义愤填膺。
　　　　　　　　为大宋哪顾得风寒露冷，
　　　　　　　　为江山整戎装押粮而行。
　　　　　　　　在途中无心赏丛山峻岭，
　　　　　　　　日不歇夜难眠日夜兼程。
　　　　　　　　为只为把军粮安全护送，
　　　　　　　　愿三军破天门大功早成！（下）

〔二幕启。宋军营盘，群山起伏，营帐毗连，夜色蒙蒙，秋风阵阵，灯火浮动。杨六郎在帐内沉思徘徊。

杨六郎 （唱）　夜幕临秋霜降天寒地冻，
　　　　　　　　杨延昭在帐中心事重重。
　　　　　　　　恨番辽豺狼性兴师动众，
　　　　　　　　布天门下战表要我交兵。
　　　　　　　　众将士报国家士气旺盛，
　　　　　　　　一个个胸有义请战出征。
　　　　　　　　我虽然经百战有谋有勇，
　　　　　　　　对敌阵无良策败困营中。
　　　　　　　　八千岁闻此信惊恐不定，
　　　　　　　　连日来锁双眉忧叹声声。
　　　　　　　　为防止士气落军心浮动，

　　　　　　我不免出帐去亲自巡营。

〔欲走时,焦赞、孟良上。

焦　赞
孟　良　元帅,更深夜静,你还不睡,又要哪里去?

杨六郎　辽兵压境,怎能成眠。为防万一,本帅我要亲自巡营
　　　　一番!

焦　赞
孟　良　我们伴随!

杨六郎　好,二贤弟,随我来!

〔三人出帐瞭望,寒秋凄凉。

杨六郎　(唱)　昏蒙蒙惨淡淡云遮月影,

焦　赞　(唱)　冷飕飕刷喇喇遍地阴风。

杨六郎　(唱)　影晃晃辽营内灯火摆动,

孟　良　(唱)　断续续胡笳声不住哀鸣。

杨六郎　(唱)　分明是肖天佐又要挑衅,

焦　赞
孟　良　(唱)　恨不得把番辽活剥生吞!(欲走)

杨六郎　(唱)　二贤弟且莫可轻举妄动,
　　　　　　　　要破阵还须把阵法熟通。

焦　赞
孟　良　是。

〔幕内传来擂鼓声、杀喊声。

杨六郎　(唱)　耳听得那边厢战鼓雷动,
　　　　　　　　一阵阵杀喊声却为何情?

焦　赞
孟　良　啊!

杨六郎　(唱)　二贤弟速前去察看动静,
　　　　　　　　要严防肖天佐黑夜偷营!

焦　赞
孟　良　是!(下)

杨六郎　(唱)　看眼前又出现刀光剑影,
　　　　　　　　再交锋只恐怕损将折兵。
　　　　　　　　一月前修本章差人去送,

　　　　　　　　请粮饷到今日无影无踪。
　　　　　　　　想必是我朝中奸佞作梗，
　　　　　　　　进谗言乱朝纲把主欺蒙。
　　　　　　　　我杨家从来是志坚骨硬，
　　　　　　　　缺粮饷我岂能藏箭收弓。
　　　　　　　　抖精神展雄威粉碎敌梦，
　　　　　　　　纵然是迷魂阵也要摸清！

〔焦赞、孟良上。

杨六郎　二贤弟，战鼓咚咚何事？

焦　赞
孟　良　元帅莫惊，那是穆柯寨的女将穆桂英深夜练兵！

杨六郎　穆桂英？

焦　赞　就是当年被奸贼陷害的穆洪举之女！

杨六郎　当年的穆洪举可算是足智多谋的沙场老将，他精通阵法，屡破辽兵，不知其女如何？

孟　良　有其父必有其女。元帅，刚才我们偷看那一女将正在练兵，演习各种阵法，真是杀法出奇，武艺超群！

杨六郎　如此，二贤弟带路，待本帅登高一观！

〔三人下。八贤王焦急不安地上。

八贤王　（唱）　胡笳吹战马嘶孤心如焚，
　　　　　　　　恨辽邦似虎狼举兵南侵。
　　　　　　　　奉旨意做监军三关督阵，
　　　　　　　　御外寇保社稷身负千斤。
　　　　　　　　自那日杨元帅兵败迷阵，
　　　　　　　　一时间边关上扰扰纷纷。
　　　　　　　　孤不如晋谢安娇情物镇，
　　　　　　　　更难比汉诸葛城上抚琴。
　　　　　　　　眼见得社稷危江山不稳，
　　　　　　　　夜虽深难入睡好不忧心。
　　　　　　　　因此上离龙棚前来打问，
　　　　　　　　帅帐里却为何空无一人？

莫奈何坐一旁强压愁闷。(坐等)

〔杨六郎高兴地上。

杨六郎 穆桂英果然是智勇超群！（笑声）

八贤王 杨元帅，天门未破，你高兴何来？

杨六郎 千岁，那天门大阵虽说厉害，只要有了出众的良将，破它倒也不难。

八贤王 有道是：千军易得，一将难求啊！

杨六郎 古人说得确好，千里马常见，伯乐不常有。只要我们有一双伯乐的慧眼，何愁选不来破阵的良将。

八贤王 听你之言，莫非爱卿胸有成竹了！快对本御讲来。

杨六郎 千岁请听！

（唱） 为臣适才去巡营，

发现一位女英雄。

能征善战有奇勇，

正是咱破阵的难得贤能。

八贤王 爱卿，快讲她姓甚名谁，现在何处？

杨六郎 （唱） 要问她的名和姓，

穆柯寨上穆桂英！

八贤王 爱卿讲的莫非是穆洪举之女？

杨六郎 正是的。

八贤王 穆洪举乃是落草的山大王，他的女子，哪有偌大本领？

杨六郎 千岁，那穆桂英可非比是寻常哪！

（唱） 她烽烟里生来马背上滚，

刀枪剑戟伴青春。

自幼儿驰疆场跟随父辈，

通地理懂阵法韬略精深。

请她挥戈去上阵，

何愁不能破天门！

八贤王 爱卿未免言过其实了……

〔焦赞、孟良急上。

焦　赞 孟　良	启禀千岁、元帅！辽兵打来连环战表,猖狂挑衅。
八贤王	快快呈来。(接看战表)呵！"半月之内,再不俯首投降,就要直捣中原……"这……
杨六郎	千岁,那穆桂英请还是不请?
八贤王	事到如今,就由爱卿定夺。
杨六郎	如此,焦、孟二将！
焦　赞 孟　良	在。
杨六郎	命你二人前往穆柯寨相请穆桂英下山,共商大破天门之事。
焦　赞	些许小事,何劳二哥,我一人前去,把她叫下山来便是。
杨六郎	嗯！请贤出山,非同小可。你二人前去要以礼相请,不得鲁莽从事。
孟　良 焦　赞	得令！(下)

〔内侍上。

内　侍	启禀千岁、元帅,老太君押运粮饷,临近边关！
八贤王	(欣喜地)好啊！元帅,你我一同前去迎接。
杨六郎	千岁请！

〔二人迎下。

第三场

〔穆柯山下。天高云淡,秋花烂漫,一片金黄,山路蜿蜒。穆柯寨头隐约可见穆字旗。

穆桂英	(内唱)　穆山巍巍碧云淡,

〔众女兵,穆瓜、穆香引穆桂英上。

穆桂英　（接唱）　北国金秋好壮观。

　　　　　　　　　风吹谷浪闪锦缎，

　　　　　　　　　霜染枫林红满山。

　　　　　　　　　泉水叮咚吐心愿，

　　　　　　　　　金菊含娇拂玉鞍。

　　　　　　　　　秋花更比春花艳，

　　　　　　　　　下马来采一朵插在鬓边。

　　　　　　　　　下马来采一朵插在鬓边。

　　　　（唱小曲）金菊花呀，银菊花，银菊花不胜金菊花，奴
　　　　有心采一朵头呀头上戴，又怕呀又怕人笑话……

穆桂英　穆瓜，你那是做甚？

穆　瓜　我们学姑娘你哩！

穆桂英　姑娘我怎啦？

穆　瓜　请问你身穿什么？

穆桂英　绣绒锦甲。

穆　瓜　头戴何物？

穆桂英　七星金冠。

穆　瓜　跨下什么？

穆桂英　桃花战马。

穆　瓜　身佩何物？

穆桂英　鸳鸯宝剑呀！

穆　瓜　姑娘下山干什么来啦？

穆桂英　咳！不是操练武艺么？

穆　瓜　看哇！你怎么这样采呀，戴呀的？

穆桂英　姑娘我自幼长在穆山，就爱这山上的花花草草。

穆　瓜　噢！姑娘喜欢这花花草草，女兵们，都给姑娘摘
　　　　花去！

穆桂英　（恍然有悟）哎，都给我操练武艺！

穆　瓜　对对对，练好武艺，将来好为大宋效劳尽忠！

穆桂英　什么为大宋效劳尽忠？

穆　瓜　是呀！

穆桂英 （唱） 提起了尽忠事令人伤叹，
想当年我一家好不惨然。
老爹爹为报国忠言进谏，
不料想身遭贬流落荒山。
恨辽邦常犯境生灵涂炭，
我的父举义旗保卫家园。
多年来率乡民御敌征战。
烽烟里我出世降落人间。
多亏了老爹爹有识有胆，
常教我学韬略从难从严。
自幼儿承父志奋发苦练，
到今日接义旗执掌兵权。
练武艺专为把辽寇驱赶，
尽忠事和我们毫不相干！（生气地）

〔雁叫声。

穆 香 （唱） 姑娘你快抬头看，
一群大雁空中旋。
一会儿排成一条线，
一会儿八字分两边。

穆桂英 （唱） 叫穆瓜看过弓和箭，
且看姑娘施手段。
箭上弦来弓拉满，

穆 瓜 姑娘，你是怎样个射法？

穆桂英 （接唱） 射它个铁嘴把喉穿！

穆 瓜 好，看你的了。

穆桂英 闪开了！（射雁）

众 好！

穆 香 大雁带箭而飞！

穆桂英 策马追赶。

〔众下。马童引杨宗保上。

杨宗保 （唱） 辽邦挑起不义战，

国遭祸殃民不安。

巡营瞭哨把敌探，

〔雁叫声。

马　童　大雁带箭而飞，小将军的箭法百步穿杨，何不射它
落地？

杨宗保　弓箭伺候！

（接唱）　权将大雁当辽番。

〔射雁、雁落，众喜。内人马呐喊声。

〔穆桂英等上，与杨宗保抢雁。穆、杨同时各从雁身
上抽下一箭，穆瓜抢雁。

杨宗保　（看箭）穆桂英……

穆桂英　（看箭）杨宗保……

杨宗保
穆桂英　（合）百发百中！

〔二人互看，互相敬慕。

杨宗保　（唱）　好一个英姿勃勃女婵娟，

穆桂英　（唱）　好一个威风凛凛美少年。

杨宗保　（唱）　金冠辉映西施面，

穆桂英　（唱）　戎装巧衬宋玉颜。

杨宗保　（唱）　巾帼群里实罕见，

穆桂英　（唱）　百万军中第一员。

请问少将军大姓尊名？

杨宗保　我乃宋营杨元帅之子杨宗保。请问女将尊姓大名？

穆桂英　我乃威震长城内外的穆桂英。

杨宗保　（背躬）哈哈……好大的口气！我倒要戏耍她两句。
哎，我说女将，你连一只大雁都射它不下，还算什么
威震长城内外啊！

穆桂英　好恼！

（唱）　叫声小将好大胆，

敢从门缝把人观。

我乃是专射铁嘴试弓箭，

秦腔

三关点帅

SANGUANDIANSHUAI

147

你不知底细乱开言！

若不服当场比比看，

杨宗保　（接唱）　女娃娃怎能比儿男。

负重任我要把路赶，

穆桂英　（接唱）　上前我把小将拦。

你若怕输失脸面……

杨宗保　怎么样？

穆桂英　（唱）　不叫姑姑难下山！

杨宗保　岂有此理！看枪！

（穆、杨开打，各伸拇指互称赞）

穆桂英　（唱）　他枪走龙蛇如闪电，

杨宗保　（唱）　她枪舞梨花雪片翻。

穆桂英　（唱）　拧银枪假意儿刺他胸坎，

（猛刺，杨宗保急躲，惊慌。穆示意不要怕）

穆桂英　（唱）　姑娘我把你的胆量掂一掂。

杨宗保　（唱）　丫头竟敢使心眼，

穆桂英　看枪！（宗保急用手抓枪）不要怕，我是叫你起来哩！

〔杨宗保趁机起来，表示不服气又开打。

〔穆桂英假意败下。杨宗保追下。

〔穆桂英上。穆瓜、穆香、众女兵上。

穆　香　好我的姑娘哩，你这是什么打法！眼看就把那小将擒住了，怎么倒败下阵来了？

穆桂英　你呀！真是个榆木疙瘩……

穆　瓜　（猜出穆桂英心事）穆香，你真是个榆木疙瘩，咱们姑娘使的是刘金定在双锁山的打法哩！

穆桂英　多嘴！

穆　瓜　不是？不是我就把他挡下山去。（欲下）

穆桂英　慢着。姑娘我还等他上山哩。（羞）

穆　瓜　是是是，那就等他上山吧！

〔杨宗保追上。

杨宗保	丫头,哪里去!
	〔开打,宗保坠马被擒,马童急下。
穆桂英	押回山寨。
众	(大声地)呵!
穆桂英	嗯!莫要惊吓着小将。
众	是。(押宗保下。桂英等同下)
孟 良	(内喊)催马!
	〔焦赞、孟良上。
	(唱)　快马加鞭把路赶,
	穆柯寨上去请贤。
焦 赞	(唱)　弹丸之地穆柯寨,
	人喊马嘶为哪般?
	〔马童惊慌地上。
马 童	参见二位将军。
焦 赞 孟 良	慌张为何?
马 童	小人随同少将军巡营瞭哨,行至穆柯山下,遇见穆桂英,为了一只大雁争斗起来,不料少将军……
焦 赞 孟 良	怎样?
马 童	被那穆桂英抢上山去了!
焦 赞	这……哇呀呀!
	(唱)　穆家丫头太骄狂,
	万丈怒火燃胸膛。
	挥舞金鞭把山上——
孟 良	贤弟,我们是来请贤的,怎能随便动武呀!
焦 赞	哎,杀上山去,一来救出宗保侄儿,二来捉拿穆桂英下山,一举两得,咳咳,来它个功上加功!
孟 良	闯下祸来何人承担?
焦 赞	(接唱)　天大祸事我承当!
孟 良	贤弟不可莽撞……
焦 赞	你闪开了!呔,穆柯寨儿郎们听着!快快放出少将

军,叫那穆桂英一同下山!如若不然,俺要踏平你这山寨!

〔穆瓜率众兵上。

穆　瓜　哒,哪里来的黑红二汉在此撒野,着打!(和焦赞开打)

孟　良　(解劝)三弟,将军,有话好说,莫要动武!

〔焦、穆继续开打,穆瓜失败。

穆　瓜　速速回山,紧闭寨门!(率众急下)

焦　赞　二哥!往日你见了仇敌如猛虎下山,今日怎么变成绵羊了?

孟　良　那穆桂英乃是元帅要请的贤将,怎能视作仇敌呀!

焦　赞　既然不是仇敌,为何如此蛮横,待我砸开他的寨门!

孟　良　三弟不可造次,回营禀报元帅再作道理。

　　　　正是:抓鸡不着反蚀米,

焦　赞　受了一肚子窝囊气!

　　　　嘿!

第四场

〔紧接前场。穆柯寨亭台一角。

〔众女兵、穆瓜、穆香引穆桂英上。

穆桂英　(唱)　秋花似火情波泛,

　　　　　　　只觉羞愧意绵绵。

　　　　　　　喜今日飞雁牵红线,

　　　　　　　山下引来意中男。

　　　　　　　他乃杨门英雄汉,

　　　　　　　枪法出众貌不凡。

　　　　　　　只盼了却心头愿,

　　　　　　　心心相印肩并肩。

穆瓜！

穆　瓜　来了,来了!

穆桂英　方才擒来的那位小将呢?

穆　瓜　被我绳缠索绑押在聚义厅外。

穆桂英　什么绳缠索绑,那他……怎么受得了呀!

穆　瓜　受不了,那就把他放开。

穆桂英　慢着,他要是跑了又如何是好?

穆　瓜　捆住吧,怕受不了;放开吧,又怕跑了,姑娘,你说该
　　　　咋办?

穆桂英　我说穆瓜,你给我把他——

穆　瓜　杀了!

穆桂英　带上来!

穆　瓜　下面听着,将那小将带上来。

　　　　〔内应声。女兵押杨宗保上。

杨宗保　(唱)　在山前与女将一场较量,
　　　　　　　　穆桂英果真是武艺高强。
　　　　　　　　男儿汉从来是不卑不亢,
　　　　　　　　我倒要看看她做何文章。(昂然挺立)

穆桂英　与他松绑。(松绑)

穆　瓜　刚松了绑,就要威风哩。哒! 大胆的小将,为何不与
　　　　我家姑娘谢罪?

杨宗保　我乃堂堂元戎之子,岂肯屈服于山寨之女!

穆　瓜　哈哈,我看你是活得不耐烦了……(欲打)

穆桂英　穆瓜,算啦。你去问他,是愿死呀愿活?

穆　瓜　他死他活,全在姑娘手里,还问个什么?

穆桂英　哎,叫你去问,你就去问问嘛!

穆　瓜　是。(问宗保)哒,我家姑娘问你,你是愿死呀还是
　　　　愿活?

杨宗保　要杀开刀,何必多问!

穆　瓜　好样儿的!

穆桂英　穆瓜,你问了没有?

151

穆　瓜	"要杀开刀,何必多问!"
穆桂英	嗯!
穆　瓜	呵! 这是他说的呀!
穆桂英	这么说他是愿意死呀!
穆　瓜	大概他是活够了! 来呀,把他杀了! (众举刀)
穆桂英	嗯! 穆瓜,你再跟他去说,这活着可比死了好呀!
穆　瓜	哎呀,好我的姑娘哩,人家愿意死就快些杀了算了吧,你是问呀、劝呀,真不嫌麻烦……
穆桂英	闪开! 无用的东西,待我亲自去说。
穆　瓜	早就该自己说去了。
穆桂英	(走近宗保,欲言又羞,后下决心)我说这位将军,我有一言奉上。
杨宗保	(看看穆瓜的刀)你我有何可讲?
穆桂英	呀呀呀……好大的脾气!
穆　瓜	本来人家脾气就不小。
穆桂英	穆瓜,你们与我……(女兵举刀)退下! (众女兵下,穆瓜不下)出去!
穆　瓜	(对宗保)出去!
穆桂英	我叫你出去哩。
穆　瓜	(对宗保)我叫你出去哩!
穆桂英	嗯!
穆　瓜	噢,是叫我出去呀! 看来我在这儿碍事哩。(笑下)
穆桂英	将军呀!

       (唱)　将军且把怒火按,

           休怪适才理不端。

           多谢大雁牵红线,

           你我相逢在穆山。

           见面方觉相识晚,

           与君愿吐肺腑言。

杨宗保	呵? 请讲。
穆桂英	将军!

	（唱）	我敬你少年虎将英雄胆，
		更敬你杨家忠良美名传。
		愿与君结同心终生相伴，
		愿与君并马出征保家园。

杨宗保　（明知故问）小姐之意，末将不懂，请讲明白些。

穆桂英　唉！我就与你实说了吧。我愿与你结为百年之好，
　　　　保国保民保家乡，但不知你意下如何？

杨宗保　这……

　　　　（唱）　安社稷最需把贤将招请，

　　　　　　　她是个难得的巾帼英雄。

　　　　　　　我与她虽然是乍认初逢，

　　　　　　　慕她才爱其貌一见钟情。

　　　　　　　我二人若能够结为鸾凤，

　　　　　　　杨家门添女将国也增荣。

　　　　呵，穆小姐，

　　　　婚姻之事我答应，

穆桂英　穆瓜，看酒来。

　　　　〔穆瓜上，见状，招呼穆香。穆香送酒，下。

穆桂英　（唱）　与君洗尘先接风！

　　　　将军请。

杨宗保　小姐请。呵，小姐，适才穆山交战，你的武艺真乃高
　　　　强呵！

穆桂英　少将军，你那杨家的梅花枪法真好呵！

杨宗保　还是小姐的武艺高！

穆桂英　还是将军的枪法好！

杨宗保
穆桂英　呵，哈哈哈……

杨宗保　小姐，这是我杨家的传家宝物金制箭壶，相赠与你。
　　　　（给箭壶）

穆桂英　多谢将军。这是穆柯山镇山之宝降龙木，宜作硬弓，
　　　　赠与将军。（赠木）

杨宗保	呵,小姐,你我既定终身,就该一同下山,共保大宋才是。
穆桂英	将军,不提保宋还则罢了,提起此事,真是叫人寒心!
杨宗保	却是为何?
穆桂英	将军!

　　（唱）　我穆家保社稷赤心一片,
　　　　　那宋王太昏庸不辨忠奸。
　　　　　信谗言加罪名全家遭贬,
　　　　　到如今还蒙受不白之冤!
　　　　　将军呵!
　　　　　功与过是与非尚无论断,
　　　　　我怎能跟随你一同下山!

杨宗保	原来如此。看来此事还得禀报父帅再作道理。小姐,我有公务在身,须要暂别回营,你我后会有期。
穆桂英	后会有期,期有多长?
杨宗保	多则十天半月,少则三天五日。
穆桂英	如此,待我送你一程。穆瓜!

　　　　　〔穆瓜上。

穆　瓜	在。
穆桂英	快给姑娘和你姑老爷带马。
穆　瓜	呵! 姑老爷? 噢噢,给姑娘、姑老爷道喜。
穆桂英	看你这个啰嗦劲儿,还不快去!
穆　瓜	是!

　　　　　〔穆瓜牵马,桂英、宗保上马。

穆桂英	将军请。
杨宗保	小姐请。（二人含情脉脉并马而行）

　　（唱）　穆山巧遇结亲眷,
　　　　　但愿花好月早圆。（上马,远去）

穆桂英	（唱）　山路崎岖马蹄远,
一阵秋风觉影单!

第五场

〔杨元帅帐内。

〔焦赞、孟良上。

孟　良　请贤把钉碰，

焦　赞　吃了闭门羹！

孟　良
焦　赞　有请元帅。

〔杨六郎上。

杨六郎　穆桂英可曾请来？

焦　赞
孟　良　这……

杨六郎　吞吞吐吐，是何缘故？

孟　良　我二人奉命请贤，去至穆柯山下，闻听巡营军士言
　　　　道，宗保侄儿为了一只大雁与穆桂英争斗，被她擒
　　　　上山去。

焦　赞　我等前去相救，不料那穆家兵便是这样把寨门一关，
　　　　我二人碰了个钉子回来了。

杨六郎　竟有这等之事。(一想)二贤弟，备马！

焦　赞
孟　良　(不解地)元帅……

杨六郎　(念)再到穆山把贤请，
　　　　　　　学那刘备访卧龙。

〔三人欲下时，杨宗保上。

杨宗保　(念)山寨订亲事，
　　　　　　　回禀父帅知。

　　　　参见父帅。

杨六郎　我儿回来了？

杨宗保	儿我回来了。
杨六郎	我儿可曾受了委屈？
杨宗保	那穆桂英深明大义，对儿甚好。
杨六郎	（惊喜）噢！是怎样个好法？
杨宗保	这……她赠儿镇山宝物降龙木一根。
杨六郎	（猜着八九成）我儿你呢？
杨宗保	我将咱那传家宝物金制箭壶赠与了她。
杨六郎	呵，莫非你二人……
杨宗保	我二人订下终身了。
杨六郎	哈哈哈……

（唱）　　所说穆杨把亲订，
　　　　　喜煞我来日的老公公。
　　　　　这才是有意栽花花落空，
　　　　　无心插柳柳却成。
　　　　　儿是梧桐招彩凤，
　　　　　为大宋立下了请贤之功。
　　　　　趁今日良辰吉日心高兴，

　　　　二贤弟！

焦　赞 孟　良	在。
杨六郎	（接唱）　二贤弟，快快快，备八抬，披彩红， 　　　　　张灯结彩、趁热打铁把亲迎！
杨宗保	父帅且慢去迎，那穆桂英不肯下山归顺宋营。
杨六郎	（一怔）既定终身，又不归宋，是何道理？
杨宗保	父帅！

（唱）　　她恼恨先王爷清浊相混，
　　　　　宠奸佞信谗言贬她满门。
　　　　　多年来蒙屈冤无人过问，
　　　　　因此上不愿意下山成亲。

杨六郎	（凉了半截）呵！
	（接唱）　贤将不肯归大宋， 　　　　　满腔热气结了冰！

破阵奇法我不懂，

女将不到功难成。

这……有了！

（接唱） 欲扬先抑化冰冻，

解铃还得先系铃。

急中我把巧计用，

二都司,升帐！

焦　赞　升帐！
孟　良

〔众校尉上。

杨六郎 （接唱） 严整军纪我要动斩刑！

杨宗保 父帅！

杨六郎 奴才！

（唱） 穆山私自把亲定，

贻误军机罪非轻。

抖起虎威行帅令，

推出辕门问斩刑。

〔校尉押宗保下。

焦　赞　元帅,宗保侄儿年幼无知,恳请饶恕,莫可问斩。
孟　良

杨宗保 尔等晓得什么。一对闷葫芦,还不快快与我出帐去！

〔焦、孟出帐。

孟　良　三弟,元帅今天怎么忽晴忽阴,变化多端,莫非

他……

焦　赞　管他是阴是晴,还是救人要紧,我去禀报太娘得知。

（急下）

孟　良　我看还是快去穆山报知穆桂英为妙！（下）

〔焦赞扶佘太君上。

佘太君 （唱） 忽听孙儿上了绑,

吓得老身面焦黄。

三关杀敌需良将,

怎能随便伤栋梁。

（对焦赞）

速唤延昭快出帐，

让他前来见老娘。

焦　赞　禀元帅，太娘到了。

杨六郎　（唱）　焦贤弟一声禀太娘来到，

杨延昭离虎位迎接年高。

太娘到了，请进帐中！

焦　赞　（神气地）哼！看你敢说不请！

〔焦挽佘太君坐。

杨六郎　太娘呀！

（唱）　进帐来先问声太娘安好，（参拜）

佘太君　（气恼地）我好！

杨六郎　（唱）　娘安好也免得儿把心操。

佘太君　（唱）　我问你因何事要斩宗保，

把情由快说与为娘知道。

杨六郎　这……

佘太君　什么？

杨六郎　（背唱）对老娘本应该实言奉告，

说明了又恐怕难把贤招。

无奈何暂瞒哄惹娘烦恼，

到头来明真相自把气消。

佘太君　（唱）　娘问话你不答实在可恼，

辕门外斩宗保所为哪条？

杨六郎　（唱）　小奴才坏军纪其罪不小，

提起来真叫人怒冲云霄。

今日里我命他巡营瞭哨，

他竟敢穆柯寨私把亲招。

因此上绑法标把儿头找，

儿斩子为的是整整律条。

佘太君　（唱）　小宗保私订亲纵有不到，
　　　　　　　　姑念他年纪小应该恕饶。
　　　　　　　　更何况敌犯境良将缺少，
　　　　　　　　斩宗保岂不把军心动摇。
　　　　　　　　念为娘来讲情把儿赦了，
　　　　　　　　让宗保戴罪出征破番辽。

杨宗保　（唱）　亲生子犯军纪若不斩了，
　　　　　　　　众将士有非议儿脸发烧。
　　　　　　　　劝老娘莫要把无趣自讨，
　　　　　　　　儿定要斩宗保绝难轻饶。

佘太君　（唱）　延景儿做事太任性，
　　　　　　　　句句话儿真绝情。
　　　　　　　　眼看难救孙儿命，
　　　　　　　　急得我心口阵阵疼。

焦　赞　　　　太娘，我家元帅他不允情，你何不去搬千岁前来
　　　　　　　挡刑。

佘太君　（唱）　焦赞他把我提醒，
　　　　　　　　猛虎怕的是蛟龙。
　　　　　　　　为救孙儿得活命，
　　　　　　　　我龙棚里去搬八主公！

　　　　　　　〔焦赞扶佘太君下。

杨六郎　（唱）　老娘去把千岁请，
　　　　　　　　正合我意喜心中。
　　　　　　　　为了请贤把计用，
　　　　　　　　女将不来我无情。
　　　　　　　　稳坐宝帐把贤等，
　　　　　　　　愿桂英早些归宋营。

　　　　　　　〔焦赞引八贤王上。

八贤王　（唱）　心忧万事难平静，
　　　　　　　　又闻要斩御外甥。

何事引出斩杀令，

忙到帐内问分明。

焦　赞　八王千岁驾到！

杨六郎　（唱）　一声斩杀满营惊，

引来千岁到帐中。

我还得逢场作戏巧对应，

以假当真戏主公。

参见千岁。（施礼，入座）

八贤王　（唱）　小宗保犯了什么罪？

为何将他问斩刑？

焦　赞　是么！

杨六郎　（唱）　小奴才在穆山私把亲订，

违父命犯军纪不能宽容。

八贤王　（唱）　安家邦拯黎民用人当紧，

怎能够斩良将釜底抽薪？

你杨家保大宋热血洒尽，

到如今只留他单苗独根。

为社稷为杨家用刑须慎，

望郡马细斟酌刀下留人。

焦　赞　八千岁有旨，待我去把宗保侄儿放了。（欲走）

杨六郎　（瞪焦一眼，焦退一旁）

（唱）　千岁讲话理不顺，

不该帐前难为臣。

论国法千岁为大应从命，

论家法舅爷身荣地位尊。

在三关我统三军掌帅印，

有道是军令如山难收回。

王子犯法也该……

焦　赞　嗯？……

八贤王　怎么？

杨六郎	（接唱）	王子犯法也该按律问，
		执法不公怎安民？
		千岁莫把是非混，
		讲情话儿少出唇！
八贤王	（唱）	好一个杨元帅刚骨烈性，
		违君意抗王命少义无情。
		去法场将宗保左右护定，
		哪一个胆包天敢动斩刑。

杨六郎　送千岁！

八贤王　哼！（气愤地下）

杨六郎　哈哈哈……

（唱）　我斩子演假戏一场虚惊，

倒惹得八千岁大发雷霆！（进帐）

〔焦赞急得抓耳挠腮，东张西望，只觉无策。孟良上。

孟　良　穆山放风声，

女将来宋营！

焦　赞　哎呀，二哥，这半晌你跑到哪里去了？

孟　良　我到穆柯寨去了。

焦　赞　咳！元帅要斩宗保，你不设法搭救，却浪到穆柯寨玩景去了。

孟　良　呸！靠你个黑鬼还能办好大事，你站远点，为兄把救兵搬来了。（拉焦赞下）

穆桂英　（内唱）穿云破雾下山岭，

〔穆瓜引穆桂英上。

（接唱）　策马扬鞭快如风。

为了搭救将军命，

出头露面到宋营！

穆瓜，上前看过。

穆　瓜　是。哈咳，来在辕门，冷冷静静，莫非我姑夫已经脑袋搬家了？哎呀，我的姑夫哇……

〔焦赞、孟良上。

焦　赞 孟　良	何人在此喧哗？
穆　瓜	呵？原是黑大叔和红二哥……
焦　赞	胡说，叫红二叔！
穆　瓜	对，都算我叔哩。我来问你，我那杨姑夫他……已经问斩了？
孟　良	你们来了，他就不斩了。
穆桂英	这就好了。有劳二位向内传禀，就说穆桂英下山来了。
焦　赞 孟　良	元帅，穆桂英来了！
杨六郎	什么？
焦　赞 孟　良	穆桂英来了。
杨六郎	好哇，她果然地来来来了，哈哈……
	（唱）　斩子巧计果灵应，
	调来良将到宋营。
	我这里上前去作揖打躬——
焦　赞 孟　良	元帅，你先不要施礼，那穆桂英还在帐外哩！
杨六郎	哎！
	（接唱）　谢苍天降下了破阵英雄。
焦　赞 孟　良	元帅，那穆桂英来了，你就该去辕门之外迎接才是。
杨六郎	（背躬）哪有老公公迎接儿媳妇的。（向焦、孟）堂堂宋营元帅，焉能轻离虎位。二贤弟，传本帅将令，有请穆小姐进帐！
焦　赞 孟　良	是。我家元帅倒拿起架子来了。穆小姐请了！
穆桂英	请了。
孟　良	我家元帅军务在身，不能出帐相迎，有请穆小姐进帐

QINQIANGJUBENJINGBIAN 西安秦腔剧本精编

相见。

〔穆桂英欲进帐,穆瓜拦住。

穆　瓜　　姑娘!

　　　　（念）　穆瓜开言道,姑娘你试听。

　　　　　　　　姑爷绑法场,姑娘去说情。

　　　　　　　　准下人情事,与他讲太平。

　　　　　　　　不准人情事,咱就动刀兵。

　　　　　　　　杀了宋王爷,再去破辽兵。

　　　　　　　　姑娘做元帅,姑爷当先行。

　　　　　　　　穆瓜抱大印,给你压后营。

　　　　　　　　一朝权在手,便把令来行。

　　　　　　　　你看我威风不威风!

　　　　　　　　呼儿嗨,呀儿嗨,呼儿嗨,哎呼嗨,

　　　　　　　　你看威风不威风!

穆桂英　　（唱）　穆瓜休要乱议论,

　　　　　　　　且退帐下待令行。（穆瓜下）

　　　　　　　　大摇大摆把帐进,

　　　　　　　　虎位里坐着元戎老……公公。哎!

　　　　　　　　宋王老儿都不怕,

　　　　　　　　怕什么翁爹老元戎。（进帐,打躬）

杨六郎　　（唱）　眼前落下金彩凤,

　　　　　　　　满帐生辉耀眼明。

　　　　　　　　暂掩喜悦来相问,

　　　　　　　　穆小姐来此为何情?

穆桂英　　（唱）　少将军身犯什么罪,

　　　　　　　　为何将他问斩刑?

杨六郎　　（唱）　小姐何必故意问,

　　　　　　　　我斩宗保你知情。

穆桂英　　这……

　　　　　　（唱）　朱颜含羞忙跪定,（跪介）

163

尊一声杨元帅……我的老公公！

| 焦　　赞 | 哈哈哈…… |
| 孟　　良 | |

焦　　赞　　侄媳妇，既然已经订了终身，还羞答什么？

孟　　良　　有话直说就是。

穆桂英　　（唱）　我二人情投意合婚事订，
　　　　　　　　　你不该斩凤弃凰剑无情。

杨六郎　　（唱）　小宗保两军阵前把亲定，
　　　　　　　　　犯家法违军纪该动斩刑。

穆桂英　　元帅，此言差矣！
　　　　　　（唱）　曾不记七星庙里结鸾凤，
　　　　　　　　　到如今杨佘姻缘传美名。

杨六郎　　（唱）　穆小姐讲此话有失分寸，
　　　　　　　　　你不该对祖辈刨底寻根。
　　　　　　　　　七星庙姻缘事早有公论，
　　　　　　　　　志相投道相合为国为民。
　　　　　　　　　你二人订姻缘太不谨慎，
　　　　　　　　　志不同道不合怎能同心？

穆桂英　　（唱）　我二人结鸾俦情深意重，
　　　　　　　　　为国家为黎民海誓山盟。

杨六郎　　（唱）　既然是为国为民志向定，
　　　　　　　　　为什么不下山来归宋营？

穆桂英　　这……
　　　　　　（唱）　元帅莫提归大宋，
　　　　　　　　　穆家报国好伤情。
　　　　　　　　　为赵家疆场战死多少命，
　　　　　　　　　汗马功劳数不清。
　　　　　　　　　谗言一句千功倾，
　　　　　　　　　忠良遭贬把冤蒙！

杨六郎　　（唱）　自古宦海多浮沉，
　　　　　　　　　多少忠良做冤魂。

穆家含冤又饮恨，
文武早寄同情心。
眼看着辽人侵烽烟翻浪，
你岂能为家仇青红不分。
曾不记楚屈原遭谗含恨，
著《离骚》仍寄托爱国之心。
刘金定抛家仇挥戈上阵，
与高琼情意投宋营成亲。
曾不记我杨家被斥野郡，
幽州城救主公不顾粉身。
劝小姐莫计较往日之恨，
你不为宋天子还要为民。

焦　赞　侄媳妇，元帅说得对呀，你不为大宋还要为黎民，不
　　　　为黎民，还要为我那——宗保侄儿小将军。

孟　良　哎，咱那侄媳妇可是山头上吹喇叭——站得高，响
　　　　（想）得远，这些道理还用你点拨哩！

穆桂英　呀！

　　（唱）　一句句肺腑言启人猛醒，
　　　　　　言凿凿意谆谆发聩震聋。
　　　　　　抚我心壮我志慰我伤痕，
　　　　　　我就该抛私怨尽忠为国。
　　　　　　杨元帅！
　　　　　　我愿意披肝胆共保大宋，
　　　　　　与宗保同杀敌并马出征。

杨六郎
焦　赞　哈哈……
孟　良

杨六郎　焦、孟二弟，快与你那宗保侄儿松绑去。

焦　赞　是。（相邀穆桂英同下）
孟　良

〔八贤王怒容满面地上。

165

八贤王	（唱）	辕门归来龙心恼，
		杨元帅做事太蹊跷。
		法场上杀气腾腾斩宗保，
		来了个穆桂英云散雾消。
		他不该施计斩子设圈套，
杨六郎	（唱）	我这里谢千岁海涵恕饶。
八贤王	（不理）哼！	
杨六郎	（唱）	为把那破阵将军早些请到，
		才设下斩子计假意操刀。
八贤王	（唱）	好一个智多星元帅招讨，
		这步棋走得人魂飞魄消。

杨元帅，如今穆桂英既已归宋，你就该统领三军，再去破阵才是。

杨六郎 千岁，为臣还有一事，请千岁恩准。

八贤王 又有何事？

杨六郎 此去破阵，还须另请贤能挂帅。

八贤王 呵！又请何人？

杨六郎 就是那穆桂英。

八贤王 何人？

杨六郎 穆桂英。

八贤王 哎，杨元帅，这就是你的不是了。请穆桂英下山，本御已让你三分，如今又要她挂帅，岂不是拿皇家帅印作儿戏吗？

（唱） 吃辣要选生姜老，
山杏怎能比鲜桃。
穆桂英纵然有三略六韬，
比不上郡马你智广艺高。

杨六郎 （唱） 上山方能识虎豹，
下海才能见龙蛟。
夜巡营我曾经亲眼看到，

　　　　　　　　穆桂英破敌阵确有高招。

八贤王　哎！

　　　（唱）　羊与麒麟难同道，

　　　　　　　山雀鲲鹏怎混淆？

　　　　　　　那穆家作草寇离经叛道，

　　　　　　　须提防有二心两面三刀。

杨六郎　八千岁！

　　　（唱）　说什么那穆家离经叛道，

　　　　　　　怕什么有二心两面三刀！

　　　　　　　自古来殊途回归有多少，

　　　　　　　我杨家原也是不属宋朝。

　　　　　　　我祖父火山王曾经落草，

　　　　　　　我的母本是那佘王根苗。

　　　　　　　到后来转车辙把刘汉来保，

　　　　　　　人称是无敌将一代英豪。

　　　　　　　先王爷下河东大举征讨，

　　　　　　　我杨家持正义才归宋朝。

　　　　　　　我的父战辽兵无阵不到，

　　　　　　　两狼山怀壮志绝食身夭。

　　　　　　　我大哥为宋王以命报效，

　　　　　　　我二哥短剑下血染征袍。

　　　　　　　我三哥遭马踏尸体难找，

　　　　　　　我四哥和八弟失落番辽。

　　　　　　　我五哥五台山削发进庙，

　　　　　　　我七弟被潘贼乱箭穿腰。

　　　　　　　死的死，夭的夭，

　　　　　　　难道说这不是一心一意保宋朝！

八贤王　（唱）　那穆家即便是同心报效，

　　　　　　　怎奈她女孩家未退黄毛。

　　　　　　　挂帅印统三军事关重要，

嫩竹杆怎能把千钧来挑？

杨六郎	（唱）	君不闻小甘罗全权使赵，

周公瑾少壮人挂印破曹。

花木兰去从军青春年少，

樊梨花刘金定都是女姣。

姜子牙志未酬渭河垂钓，

汉周勃原本是识曲吹箫。

迎春花金秋菊各开迟早，

量才能岂分那男尊女卑、出身贵贱、阅历深

浅、年少和年高。

为江山你就该惜才如宝，

积杯土聚丸石泰山才高。

八贤王	（唱）	你休要班门弄斧唱高调，

怎能让兔子驾辕马拉稍！

非是本御自称道，

老谋深算比你高。

杨六郎	（唱）	金无足赤完人少，

未必事事见识高。

经史礼乐你通晓，

论军情不如我杨延昭。

八贤王	（唱）	一句话惹得我火星冒，

本御面前敢持骄。

休忘头戴乌纱帽，

休忘身穿锦绣袍。

休忘大宋江山本姓赵，

休忘本御是皇家的监军我把大权操！

杨六郎	（唱）	休仗权势大压小，

有理不在官位高。

汉祖用将人称道，

唐宗纳谏江山牢。

八贤王	（唱）	竟敢不分大与小，
		三纲五常脑后抛。
杨六郎	（唱）	菩萨低眉人祷告，
		金刚怒目枉徒劳。
八贤王	（唱）	皇家一言如山倒，
		违抗圣意罪难逃。
杨六郎	（唱）	赤心敢将权势傲，
		泰山压顶不弯腰。
八贤王	（唱）	孤意已定休胡道，
杨六郎	（唱）	大宋帅印我要交。
八贤王	（唱）	不能不能实不能，
杨六郎	（唱）	要交要交实要交！
八贤王	（唱）	你不能！
杨六郎	（唱）	我要交！
八贤王	（唱）	你不能！
杨六郎	（唱）	我要交！
八贤王		杨元帅！
杨六郎		八千岁！

八贤王　大胆的杨延昭！本御在朝身居一人之下，位尊万人之上，讲出话来，就是叔王也要听我几分，而你这小小领兵的元帅，竟敢这样居功傲上，藐视本御，如何了得！

杨六郎　（唱）　八千岁顿时肝火冒，
　　　　　　　　猛虎怎敢斗龙蛟！
　　　　　　　　低头我把妙计找，(焦赞暗上)
　　　　　　　　小卒将军棋一着。
　　　　　　　　焦贤弟！
　　　　　　　　你看过扭头狮子二龙戏珠烈虎大印皇家宝，

焦　赞　是。(下，取印复上)

杨六郎　罢！

（唱）　我要与他把印交。

　　　　　不怕惹他龙心恼，

　　　　　不怕大本奏当朝。

　　　　　不怕丢掉乌纱帽，

　　　　　不怕那半生功勋一旦抛。

　　　　　为的是土中明珠放光耀，

　　　　　为的是不拘一格造英豪。

　　　　　为的是破阵驱虎豹，

　　　　　为的是江山黎民大宋朝！

　　　　　数十年南征北战、东挡西杀、赴汤蹈火、出生

　　　　　入死、赤胆忠心把国保，

　　　　　哪一宗不是保宋抗番辽。

　　　　　举贤让贤肝胆照，

　　　　　爵禄名利脑后抛。

　　　　　手捧上皇家印急忙跪倒，

　　　　　八千岁请接印玺带回朝。

　　　千岁请来接印！

八贤王　你是执意要让那穆桂英挂帅！

杨六郎　何尝——

八贤王　何尝不是，你这分明是难为本御么。

杨六郎　岂敢，千岁还是把印接下！

八贤王　这……

　　　　〔佘太君上。

佘太君　（唱）　千岁辕门来阻刑，

　　　　　倒叫老身操心中。

　　　　　延昭儿刚烈火性盛，

　　　　　只怕又把事闹崩。

　　　　　放心不下看动静，

　　　　　六郎他手捧帅印跪帐中。

　　　　　走上前来问究竟，

杨六郎	太娘到了,请坐!
八贤王	(接唱) 太君你来把理评。
佘太君	难道还不赦我孙儿宗保,好气也!
	(唱) 延昭做事真懵懂,
	目中无人理不通。
	为娘讲情你顶碰,
	又和贤爷把理争。
	若还不饶宗保命,
	我叫你也活不成。
杨六郎	(唱) 儿斩子是假巧计用,
	为的招那穆桂英。
	你孙儿已经得活命,
	老娘莫再把气生。
佘太君	贤爷生气何来?
八贤王	(唱) 你儿大胆抗圣命,
	他要让印穆桂英。
佘太君	怎么,皇家宝印你要让人?
杨六郎	(唱) 让印与贤保大宋,
	为破天门战辽兵。
	穆桂英多谋善战有奇勇,
	堪当重任乃贤能。
	延昭我保江山忠心耿耿,
	八千岁迎着面吹来冷风!
佘太君	(唱) 话儿说透真相明,
	原为让贤事一宗。
	延昭让贤为大宋,
	贤爷应开放行灯。
八贤王	(一怔)怎么,你也愿意他把帅印让人?
佘太君	(唱) 举贤荐能大事情,
	重在忘私心有公。

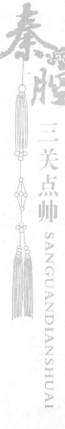

秦腔
三关点帅
SANGUANDIANSHUAI

　　　　　　　　三关正需把贤用，

　　　　　　　　不拘一格理顺通。

八贤王　既然你母子都愿意让贤，本御也只好……

佘太君　还不快谢千岁！

杨六郎　谢过千岁纳谏任贤之恩！

　　　〔宗保、桂英上。

杨宗保
穆桂英　谢父帅不斩之恩。

杨六郎　见过你家龙舅、祖母。

穆桂英　参见龙舅、祖母！

佘太君　（高兴地）真是名不虚传……

八贤王　（见穆一惊）怎么，你是穆小姐？

穆桂英　正是孩儿。

八贤王　倒也外貌不凡。穆小姐，我来问你：如今辽兵作乱，
　　　　摆下天门大阵，奥秘何在？怎样破法？

杨宗保　龙舅既问，你就大胆讲吧。

穆桂英　恕我班门弄斧了。

　　　　（唱）　辽兵巧摆天门阵，

　　　　　　　　十大古阵拼凑成。

　　　　　　　　兵马倾巢齐出动，

　　　　　　　　布阵一百单八零。

　　　　　　　　变幻莫测多陷阱，

　　　　　　　　阵门颠倒变无穷。

八贤王　怎样破法？

穆桂英　（唱）　自古兵家有三阵，

　　　　　　　　天、地、人阵相协同。

　　　　　　　　一百单八何足论，

　　　　　　　　随机应变保成功。

八贤王　姑娘可敢去破？

穆桂英　愿去一试！

八贤王　如若破它不下呢？

穆桂英	甘当军令！
八贤王	好一个甘当军令！何人作保？
佘太君	老身愿保！
杨六郎	本帅愿保！
八贤王	好，老太君，杨元帅，军中无戏言！
杨六郎 佘太君 穆桂英	言出铸九鼎！
杨六郎	桂英近前。
穆桂英	父帅有何吩咐？
杨六郎	此番出征，我与你推荐两员大将。
穆桂英	这第一员？
杨六郎	宗保与你当先行官。
穆桂英	（一喜）这第二员？
杨六郎	老夫为你押运粮草。
佘太君	祖母替你拉马坠镫！
穆桂英	这……如何使得？
杨六郎	一人执掌帅印，全家披挂上阵。此乃杨家的家风。
穆桂英	谢祖母、父帅！
杨六郎	千岁，请来点帅授印吧！
八贤王	好！穆桂英请来接印！

〔穆瓜、穆香、焦赞、孟良、宋兵、将等急上。

〔音乐声起。穆桂英拜印、接印、交穆瓜，拜剑、接剑、交穆香。

穆桂英	（唱）	拜印统兵肩重任，
		社稷安危系一身。
		三军将士齐振奋，
		明日出征破天门！

〔众亮相。

——剧　终

演出单位

西安市五一剧团

海瑞告状

根据王文德整理的同名西调移植

胡文龙 蔡立人 移植

剧情简介

　　明朝时,南京右佥都御史海瑞,陪同幼主巡视江南已毕,乘船返京途中,捞起渔家父女两具尸体,渔父伤重命亡,其女抢救得生。经查问乃系汉阳知府徐龙之子徐蒙作恶犯罪。海瑞遂劝幼主前往汉阳为民伸冤,并传旨命徐龙江边接驾。徐龙不知其子犯罪,仗着他是世袭国公,受过"不参君不辞驾"的皇封,认为幼主欺他职位低微,故尔痛打差官,怒摔龙牌,以羞皇家。海瑞为了与民伸冤,维护徐家清名,说服幼主登岸,步行来到汉阳府堂,与徐龙当场对证,终于冲破各种阻力,促使徐龙秉公而断,亲斩其子,以护国法。

　　根据王文德整理的同名西调移植。

场　目

秦腔　海瑞告状　HAIRUIGAOZHUANG

人 物 表

海 瑞	御史大人
徐 龙	汉阳堂知府
小 王	幼主
兰 香	渔女
郑 表	渔翁,兰香之父
徐 母	徐龙之母
徐 妻	徐龙之妻
徐 蒙	徐龙之子
小 二	书童

差官、中军、内侍、水手甲、水手乙、校尉、衙皂等。

第一场　遭　祸

〔明朝某年某月。

〔汉阳附近,长江岸边。

〔幕启:天空晴朗,江水荡漾。

郑　表　（内唱）　稻花千里仲秋天,

〔郑表、兰香划船上。

兰　香　（唱）　扬子江中鱼儿鲜。

郑　表　（唱）　家住汉阳柳堤畔,

兰　香　（唱）　父女打鱼求吃穿。

郑　表　（唱）　缓摇小舟轻下网,

兰　香　（唱）　但愿鱼儿载满船。

郑　表　（唱）　下罢网儿拨舟转,

兰　香　（唱）　渔船摇向柳岸边。

〔父女持桨拨舟行至左侧拣鱼投篮。

〔小二引徐蒙乘马上。

徐　蒙　（唱）　背父母出府来江边游荡,

　　　　　　　我不见美色女心头发慌。

　　　　　　　我这里催坐马速往前闯,

　　　　咦!

　　　　　　　船头上闪出个美貌姣娘。（愣住）

小　二　（奇怪地）少爷为何不往前走了?

徐　蒙　好美人,呵——哈哈哈……（下马）小二,你顺着我
　　　　的手儿瞧——（指向兰香）

小　二　少爷莫非……

徐　蒙　常言道:鸟爱森林鱼爱水,蝶恋花儿人恋美。小二,
　　　　你看此事能成否?

179

小　二　……

徐　蒙　怎么,少爷我配她不上?

小　二　不是你配不上,只怕她攀不上!

徐　蒙　是嘛。你看少爷我,祖母是太君,爹爹是府官;吃的是鸡鸭鱼蛋,穿的是丝罗绸缎;使的是院公书童,住的是深宅大院。真是眼前尽富贵,背后皆靠山。只是常年四季不离桌案,玩弄纸笔墨砚,孤单寂寞,令人烦厌!小二,你上前跟我去提……

小　二　少爷,提不得!老爷常说,玩物丧志,玩人丧德。少爷如此行事,老爷知道那还了得?

徐　蒙　啊!(想介)这有什么了不得?(低声)咱们把她偷偷领进书馆,爹爹不见,就让她把我陪伴。爹爹发现,就说给奶奶买了个丫环。呃,纵然爹爹见怪,由祖母作主,怕什么?快去!

小　二　(推辞地)小二我嘴拙舌笨,只怕好事也会办坏。

徐　蒙　(不耐烦地)算啦!让他们搭了扶手。

小　二　哎,打鱼老伯请了。

兰　香　爹爹,岸上有人唤你。

郑　表　(站起)小哥哥莫非想买鱼吗?

小　二　嗯。

郑　表　女儿搭了扶手,待为父上岸去卖。

小　二　(忙招手)对,赶快上岸,赶快上岸!

徐　蒙　不敢劳累老伯,待小生亲自上船挑拣。

郑　表　小哥哥真乃好善。

小　二　(旁白)哼!不是好善,就是浑蛋!

郑　表　(搭扶手)请公子上船。

徐　蒙　(对小二)一同上船。

〔徐蒙、小二上船。徐蒙贪视兰香。

郑　表　鲜鱼都在篮里,公子请选。

徐　蒙　(凝视兰香)好,好!果然是好!

郑　表　公子选上哪条,待老汉取出,指物议价。

徐　蒙　不忙,不忙。我来问你,她(指兰香)是何人?

郑　表　小老的女儿。

徐　蒙　噢,令爱。年长?

郑　表　(已不耐烦)一十六岁。

徐　蒙　可曾许人?

郑　表　未曾许人。

徐　蒙　未曾许人!好,好,好!(轻狂地)

郑　表　嗯!你要买鱼就买上几条,不买就下船去吧,如此轻
　　　　狂,是何道理?

徐　蒙　(假装斯文的样子)老伯呀!

　　　　(唱)　走上前施一礼拱手陪笑,

　　　　　　　休怪我欠稳重举止轻飘。

　　　　　　　有一件心腹事直言奉告,

　　　　　　　讲出唇你定要喜上眉梢。

　　　　　　　我爹爹徐知府无人不晓,

　　　　　　　俺祖辈是国公誉满当朝。

　　　　　　　小生我名徐蒙风流年少,

　　　　　　　上无兄下无弟单根独苗。

　　　　　　　我相中渔大姐温柔美貌,

　　　　　　　愿与她成眷属同渡鹊桥。

　　　　　　　天生就我二人鸳鸯情鸟,

　　　　　　　郎有才女有貌盖世难挑!

郑　表　(忍耐地)徐公子,你吃醉了?

徐　蒙　小生酒未沾唇,句句实话。

郑　表　怎么?句句实言?

徐　蒙　不错,我父徐龙,我名徐蒙,年方十八,尚未成亲。

郑　表　徐公子!

徐　蒙　(得意地)岳父言讲什么?

郑　表　嗯!

　　　　(唱)　徐老爷爱黎民令人敬仰,

　　　　　　　你应该效先人品行端庄。

181

　　　　　　　劝公子息邪念速快他往，
　　　　　　　也免得讨无趣自身遭殃。
　　　　　下船去吧！
徐　蒙　你住口！
　　（唱）　徐少爷何用你教训，
　　　　　　　老苍头不知少年心。
　　（走向兰香）小娘子！
　　　　　　　你若随我把府进，
　　　　　　　管保你满头珠翠系罗裙。（轻佻地）
郑　表　（怒）　狂徒！
　　（唱）　你枉为徐门后缺少教养，
　　　　　　　藏祸心逞霸道欺压善良。
　　　　　　　若不看徐老爷金面之上，
　　　　　　　定将你小畜生扭送公堂。
徐　蒙　（唱）　早早依从还罢了，
　　　　　　　不依从叫你一命亡。
郑　表　（唱）　你家也有姐和妹，
　　　　　　　何不与你姐妹拜花堂。
徐　蒙　（唱）　老杂毛竟敢胡乱讲，
　　　　　　　贱骨头睡不了象牙床。
　　　　　　　冲着老脸击一掌——
　　（郑反抗）
　　　　　　　　叫你一命见阎王。
　〔徐蒙向小二要马鞭，小二未给，徐急拾桨打郑，郑惨
　　叫一声"僵尸"倒下。
兰　香　（扑倒呼叫）爹爹哪！
　　（唱）　一见爹爹把命丧……（喝场）
　　　　　　　不由我心碎胆裂痛断肠。
　　　　　　　咱父女相依为命依靠撒网，
　　　　　　　谁料想无故遭祸殃。
徐　蒙　（唱）　娘子不必泪汪汪，

岳父已死难还阳。

来来来,随我去把荣华享,

咱们二人配成双。(拉兰香)

兰　香　(唱)　骂声狂徒丧天良,

衣冠禽兽黑心肠。

杀人又把民女抢,

姑奶奶告你到公堂!

徐　蒙　(唱)　你好比鱼儿落了网,

只有随我作妾房。

(对小二)把她与我带走!

小　二　是……

兰　香　(唱)　父仇难报陷魔掌,

只有一死寻高堂。(投江)

徐　蒙　(惊愕)啊!……

小　二　哎呀少爷,你今日连伤两条人命,老爷知道如何
是好?

徐　蒙　这……(苦思苦想)快!将渔父尸体抛进江心再说。

　　　〔二人抬尸投入江中。

第二场　遇　救

〔接前场。

〔汉阳附近,长江江心。

〔幕启:水手甲、乙撑船,内侍引小王、海瑞上。

海　瑞　(唱)　陪同幼主江南走,

小　王　(唱)　安民已毕回龙楼。

海　瑞　(唱)　大明江山多锦绣,

小　王　(唱)　君正臣贤民无忧。

老爱卿!

（唱）　　随爱卿巡江南收益非浅，

　　　　　胜似在皇宫院攻读十年。

　　　　　怪不得海青天万民称赞，

　　　　　本御我有恩师国泰民安。

海　瑞　折煞微臣了！

（唱）　　为臣我盛名下其实难副，

　　　　　少经纶无韬略学浅才疏。

　　　　　臣全仗有道君晓谕指路，

　　　　　又凭借同殿臣戮力共谋。

　　　　　为人臣理应当舍身图报，

　　　　　不尽职怎对得皇恩天禄？

小　王　过谦了！

水手甲　禀千岁海爷，上游冲下两具尸体。

海　瑞
　　　　速快打捞！
小　王

水手甲
　　　　遵命！（跳水，游下）
水手乙

〔少顷，水手甲、乙扶兰香上。兰香蓬头散发瘫坐。

水手甲　禀千岁海爷，老翁已死，尸体留在江岸；女子昏迷，尚
　　　　未绝气。

海　瑞
　　　　速快唤醒。
小　王

水手甲
　　　　女子醒来！
水手乙

兰　香　（唱）　　昏昏沉沉神颠倒，

　　　　　　　　　只觉天旋地又摇。

　　　　　　　　　杀父之仇尚未报，

　　　　　　　　　莫非我又把祸遭？

海　瑞　这一女子，家住哪里，姓甚名谁？因何投江？

兰　香　这……

内　侍　女子不要害怕。上面坐的是咱幼主千岁，刚才问话

184

的是青天海大人。你有何冤枉，只管讲来。

兰　香　（醒悟）千岁，海爷，与小女子作主哇……

海　瑞　不必啼哭，慢慢地讲来！
小　王

兰　香　（唱）　两泪汪汪跪船舱，
　　　　　　　　千岁海爷听端详。
　　　　　　　　我父郑表住汉阳，
　　　　　　　　兰香自幼丧亲娘。
　　　　　　　　先祖留下船和网，
　　　　　　　　父女打鱼度时光。
　　　　　　　　徐知府之子发刁狂，
　　　　　　　　子仗父势欺善良。
　　　　　　　　假意买鱼把船上，
　　　　　　　　强迫小女配成双。
　　　　　　　　我父不从被打死，
　　　　　　　　民女被逼投了江。
　　　　　　　　我冤似海深仇如浪，
　　　　　　　　求千岁海爷作主张。

海　瑞　（唱）　渔女诉罢我心火上，
　　　　　　　　好一个徐龙汉阳堂。
　　　　　　　　纵子行凶把祸闯，
　　　　　　　　抢劫民女理不当。
　　　　　　　　光天化日伤人命，
　　　　　　　　目无法纪乱纲常。

　　　　　　　千岁！
　　　　　　　　渔女告下冤枉状，
　　　　　　　　咱君臣二人到汉阳。

小　王　（唱）　徐家辈辈忠良将，
　　　　　　　　岂能纵子发刁狂。
　　　　　　　　只怕渔女告谎状，
　　　　　　　　此事还须细思量。

秦腔
海瑞告状
HAIRUIGAOZHUANG

海　瑞　（唱）　徐家虽是有功将，
　　　　　　　　擎天玉柱架海梁。
　　　　　　　　虽说将门出虎子，
　　　　　　　　官府常有败家郎。
　　　　　　　　回头再把渔女问，
　　　　　　　　怎晓得知府公子把你伤？

兰　香　（唱）　狂徒来到渔船上，
　　　　　　　　口口声声夸豪强。
　　　　　　　　自称徐蒙独生子，
　　　　　　　　他父徐龙坐汉阳。

海　瑞　千岁！
　　　　（唱）　苦主二番仔细讲，
　　　　　　　　来龙去脉尽周详。
　　　　　　　　徐家若不欺渔女，
　　　　　　　　民家焉敢告官方！
　　　　　　　　徐蒙闯祸伤人命，
　　　　　　　　臣请千岁拿主张。

小　王　这……
　　　　（唱）　且叫渔女避内舱，
　　　　　　　　咱君臣冷静细磋商。
　　　　　（对内侍）来，速将渔女送入船舱。

内　侍　随我来。（领兰香下）

海　瑞　幼主千岁，此案可该如何发落？

小　王　这案件么……咱君臣江南安民三月有余，理当速速
　　　　回朝复旨。告诉渔女，就说你我急务在身，沿途不理
　　　　民词，叫她……

海　瑞　不妥呀！

小　王　怎见得呢？

海　瑞　臣启千岁！殿下明明说的是出境安民，怎能说安民
　　　　又不理民词呢？自古道：做官不与民作主，枉吃皇家
　　　　爵俸禄；为君不知惜黎民，必定是个无道君。今日渔

QINQIANGJUBENJINGBIAN
《西安秦腔剧本精编》

父被害,渔女鸣冤,怎能视而不见,充耳不闻,见死不救,遇冤不平? 难道就不怕江河两岸的黎民百姓,指着你我的名讳,(夸张地)是这样的昏君长、那样的赃官短! 咒骂你我君臣不成!

小　王　呃! 一桩案件,怎会引起轩然大波?

海　瑞　常言道:好事不出门,恶事传千里!

小　王　这……

海　瑞　民心向背,关系社稷哪!

小　王　依爱卿之见呢?

海　瑞　以微臣拙见,千岁可速差出龙牌,请徐老千岁江边接驾,让他亲自受理此案。

小　王　倒也使得。内侍,唤差官来见。

内　侍　差官来见!

差　官　遵命! (接牌下)

海　瑞　千岁!

　　　　(唱)　差官去把龙牌下,
　　　　　　　徐龙难免怒气发。
　　　　　　　他若拒绝来接驾,
　　　　　　　咱君臣一同上府衙!

小　王　对! (对内侍)吩咐解缆开舟,汉阳靠岸!

内　侍　解缆开舟,疾驶汉阳!

水　手　啊!

第三场　打　差

〔接前场。

〔二幕前,差官乘马上。

差　官　(念)　疾风掣电把路赶,
　　　　　　　霎时来到府衙前。

奉命来把徐龙见，

待我击鼓把旨传。（下马，击鼓）

〔幕启：汉阳府大堂。内呼堂威。中军、衙皂、校尉引徐龙疾上归坐）

徐　龙　何人击鼓，带上堂来！

中　军　啊！（欲出）

差　官　龙牌下！

徐　龙　迎牌！

差　官　（直奔堂上）海大人陪同幼主千岁驾落江边，命徐千岁速去接驾！

徐　龙　什么？幼主来到汉阳？

差　官　正是。

徐　龙　那海大人，敢是革职闲居一十六年，如今官拜南京右检都御史的海刚峰吗？

差　官　正是海大人。

徐　龙　有劳差官返回江边，禀告小王千岁和海瑞，就说徐龙年迈，衙事繁忙，难以接驾。叫他们有辇乘辇，无辇乘马，车马全无，可步行来见！

差　官　徐千岁，幼主虽然年幼，总是一君；千岁尽管年迈，总算一臣。朝廷讲的是君臣大礼，岂能以年纪老少而论吗？

徐　龙　嘿嘿，我把你个奴才！

（唱）　听罢言叫本公呵呵大笑（大笑）……

小差官竟不知地厚天高。

想当年驱元顺东征西讨，

俺祖辈闯天下盖世功劳。

洪武爷登龙位晋爵元老，

封徐家世袭国公名列前茅。

不参君不辞驾无人不晓，

把天字宝剑亲手交。

先主爷未启驾诏书先到，

　　　　　　　　小千岁突然来岂不蹊跷？
　　　　　　　　分明是欺本公职位降小，
　　　　　　　　因此上无顾忌下眼来瞧。
　　　　　　　　劳差官回江边善言禀报，
　　　　　　　　你就说：老徐龙，体欠佳，年岁高，衙事繁忙
　　　　　　　　急开消，不能接驾请饶恕！

差　官　（欲辩）千岁……

徐　龙　（面色阴沉）嗯……

　　　　（唱）　你再敢堂口多讲话，
　　　　　　　　触动本公动刑法。

差　官　（唱）　难道说你比君王大？

徐　龙　（唱）　功高不惧帝王家！

差　官　（唱）　徐家虽然功劳大，
　　　　　　　　如今坐的是府衙。

徐　龙　（唱）　狗差讲出心里话，
　　　　　　　　气得本公咬钢牙。
　　　　　　　　常言主大奴也大，
　　　　　　　　今日一见果不差。

　　　　校尉们！

校　尉　喷！

徐　龙　（唱）　扯下狗差与我打！

差　官　（唱）　王命在身不从法。（举龙牌）

徐　龙　（唱）　叫中军抓过龙牌快拿下，

中　军　啊！（夺过龙牌交与徐龙）

徐　龙　（唱）　打四十把尔的威风煞。（投签）

二校尉　喷！（将差官推下打完，架差官复上）验刑！

徐　龙　（唱）　狗差你今受刑法，
　　　　　　　　打你为的羞皇家。
　　　　　　　　你向幼主去传话，
　　　　　　　　就说本公毁骂他。
　　　　　　　　手执龙牌摔堂下，（徐龙掷龙牌，差官忙拾

起)

差　官　（气愤地）你，你，你……

徐　龙　（唱）　再敢取闹戴铁枷！

赶出去！

二校尉　啊！（推差官）

差　官　（唱）　老徐龙摔龙牌妄自尊大，（欲上马，棒伤疼痛）喂呀……

（唱）　见幼主诉实情加罪重罚！（拉马，趔下）

徐　龙　（唱）　今日我把差官打，

回二堂等候小昏家。

掩门！

第四场　直　谏

〔当天下午。

〔长江岸边，龙舟舱内。

〔幕启：海瑞全神贯注，奋笔疾书。

海　瑞　（唱）　伏朱案秉紫毫把状疾撰……

（搁笔、阅状。窗外传来兰香恸哭声）

呀！

（唱）　览状词，怒火燃，闻哭声，震心弦，龙牌久去
不见返，倒叫我心潮起伏实难安！

小徐蒙罪孽重极刑难免，

幼主他惧徐龙畏缩不前。

老徐公虽能够嫉恶扬善，

要让他斩亲儿非比等闲。

思过来想过去反复盘算，

（思索）嗯！

三件事能如愿计出万全。

一谏殿下同理案，
明辨是非鉴宽严；
二促徐龙秉公断，
严刑峻法惩儿男；
三保渔女身脱险，
不受欺辱免孤寒。
三件事缺一宗不为完满，
要完满我还须坚持不渝、直谏小王、面促徐龙秉
公执法把民安！

〔内侍引小王匆匆而上。

小　王　（焦急地）老爱卿，果然不出你的所料啊！

海　瑞　莫非老千岁拒绝接驾？

小　王　嗨！

（唱）　徐皇叔太傲慢秉性难改，
他居然掷龙牌怒打皇差。
咱不如退三舍先把舟摆，
也免得势成骑虎难下台。

海　瑞　千岁！

（唱）　莫只看老徐龙傲上慢待，
须知他人耿介胸怀磊落。
渔女鸣冤讨血债，
咱怠搭不理不应该！

殿下！
车到山前必有路，
船驶江心浪自开。

小　王　哎呀爱卿！徐皇叔贬谪汉阳，心中不服，故尔痛打皇
差，怒摔龙牌。你我君臣前去会他，岂不是火上加
油，气上加气？若再提起渔女之事，后果更难设
想啊！

海　瑞　那渔女的冤枉……

小　王　依我看来，倒不如给她些银两，让她转衙去告。

海　瑞　（直言不讳）你是大明的幼主，提起徐老千岁，你都三分害怕，七分担忧。一个渔家女子，她又怎敢触犯国公王爷。千岁若不与渔女作主，她只有投江一死，冤沉海底！

小　王　这……这该如何处置？

海　瑞　殿下！想那徐老千岁当年帝里居官，自称包公在世，铁面无私，断案如神，执法森严。依臣之见，龙舟暂停汉阳，微臣陪同千岁带上喊冤渔女，去到汉阳堂上与徐蒙当面质对。一来为民伸冤，二来访问老臣，岂不一举两得？

小　王　说得也是！

海　瑞　那咱就去上一趟吧！

小　王　这……

海　瑞　殿下又为何迟疑？

小　王　我的海大人哪！

　　　　（唱）　徐皇叔见龙牌尚且激怒，
　　　　　　　　咱再去岂不是火上泼油。
　　　　　　　　因民事君和臣龙争虎斗，
　　　　　　　　怕只怕僵局下覆水难收。

海　瑞　（慷慨陈词）千岁哪！

　　　　（唱）　劝殿下休要把庶民轻看，
　　　　　　　　听老臣为黎民进谏一言。
　　　　　　　　兴邦治国民为本，
　　　　　　　　帝靠万民擎江山。
　　　　　　　　自古君正民心顺，
　　　　　　　　从来官清民自安。
　　　　　　　　律条为民壮肝胆，
　　　　　　　　法严黎民无屈冤。
　　　　　　　　常言民心不可欺，
　　　　　　　　有道民意不可奸。
　　　　　　　　圣君都把黎民念，

清官为民解倒悬。

爱民如子称父母，

为民做主为青天。

执法无私称铁面，

营私舞弊是赃官。

民为水来君为船，

民心顺来社稷安。

民富国强少外患，

民康物阜太平年。

莫要说一桩民案无足论，

要知道一夫奋臂万民援！

官失民心民必反，

君违民意丧江山。

千岁不为民作主，

登龙位怎能保国泰民安！

小　王　（旁唱）　老爱卿肺腑话言近旨远，

　　　　　　　　　我如同芒刺背坐立不安。

　　　　　　　　　左思右想心烦乱，

　　　　　　　　　前进后退两为难。

〔幕后传出兰香哭唱："天哪天……谁为爹爹报仇冤……"

海　瑞　（激动地拉小王）千岁，你往船上看！

　　　（唱）　小民女抱父尸肝肠痛断，

　　　　　　　老渔翁难暝目眼望苍天。

　　　　　　　满船人见此情垂首长叹，

　　　　　　　微臣我止不住泪涌心酸。

　　　　　　　求殿下开隆恩把民怜念，

　　　　　　　准海瑞带苦主告状鸣冤！（跪）

小　王　老恩师……（扶海瑞）

　　　（唱）　爱卿无愧是海青天，

　　　　　　　老泪流自肺腑间。

你光明磊落忠义胆，
刚正不阿执法严。
本御有过敢针砭，
民女有苦你难眠。
步步身旁亲指点，
事事耳边进忠言。
虽然施的君臣礼，
言传身教师徒般。
如此贤臣世罕见，
我自愧不如好羞惭。
你拨亮我心中灯一盏，

老恩师！

咱君臣进府衙为民伸冤。

海　瑞　谢千岁！

第五场　告　状

〔接前场。

〔汉阳府府衙大堂。

〔二幕前。徐龙心神不安地上。

徐　龙　（唱）　恨差官污秽俺心火难按，
违上命打皇差必起波澜。
他君臣因何故停舟靠岸，
摸不清猜不透忐忑不安。

（自信地）呃——

老徐龙扶社稷忠心赤胆，
不贪赃不枉法无愧于天。
哪怕他海刚峰老谋深算，
尚方剑难斩我无罪官员。

叫中军（中军上）府衙外留神察看，

幼主来海瑞到速报堂前。（下）

中　军　遵命。（观望下）

　　　　〔内侍引小王、海瑞上。

小　王　（唱）　来在汉阳住车辇，

　　　　　　　　知府堂盖得好威严。

海　瑞　（唱）　内侍速快往内传，

　　　　　　　　就说幼主到衙前。

　　　　〔二幕启。

内　侍　是。（呼喊）里面有人吗？

中　军　（上。对内侍放纵地）干什么的？

内　侍　（理直气壮）幼主千岁同海大人驾落衙外，命徐知府
　　　　速快接驾！

中　军　知道了。你往下站，再往下站！（进内）

内　侍　咦，好厉害呀！

中　军　有请老爷！

　　　　〔徐龙上。

徐　龙　何事？

中　军　幼主千岁与海大人来到衙前。

徐　龙　啊？他君臣果然来了……（想介）往外去传，就说本
　　　　公偌大年纪，腿脚不便，耳聋眼花，不能离衙，有事进
　　　　衙相见，无事另寻方便！

中　军　遵命。（出）过来！

内　侍　讲吧！

中　军　我家老爷上了年纪，腿脚不便，耳聋眼花，不能离衙。
　　　　叫你们有事进衙去见，无事另寻方便！（扬长而去）

内　侍　喝！好大的口气！（转身）禀千岁、海爷，徐千岁传
　　　　出话来，有事入衙去见，无事另寻方便。

小　王　徐皇叔呀徐皇叔，你出来迎接小王几步，难道就屈了
　　　　你的大驾不成？爱卿，如其不然，咱就……

海　瑞　咱就亲自走上堂去，这又有何妨？有道是，山高遮不

住太阳,臣大压不过君王。

小　王　就依爱卿之言。

海　瑞　好! 殿下,咱就进吧! (向内)哒,里面有人么?

中　军　(走出)你喊叫什么?

海　瑞　(严肃地)嗯……

中　军　(忙跪)与海爷叩头。

海　瑞　堂上去传,就说海瑞陪同幼主来在堂口,请徐国公离位接驾。

中　军　遵命。(起。上堂)禀爷,幼主与海大人步行来在堂口。请爷离位接驾!

徐　龙　站过去! 呵嘿呀! 本公再三挡驾,他君臣执意要来,莫非拿下本公什么弊端不成? ……想我一不误国,二不害民,三不贪赃,四不枉法,我怕他何来? 中军,有请!

中　军　啊! (向海瑞)我家老爷有请。

海　瑞　哎呀,好难得的一个"请"字呀!

徐　龙　(出迎)幼主千岁在哪里?

海　瑞　徐千岁皇叔你下堂来了?
小　王

徐　龙　老朽我接驾来了。

海　瑞　
小　王　(同笑,心情各异)请! (三人上堂,内侍尾随)
徐　龙

小　王　皇叔转上,受小侄大礼参拜。

徐　龙　慢着! 这江水哪有倒流之理?

小　王　如此欠礼了。

海　瑞　噢,徐千岁打了台座,受海瑞三拜九叩! (欲跪)

徐　龙　岂敢。海大人保驾而来,嗯,施一个常礼罢了!

海　瑞　(拱手)如此,我就不恭了!

海　瑞　
海　瑞　(同笑)啊……哈哈哈哈……
徐　龙

徐　龙	（故作地）殿下海大人转上,受知府徐龙屈膝下拜!
小　王	免去施礼。
海　瑞	
徐　龙	如此俺也不恭了。（对中军)来,与千岁海爷打座!
海　瑞	
小　王	请!（三人同坐,小王居中)
徐　龙	
徐　龙	老臣违命打差,又未江边接驾,这罪过可是非小哪!
小　王	原不该惊动皇叔。
徐　龙	但不知驾临本府,有何训谕?
小　王	皇叔不知,小王奉国母旨意江南安民,安民已毕,回朝交旨,龙舟行至汉阳附近……
徐　龙	怎么样了?
小　王	哦,特在皇叔驾前请安来了。
徐　龙	不像呀,嘿嘿不像! 徐龙再三挡架,殿下执意要来,定是拿住本公什么过失……
小　王	（躲闪)这个……
徐　龙	（盛气凌人)就该说个明白!
海　瑞	（对小王)老千岁言之有理,有话讲在当面,有事当机立断,何须遮瞒。
小　王	（趁机下台)噢,此事么……海爱卿一概清楚。
徐　龙	怎么,海大人清楚?
海　瑞	倒也知道个十之八九。
徐　龙	就该当面赐教!
海　瑞	千岁既然耐听,就请宝座前移,海瑞我斗胆参言。
徐　龙	中军,打座来!
	〔中军、内侍移座,二人并坐。
徐　龙	海大人请讲。
海　瑞	千岁,你可不要性急。
徐　龙	你也莫要隐情。
海　瑞	你要冷静听着。

徐　龙　你要如实讲来！

海　瑞　你听！

徐　龙　你讲！

海　瑞　（唱）　与千岁对坐在汉阳堂上，

　　　　　　　　有一桩人命案诉说端详。

　　　　　　　　陪幼主乘龙舟极目眺望，

　　　　　　　　江上游漂流下尸体一双。

　　　　　　　　忙吩咐众水手打捞船上，

　　　　　　　　渔家女被唤醒渔父身亡。

　　　　　　　　有一位宦门子缺欠教养，

　　　　　　　　仗父势作歹事丧尽天良。

　　　　　　　　假借那要买鱼他把船上，

　　　　　　　　威逼着渔家女去做妻房。

　　　　　　　　那渔父不屈从被打命丧，

　　　　　　　　小渔女无奈何含恨投江。

徐　龙　他状告何人？你快与我讲！

海　瑞　（唱）　她告的就是徐千岁。

徐　龙　（大吃一惊）啊……

海　瑞　（唱）　告你纵子发刁狂。

徐　龙　你是耳闻，还是目睹？

海　瑞　既是耳闻，也是目睹。

徐　龙　（怒）　你再与我讲！

海　瑞　你听！

徐　龙　你与我讲——讲——讲！

海　瑞　（从容不迫地唱）

　　　　　　　　徐千岁请息怒且听我讲，

　　　　　　　　这件事还须你仔细思量。

　　　　　　　　莫非是贵公子兴风作浪，

　　　　　　　　渔家女怎敢告知府令郎。

徐　龙　你住了！（海、徐将座后移，小王无所适从）殿下！

　　　　　（唱）　我的儿攻读在书房，

他怎能江边把人伤。
有此事本公法不让，
无此事哪个来承当?

〔小王瞠目结舌。

海　瑞　（唱）　若不是公子把祸闯，
　　　　　　　　谁敢告你汉阳堂。

徐　龙　（唱）　本公家教四海扬，
　　　　　　　　我子岂能乱纲常。

海　瑞　（唱）　话若过头后悔晚，
　　　　　　　　马要任性难收缰。

徐　龙　（唱）　莫非原告就是你，

海　瑞　（唱）　我是原告也无妨。

徐　龙　（唱）　诬告善良也有罪，

海　瑞　（唱）　海瑞敢告敢承当!

徐　龙　（将信将疑）啊!
　　　　（唱）　海刚峰为渔女府衙告状，
　　　　　　　　理又直气又壮咆哮公堂。
　　　　　　　　莫非是小畜生真把祸闯，
　　　　　　　　我不免唤徐蒙再辨其详。

　　　　　来! 速唤徐蒙上堂。

中　军　少爷上堂!

徐　蒙　（内唱）　忽听得唤徐蒙心虚神恍,（上）
　　　　　　　　　问爹爹唤孩儿所为哪桩?

徐　龙　奴才!（猛打徐蒙一耳光,让海瑞、小王看）
　　　　（唱）　我命你苦读孔孟图自强,
　　　　　　　　你竟敢江边行凶抢姣娘。
　　　　　　　　惊动了海老爷前来告状,
　　　　　　　　小奴才从实讲来莫隐藏。

徐　蒙　唉,冤枉……
　　　　（唱）　孩儿终日在书房,
　　　　　　　　安分守己念文章。

　　　　　未曾出府闲游逛，

　　　　　怎能江边抢姣娘。

　　　　(擦眼抹泪地)爹爹呀!

　　　　　平白无故把罪降，

　　　　　这个冤枉儿难承当。

　　　　(大哭大叫)可冤枉死我啦……

徐　龙　海大人可曾听见?

海　瑞　(对小王,唱)

　　　　　小徐蒙上堂来装模作样，

　　　　　鼻一把泪两行倒也凄凉。

小　王　皇叔!

　　　　(唱)　要我看这强盗非打不讲，

　　　　　　　把刑具使一使又有何妨?

徐　龙　(逼近小王)你住了!

　　　　(唱)　小冤家无罪过怎用刑杖……

海　瑞　(挡住徐龙)千岁息怒!

　　　　(唱)　慢慢审细细问何必匆忙。

徐　龙　(唱)　徐龙我才学浅智谋不广，

　　　　　　　拱拱手请海爷替某升堂。

海　瑞　(唱)　老千岁善执法当仁不让，

　　　　　　　这桩案何须用我来帮忙。

徐　龙　啊!

徐　蒙　(想起渔家父女已死,斗胆地)海大人,说我行凶,何
　　　　人为证,何物为凭?

徐　龙　是啊,拿来!

海　瑞　什么?

徐　龙　凭证!

海　瑞　这凭证么……

徐　龙　你快快取来!

海　瑞　还是问问贵公子吧!

徐　龙　你住口! 我问你,这捉贼?

海　瑞　要赃。

徐　龙　捉奸?

海　瑞　要双。

徐　龙　这人命案呢?

海　瑞　尸、伤、病、物、踪五件。

徐　龙　你取过一件!

海　瑞　(迟疑了一下)这……

徐　龙　(盛怒)你速与我取来!

小　王　(对徐龙)且慢!唤渔女上堂!

内　侍　渔女上堂!

海　瑞　哎呀呀,不是殿下提醒,微臣我倒忘了啊!

〔徐龙发愣,徐蒙畏惧。

兰　香　(着孝服上,唱)

忽听大人一声唤,

含悲忍泪到堂前。

从小到大船头站,

多见鱼虾少见官。

为父伸冤何惧险……

(上堂。跪在海瑞面前)海老爷!

快与小女报仇冤!

小　王　徐皇叔,苦主来了!

徐　龙　(无可奈何地)嘿……

海　瑞　民女有何冤枉,从实讲来,徐老爷会与你作主。(向
　　　　兰香使眼色,渔女转身向徐龙)

兰　香　徐老爷!

　　　　(唱)　双手呈上冤枉状,

徐　龙　(接状,看,大惊)……

兰　香　(接唱)　凶手就是你儿郎。

徐　龙　这……

兰　香　(唱)　父尸停在官船上……

徐　龙　(对中军)官船验尸!

小　王　（对内侍）带他前往！

内　侍　随我来！（领中军下）

兰　香　（接唱）　杀人就该把命偿！

徐　龙　你看得清？

兰　香　看得清。

徐　龙　认得准？

兰　香　认得准。

徐　龙　堂上可有杀人凶手？

　　　　（兰香寻视，徐蒙躲藏）

兰　香　（指徐蒙）强盗！

　　　　（唱）　徐蒙就是杀人犯，

　　　　　　　　千刀万剐债难还。

　　　　〔内侍同中军急上。

中　军　禀千岁，渔翁头破血流，气绝身亡！

徐　龙　怎么讲？

中　军　气绝身亡。

兰　香　（失声嚎啕）爹爹啊……

徐　龙　（激愤地踉跄后退，状纸落地，手扶堂案，喟然而叹）

兰　香　（拾起状纸，对空呼叫）天哪……（转向海瑞）海老
　　　　爷……

小　王　（束手无策）爱卿，这……

海　瑞　（面向小王，实对徐龙）殿下！

　　　　（唱）　几十年严于律己不多见，

　　　　　　　　大都是对人严厉对己宽。

　　　　　　　　公堂上"正大光明"挂金匾，

　　　　　　　　衙门里徇私容易执法难。

　　　　兰香！（鼓励地）

　　　　　　　　杀人偿命载律典，

　　　　　　　　血债还要血来还。

　　　　　　　　官司不赢打到底，

　　　　　　　　自古理正不怕官。

兰　香　徐龙！

（唱）　我头顶状纸把冤喊，

你为何装聋卖哑不开言？

你执法不把亲生管，

你，你，你……你算什么国公王爷徐青天！

（兰香上前抓住徐龙袍带，海瑞急制止）

海　瑞　手下留情，手下留情！（接过状纸，示意兰香下）

兰　香　爹爹呀……（掩面哭泣下）

徐　龙　啊……（背身而坐）

〔众面面相觑。静场片刻。

海　瑞　老千岁！苦主冤屈甚大，你为何一言不发？

徐　龙　嗯！（似有话说）唉！（又无话可说）

海　瑞　（走近徐身边）徐千岁！

（唱）　你执法从来无虚假，

断案如同斩乱麻。

渔女状告你堂下，

为何闷坐言不发？

可该放，可该拿？

可该打，可该罚？

可该充军可该押？

可该赦免可该铡？

你打开律典再详查。

自古道正人先正己，

千岁呀！

我劝你先管好咱自己再管人家！

（将状纸塞给徐龙）

徐　龙　呀！呀！呀！

（唱）　海瑞问得我难回话，

满腹雷霆无处发。

徐　蒙　（魂不附体）爹爹，与孩儿做主吧……（抱徐腿）

徐　龙　呸！（将徐蒙踢倒）

203

（唱）　奴才你把祸闯下，

　　　　我岂能循私不执法。

击鼓升堂！

〔堂鼓响。校尉、衙皂急上，徐龙登堂。

徐　龙　奴才！

（唱）　老父执法谁不怕，

　　　　你竟行凶把人杀。

　　　　若再狡赖说谎话，

　　　　定叫你身首两分家！

徐　蒙　（叩头求饶）爹爹饶命吧……

（唱）　念孩儿是初犯将我饶过……

徐　龙　（当头霹雳）怎么讲……

徐　蒙　（接唱）从今后儿不敢为非作恶。

徐　龙　（唱）　小畜生大堂上供认不假，

　　　　当幼主和海瑞我好羞煞。

　　　　我徐家秉忠心名扬天下，

　　　　岂容你仗官势把民欺压。

画押！

〔中军取供词，徐蒙画押。

徐　龙　（唱）　铜铡抬在丹墀下，

　　　　先把罪犯狗皮扒！

　　　　芦席卷紧草绳扎，

　　　　追魂炮响开铜铡！

校　尉　啊！（擎徐蒙下）

〔徐龙怒冲冲跟下。

小　王　（拭汗唱）

　　　　见皇叔亮铜铡令人惊怕，

　　　　顷刻间只觉得心如乱麻。

海　瑞　（唱）　千岁莫怕胆放大，

　　　　看一看老千岁怎样执法！（拉小王下）

第六场 铡 子

〔二幕前。

徐　母　（内唱）　晴天霹雳当头震——
徐　妻

〔徐妻搀徐母上。

徐　母　（接唱）　无妄之灾降徐门。
徐　妻　（唱）　徐蒙儿若还把命殒，
　　　　　　　　我黄泉碧落伴儿魂。
徐　母　（唱）　奴才想断徐门根，
　　　　　　　　除非他先杀老娘亲！
　　　　　　　　怒冲冲我把刑场进——（圆场）

〔二幕启：府衙内。校尉执刀待命。

校　尉　（向内）　老太君、夫人驾到！
徐　龙　（迎上）　母亲。
徐　母　奴才！
　　　　（接唱）　你，你，你，你为何要杀我小孙孙？
徐　龙　老娘啊！
　　　　（唱）　畜生胆子比天大，
　　　　　　　　抢劫民女把人杀。
　　　　　　　　血案查明无虚假，
　　　　　　　　因此极刑把儿铡！
徐　母　（震惊）此事当真？
徐　妻
徐　龙　（亮供词）畜生他无法抵赖！

〔母、妻看介，发愣。

徐　母　儿啊！
　　　　（唱）　徐蒙犯罪当伏法——
徐　妻　（接唱）　看在娘面饶恕他。
徐　龙　（接唱）　畜生闯祸罪恶大，

王法律条难容他！

徐　母　怎么，你不肯答应？

徐　龙　非是孩儿不肯答应，只是王法不让，天理难容！

徐　妻　老爷，蒙儿年幼无知，又是初犯，若处死刑，岂不是量
　　　　刑过重？

徐　龙　不是徐龙量刑过重，怕是夫人私情太深！

徐　母　难道你无骨肉之情？

徐　龙　亲手诛亲子，犹如摘儿心。

徐　母　既然如此，就该宽免从轻。

徐　龙　重罪轻判，难以服众；铁板律令，谁敢不遵？

徐　妻　老爷，你断他个误伤人命，改判个羁押监禁。容我儿
　　　　改邪归正……

徐　龙　自欺欺人！岂不知执法犯法，罪加一等？

徐　母　蒙儿是孤子，咱仅有这一条根！

徐　龙　宁可宗祠断香烟，不让逆子辱徐门！

徐　母　不遵母命，就为不孝！

徐　龙　不杀凶手，民愤难平！

徐　母　你当真不赦？

徐　龙　儿实难从命。

徐　妻　（忍无可忍）你快快赦回我儿！

徐　龙　（横眉立目）这是府衙，不是官邸！你与我走开！

徐　妻　徐龙！

　　　　（唱）　你执意要把娇儿铡，
　　　　　　　　我就碰死在公衙！（欲碰）

徐　龙　（拦阻）夫人你……

徐　妻　母亲啊……（扑向母怀痛哭）

徐　母　（怒指徐龙）奴才！

　　　　（唱）　你做事欺天心狠毒，
　　　　　　　　亲生儿子亲手诛。
　　　　　　　　夫妻情分全不顾，
　　　　　　　　老娘训诫你不服。

拉住奴才刑场走——（拉徐龙）

徐　龙　（痛苦地）母亲……

徐　母　（接唱）　你开铡先取我项上头！（举杖欲打）

徐　龙　（托住拐杖）

　　　　（唱）　母亲息怒多珍重，
　　　　　　　　儿把往事禀娘听。
　　　　　　　　咱徐家为国尽忠诚，
　　　　　　　　爱民如子留美名。
　　　　　　　　想当年我定远去赴任，
　　　　　　　　临行母亲作叮咛。
　　　　　　　　娘教儿不营私一身洁净，
　　　　　　　　娘教儿不贪赃两袖清风；
　　　　　　　　娘教儿不论亲疏要公正，
　　　　　　　　娘教儿不徇私情按律行。
　　　　　　　　尽管儿两鬓斑花甲将近，
　　　　　　　　娘的话依然是规则准绳。
　　　　　　　　小徐蒙他已把刑律触动，
　　　　　　　　娘为何苦苦逼儿徇私情？
　　　　　　　　苦主忿忿喊偿命，
　　　　　　　　冤魂哀哀泣长空。
　　　　　　　　天网恢恢难逃遁，
　　　　　　　　王法昭昭情不容。
　　　　　　　　非是孩儿违母训，
　　　　　　　　只为民间愤难平。

徐　母　这……

徐　龙　母亲哪——老娘！徐蒙打死渔父，又逼渔女投江，实属罪孽严重，罪不容诛。况且，此案又是海瑞大人书状，幼主千岁同堂会审。你叫孩儿我如何赦免，怎样宽容？

徐　母　怎么，此案是海瑞书状，幼主会审？

徐　龙　正是。

徐　母　龙儿,媳妇,随我来!

　　　　（唱）　徐家开国建功勋,

　　　　　　　　祖祖辈辈尽丹心。

　　　　　　　　恳求海瑞赏情分,

　　　　　　　　申奏幼主开隆恩!

海　瑞　（上,施礼）太君、徐夫人!
小　王　　　　　　皇太、叔母!

徐　母　
徐　妻　（躬拜）参见幼主,海大人!

海　瑞　
小　王　罢了!

徐　母　（凄苦涕零）千岁,海大人哪!我孙儿徐蒙败坏纲
　　　　常,荼毒百姓,理应按律治罪。可怜我徐门只有这一
　　　　孤子独根,还望幼主赦免开恩!

小　王　赦免开恩么?……

徐　母　殿下!

　　　　（唱）　祖先的丰功伟绩且不论,

　　　　　　　　权看在保驾救主两次功。

　　　　　　　　昔日里洪武爷身陷困境,

　　　　　　　　我祖上救王驾舍死忘生。

　　　　　　　　隆庆帝晏了驾李良谋篡,

　　　　　　　　龙国太抱殿下哭泣深宫。

　　　　　　　　我老爷辅国太垂帘听政,

　　　　　　　　斩李良、诛佞臣、保殿下、护紫禁,为大明社

　　　　　　　　稷尽忠诚。

　　　　　　　　若不是徐杨两家诛奸佞,

　　　　　　　　只怕你祸起萧墙命殒在宫廷。

　　　　　　　　俺救二龙你赦一虎,

　　　　　　　　以功抵罪理顺通。

　　　　　　　　可怜我徐门香烟无人继,

　　　　　　　　可怜我老眼昏花、腰曲背隆、命若悬丝的年

迈之人苦求情。

（见王爷暧昧）嗨！

今日不把我孙儿赦，

我愿赴铜铡丧身不愿生！

徐　　龙　（痛呼）母亲……（跪地扶母）

徐　　妻

海　　瑞　（激动地）太君请起！太君请起！

小　　王　皇太！

（唱）　皇太不必心悲恸，

小王准情赦徐蒙。

海　　瑞　（深感意外）这……

徐　　龙　（惊愕）啊？（跌坐）

徐　　母

徐　　妻　（叩首）谢千岁！

〔徐龙、徐妻搀母起，小王扶母坐。

海　　瑞　（心情沉重地）哎呀殿下，太君！想这朝章王法乃国
家治乱安危、富国安邦之大计。理当有法必依，有章
必循，执法必严，违法必究，上下维护，君臣共守。赏
必当功，罚必当罪，既不可轻罪重判，又不可循私幸
免。倘若以祖辈之功赎晚辈之罪，以私人情分替代
大明法令，岂不是感情用事，刑律废弃？焉能扬清击
浊，治乱安危，承宗庙于万代，保社稷于千秋。还望
审慎——裁——夺！

（唱）　忠良臣虽有功也应思过，

严法纪正纲常彰善除恶。

要为祖上争荣誉，

要为后辈树楷模；

要为黎民除祸害，

要为朝廷镇山河。

徐蒙犯罪若开脱，

王子犯法该如何？

秦腔

海瑞告状

HAIRUIGAOZHUANG

假若徐蒙被杀死，

又对凶手怎发落？

不是海瑞无情义，

不是海瑞太苛薄。

不是海瑞不积德，

不是海瑞心毒恶。

徐蒙身犯不赦罪，

法不容、难开脱，还望按律再斟酌！

〔徐龙、小王诚服，母、妻垂泪。

小　王　（感动地）真忠良也！

　　　　（唱）　老爱卿力排众议正纲纪，

　　　　　　　　我这里心愧神惭把头低。

徐　母　（唱）　海大人忧国忧民言在理，

　　　　　　　　我虽是痛苦难忍无话提。（背身拭泪）

徐　妻　（唱）　三十岁得晚子宠惯娇养，

　　　　　　　　谁料想竟落个少年殁亡。（抽泣）

徐　龙　（唱）　不肖子孙闯大祸，

　　　　　　　　老人疼儿泪成河。

　　　　　　　　自古家贫出孝子，

　　　　　　　　豪门贵族浪子多。

　　　　　　　　娇生惯养难成器，

　　　　　　　　因此作奸又犯科。

徐　母
　　　　（唱）　养子不教——
徐　妻

徐　龙　（唱）　教子不严——

徐　龙

徐　妻　（合唱）　我有过……
徐　母

徐　母　龙儿！

徐　龙　母亲。

徐　母　（无可奈何地，接唱）该诛该赦儿发落！

徐　龙　母亲,奴才可该死?

徐　母　(沉痛地)该该……该死!

徐　龙　夫人,畜生可该杀?

徐　妻　(泣不成声)任凭老爷发落……

徐　母　殿下,徐蒙可该铡?

小　王　(果断地)严惩不贷,立即行刑!

徐　龙　臣遵旨……(向内望去)唉!儿啊……

　　　　(唱)　眼望刑场珠泪洒,

　　　　　　　王法难容小冤家。

　　　　　　　请老娘背过身去莫惊怕,

　　　　　　　儿要动刑正国法!

　　　　(疾步向前,挥臂喝令)开铡——!

　　　　〔幕内刑炮声,铜铡作响。

　　　　〔徐母、徐妻昏厥欲倒。海瑞、小王搀扶徐母。

　　　　〔兰香急上,扑向徐龙。

兰　香　谢过青天大老爷!

　　　　〔亮相。

——剧　终

演出单位

西安市五一剧团

小包公

根据同名四平调剧移植

周锁奇 移植

剧情简介

　　包拯幼时,因其貌丑,备受其父包忠、二嫂白翠屏之歧视虐待,幸蒙大嫂王凤英苦心抚养辅读,发愤求学,渐渐成人。

　　及至皇王开科,包拯意欲进京应试,与父、二嫂商议,竟遭百般阻挠,后在王凤英倾囊资助下才由包兴随同前往汴京应试。行至途中,所带银两包袱皆被强盗刘英劫抢,又遇暴雨,身染病患,在店中卧床一月误了考期。包拯走投无路,来到街头写信卖诗,幸遇丞相王延龄下朝回府,拦街挡道,陈明原委。王爱包拯人才出众,带之回府。宋仁宗登殿,王延龄奏本举荐包拯,包当殿赋诗作文,惊动满朝文武。宋王见喜,当殿赐封。包拯假装落榜,回到家中,惩治了阴毒刁狠的白翠屏,随带嫂娘,欣然赴任。

场　目

人　物　表

小包公
包拯嫂娘
包拯二嫂
包拯父
包拯家仆
丞　相
大宋皇帝
强　盗
大　臣
大　臣
大　店

包拯
王凤英
白翠屏
包延忠
王应兴
宋内龄
刘龙王
刘英
寇准显
于敬
呼延
张三军
中侍衣役
大内
四衙
丫环

216

第一场　聆听嫂训

〔包府。王凤英上。

王凤英　（唱）　望山村炊烟起随风飘绕，
　　　　　　　　夕阳落鸦雀飞争相归巢。
　　　　　　　　今日里端阳节放馆应早，
　　　　　　　　小包拯未回转我把心操。
　　　　　　　　实可怜三弟他忧患不少，
　　　　　　　　自幼儿离娘怀苦受煎熬。
　　　　　　　　多年来我对他抚养育教，
　　　　　　　　盼望他早成材为国效劳。

　　　　（出门眺望，接唱）
　　　　　　　　此时刻还未回令人烦躁，
　　　　　　　　坐厅前抑不住阵阵心焦。

〔包拯上。

包　拯　（板歌）端阳节，先生放了假，
　　　　　　　　众同学，南村去玩耍。
　　　　　　　　一会捉迷藏，
　　　　　　　　一会逮蚂蚱。
　　　　　　　　又洗澡、摘莲花，
　　　　　　　　只顾贪玩没回家。
　　　　　　　　见到嫂娘若问我，
　　　　　　　　叫我对她咋回答？
　　　　　　　　对！就说西村去会文，
　　　　　　　　编个谎话哄哄她，哄哄她。

包　拯　（进门）参见嫂娘。
王凤英　罢了。端阳佳节，先生放假，你为何整日不归。到哪

里去了？

包　拯　我……我和同窗学友，以到西村会文去了。

王凤英　什么，西村会文？我来问你，昨日我让你做的那"温故而知新"一题可曾做好？

包　拯　这——（背白）哎呀，坏了！我没有……

王凤英　往日放假，你总是在家吟诗习文，今日放假竟敢整日不归。反说什么西村会文，休来骗我！

包　拯　这……

王凤英　好个不争气蠢才！

　　　　（唱）　小包拯贪玩耍懒读诗文，

　　　　　　　你可知一寸光阴一寸金。

　　　　　　　整一日不回家在外游混，

　　　　　　　还竟敢编谎话欺骗于人。

　　　　　　　气得我执家法将你教训，

　　　　（举家法欲打，包拯跪地求饶）

包　拯　嫂娘，我不敢了。你饶了我吧……下次我再也不敢了！

王凤英　（欲打又忍，接唱）

　　　　　　　实可怜三弟他是个苦人。

　　　　（放下家法，又见桌上放的一本画卷，拿起）

　　　　　　　且站起看画卷回答我问，

　　　　　　　每幅画啥含意所画何人？

包　拯　（唱）　这幅画——

　　　　　　　是匡衡凿壁偷光读诗文，

　　　　　　　那幅画画的是季子苏秦。

王凤英　（唱）　那苏秦游列国身贫境困，

　　　　　　　到后来却荣归是何原因。

包　拯　（唱）　那苏秦游列国身贫境困，

　　　　　　　只因他才学浅不受人尊。

　　　　　　　到后来苦读书学识长进，

　　　　　　　众乡邻争拜谒车马盈门。

218

王凤英	（唱）	你再把这幅画仔细辨认,
		这上边画的是何种精神。
包　拯	（唱）	两幅画虽有别主题相近,
		皆颂扬古圣贤学有恒心。
		小王冕去放牛角挂书本,
		朱买臣身背柴边走边吟。
王凤英	（唱）	他二人虽家贫心志坚韧,
		为功名求上进费尽苦辛;
		起五更熬心血勤学好问,
		还望你细思量温故知新。
		三弟呀,
		只盼你从今后立志发奋,
		也不枉嫂嫂我一番苦心。
包　拯	（唱）	嫂娘你费尽心将我严教,
		这一席金玉言我永记牢;
		从今后再也不贪玩乱跑,
		学圣贤勤攻读步步登高;
		学四书讲五经今古通晓,
		头悬梁锥刺股目看今朝。

王凤英　三弟,只要你知过改过,从今以后发奋读书,力求上
　　　　进也就是了。

包　拯　多谢嫂娘。

王凤英　三弟,随我后堂用饭去吧。

包　拯　对,吃完了饭,我要好好写诗习文,做个样子叫嫂娘
　　　　看看。

王凤英　这才是呀。三弟,随我来。
　　　　〔二人同下。

第二场　赶考抗争

〔白翠屏上。

白翠屏　（板歌）　日出东方又落西，

提起当家不容易；

一家老少过日子，

里里外外费心机；

各人都为各人好，

谁也不愿把亏吃。

我乃白翠屏，许配包江为妻。是我过得门来多蒙公婆见爱。谁知，我那婆母又生下个三弟来，长得十分丑陋。不过三天，我那婆母得下产后风一命呜呼。我怕那小三长大成人又得分去一份家产，是我一再公爹面前百般挑唆，我那公爹才叫人把小三偷偷扔在荒郊野外。谁知却被我那大嫂得知，又悄悄地把他抱了回来。经她多年抚养，现已长成一十四岁，正在南学念书。唉！想起这个祸根未除，日后定有大灾临头了。

（唱）　可恨大嫂太不该，

不该把小三抱回来；

我计谋全被她破坏，

美梦不成祸事来；

他若还羽翼再丰满，

那时我更难制裁；

定要寻机除祸害，

方能如意称心怀。

〔丫环上。

丫　环　（唱）　三叔赶考要进京，

　　　　　　　　见了婶娘说分明。

　　　　　　见过二婶娘。

白翠屏　罢了。

丫　环　二婶娘，京都皇王开了科场，我三叔要进京赶考去。

白翠屏　什么？他要赶考去？

丫　环　是呀。

白翠屏　哎呀！

　　　　（唱）　闻听此言心着急，

　　　　　　　　是谁出的这主意。

　　　　　　　　丫环前边把路带，

　　　　　　　　去找公爹向仔细。

　　　　　　走！

　　　　〔二人下。二幕启，包忠上。

包　忠　（唱）　我有田地又有牛，

　　　　　　　　前有瓦房后有楼；

　　　　　　　　二儿当家是个好手，

　　　　　　　　大儿经商在外头；

　　　　　　　　吃不愁，穿不愁，

　　　　　　　　家务事不须我担忧。

　　　　我包忠，娶妻康氏。所生三子，长子包海，次子包江，三子名叫包拯。咳！我那个小三生下之后，丑陋不堪，我嫌丢人，弃之野外，却被大儿媳拾回抚养成人。我只说让他长大之后做些家务事情，大儿媳偏要叫他南学读书。唉！咿就不是那成材的料子，这不是白撂钱嘛？

白翠屏　（内）快走！

　　　　〔白翠屏上。

白翠屏　见过爹爹。

包　忠　免了。一旁坐下。

白翠屏　是。（坐）

秦腔
小包公
XIAOBAOGONG

包　忠　儿媳前来有得何事？

白翠屏　爹爹，你可知晓你那宝贝疙瘩儿要进京赶考去？

包　忠　什么？小三要进京赶考去？

白翠屏　是呀，你当爹的还蒙在鼓里，人家要走啦！

包　忠　好气也！

　　　　（唱）　闻听儿媳对我讲，

　　　　　　　气得老夫脸发黄；

　　　　　　　小三长得没人样，

　　　　　　　怎能上京进考场；

　　　　　　　丢人之事我不让，

　　　　　　　要叫他在家放牛羊。

白翠屏　（唱）　爹爹莫要那样讲，

　　　　　　　这个家儿你难当；

　　　　　　　小三不是你抚养，

　　　　　　　他成人长大靠嫂娘；

　　　　　　　要去赶考你难阻挡，

　　　　　　　我大嫂岂肯听你这一桩。

包　忠　（唱）　我说不去就不能去，

　　　　　　　这个家要由我来当。

白翠屏　（唱）　爹爹你且莫要把大话讲，

　　　　　　　去赶考为何与你不商量？

包　忠　（唱）　他既不商量又不讲，

　　　　　　　我装不知不开腔；

　　　　　　　看他怎样去赶考，

　　　　　　　我不给钱他干发慌。

　　　　　　　这可气死我了！

白翠屏　爹爹，你可不敢生气啊，你老人家那么大年纪，气大
　　　　伤身哪！快坐下歇歇。

包　忠　唉。（坐）

　　　　〔包拯随王凤英上。

王凤英　（唱）　三弟赶考要进京，

包　拯　（唱）　不知爹爹可依从。

王凤英　（唱）　随三弟一同把厅进，

包　忠　气死我了！

包　拯　（唱）　问爹爹和谁把气生？
　　　　　参见爹爹。

包　忠　哼！

王凤英　见过爹爹。

包　忠　罢了。儿媳，一旁坐下。儿媳，听说小三他要进京赶
　　　　考去？

包　拯　是呀，爹爹，京都皇王开了科场。我昼思夜想，好不
　　　　容易才盼来这个机会，我那同窗好友都赶考去了。

包　忠　你也想去？

包　拯　是呀。

包　忠　哼！人家进京赶考的举子，是人有人才，貌有貌相。
　　　　就是碰运气也说不定能捞上个一官半职的。可你也
　　　　没端盆水把你吥模样照一下，你该不是成心给我包
　　　　门丢人嘛！

包　拯　唉？我长得难看丢人了？人家考的是文才，又不是
　　　　提亲选女婿哩！

包　忠　反正我不能拿着钱让你在外边白踢踏！

包　拯　这——

王凤英　爹爹息怒。
　　　　（唱）　取士不能用貌相，
　　　　　　　　全凭文才进考场。
　　　　　　　　昔日仲尼长得丑，
　　　　　　　　著书立说美名扬。
　　　　　　　　齐国管仲长得丑，
　　　　　　　　辅佐桓公国富强。
　　　　　　　　史书中记载不少忠良将，
　　　　　　　　从未有貌不出众名不扬。
　　　　　爹爹呀！

三弟他生的是奇相，
五车诗书胸中装。
应让他进京去应考，
方不负他多年苦读对寒窗。

包　忠　（唱）　大儿媳她只把小三夸奖，
　　　　　　　　说得我这一阵无有主张。

包　拯　（唱）　爹爹让我上科场，
　　　　　　　　儿凭文才见君王。
　　　　　　　　若被选中登金榜，
　　　　　　　　于国于家都有光。

白翠屏　爹爹呀！

　　　　（唱）　三弟他执意要赶考，
　　　　　　　　听儿媳把话说明瞭。
　　　　　　　　粪土之墙不牢靠，
　　　　　　　　朽木岂能把花雕。
　　　　　　　　凭他那呆头又呆脑，
　　　　　　　　梦想着当官乐逍遥。

　　　　小三！

　　　　　　　　你要赶考我不挡道，
　　　　　　　　银钱不给半分毫。

包　拯　（唱）　包拯听言冒怒火，
　　　　　　　　二嫂你做事太可恶。
　　　　　　　　论家产也有我一份，
　　　　　　　　若不然分家各管各。

白翠屏　啥？要分家？你说这话都不嫌害牙疼！你看这家里
　　　　的东西哪一件是你的？真是做梦娶媳妇——想得倒
　　　　怪好！

包　拯　你、你、你胡说八道烂嘴巴，狗嘴里就吐不出个象牙！

白翠屏　（羞恼地）小三呀，你这个小黑狼！竟敢骂起我来，
　　　　这可气死我了！

王凤英　弟妹！

白翠屏　哼！今天有我在,看谁敢拿家里一文钱!

王凤英　若是不动家里的钱呢?

白翠屏　那就随便。

王凤英　好,我愿拿出私房积蓄。三弟赶考所有费用,一概由我承当。但有一事,要恳求爹爹允诺。

包　忠　何事? 你说。

王凤英　想我三弟,年幼体弱。一路跋山涉水,怎能让他一人前去。依儿媳之见,命那包兴随三弟一同前往。

白翠屏　哎呀爹爹,家中事忙,可不能让包兴跟着他去胡逛呀!

包　拯　什么? 这是上京应试! 怎么是胡逛呢,你看不起人!

白翠屏　嗨! 我就是看不起你。叫我说呀,你这是猪八戒背稻草,一没人样,二没行囊,还要上京应试,真是羞咱包家的先人哩!

包　拯　好恼!

（唱）　二嫂你行事太越理,
　　　　开言动语把人欺。
　　　　包拯生来有骨气,
　　　　岂是你妇人家下看的。

白翠屏　（唱）　此番赶考不得第,
　　　　　　　我看你再耍赖皮!

包　拯　（唱）　此去若还不得第,
　　　　　　　你面前永远把头低。
　　　　　　　宁愿在外行乞讨,
　　　　　　　不看你眉高和眼低。
　　　　　　　倘若我此番得了第?

白翠屏　（唱）　我甘愿与你为奴婢。
　　　　　　　每日三餐我亲自备,
　　　　　　　叫我向东我不向西。

包　拯　（唱）　你说此话无根底,

白翠屏　（唱）　你没有保人我还不依。

225

包　拯	（唱）	我请爹爹来做保，
包　忠	（唱）	我一时发懵无主意。
白翠屏	（唱）	爹爹快和我站一起。
包　忠	（唱）	我愿担保二儿媳。
白翠屏	（唱）	谁也不保你这不成器，
包　拯	这……
王凤英	（唱）	王凤英愿保小兄弟。
白翠屏	好，君子一言。
包　拯	决不反悔！
白翠屏	嫂子，以后小三若是赖账，我可要找你了。
包　拯	爹爹，我二嫂若是耍赖，我还要找你这个老保人呢！
包　忠	有我在，你们谁也别想耍赖。唉！气死我了。（下）
王凤英	三弟，随我后堂收拾行装去吧。
包　拯	我要赶考去了。
白翠屏	哼！

〔包拯随王凤英下。

白翠屏	丫环，你说，你那黑三叔他真能考中吗？
丫　环	二婶娘，别看我三叔长得难看，可人家都说他的文才出众。这次进京，我看呀，说不定能考中呢。
白翠屏	他若真能考中，这……嗯，丫环，叫包兴前来。
丫　环	包兴快来！
包　兴	（内）来了。

〔包兴上。

丫　环	二婶娘叫你。
包　兴	（进门）见过二婶娘。
白翠屏	罢了。丫环，你且下去。
丫　环	是。（下）
白翠屏	包兴，我来问你，二婶娘我平日待你如何？
包　兴	二婶娘待我吗？好，（寓意双关地）好，好！
白翠屏	既然我待你好，我有一件大事，你能给我办到吗？
包　兴	什么事啊？二婶娘。

白翠屏	兴儿啊,你要是能给我办成这件事,二婶娘我可不会亏待你。五十两雪花银先交你手,回来以后,我给你瞅上个好媳妇,再给你几十亩地。让你小两口快快活活地过上一辈子。
包 兴	哎呀,什么事你就快说吧!
白翠屏	兴儿啊,你三叔要进京去赶考,让你跟他做伴,你行走到中途无人之处,你给我把他害死……
包 兴	啊?
白翠屏	怎么?你害怕了吗?
包 兴	我、我还没有杀过人哪……
白翠屏	嗨!又不让你杀人。我给你一包毒药,趁着吃饭的机会将药下到他碗里,不就成了嘛?回来就说他得了急病死在外边了。兴儿啊,那时候你有地有房又有了新娘子,那该多好。咹?哈哈……
包 兴	(想)二婶娘,这毒药在哪儿呀?
白翠屏	在我房中,你随我来。

〔二人下。

第三场　惜别嫂娘

〔二幕启:风和日丽,水秀山青。

〔包拯、包兴同上。

王凤英	(内喊)三弟——

〔王凤英上。

王凤英	(唱)　叫一声小兄弟你且慢走,
	嫂嫂我叮咛话牢记心头。
	小数年在身旁没离左右,
	今日里离故乡去把名求。

好三弟从小把风霜经受，
强忍泪把往事暂压心头。
几载来伴寒窗发奋攻读，
年虽幼怀壮志奔往京都。
此一去跋山涉水路难走，
怎不叫嫂嫂我心中担扰。

包　拯　（唱）　嫂娘你为小弟把心操够，
又喂养又辅读十四春秋。
我今日离嫂娘京城奔走，
都只为赴科场去把名求。
盼只盼此一去功成名就，
倘若还落金榜决不回头。

王凤英　三弟且莫如此。

　　　　（唱）　三弟莫要这样讲，
为嫂有话说端详。
千万个举子进科场，
哪能个个把名扬？
小弟你若还落了榜，
务必早日返家乡。
再发奋等待下一场，
万不可任性错主张。

包　拯　谨遵嫂娘之命。

王凤英　包兴。

包　兴　嫂娘。

王凤英　（唱）　你二人离乡井赶考进京，
比不得平日在咱们家中。
你三叔年幼小你多照应，
一路上勤操心夜宿昼行。
风雨中决不可强走小径，
更鼓后黎明前勿赶路程。
莫等那日落山早把店投，

饥与渴冷和暖记挂心中。

倘若还遇不测早传书信，

也免得嫂娘我心神不宁。

（对包拯）　待到入场发考卷，

细心琢磨题看清。

仔细答卷须冷静，

字迹工整勿草匆。

嫂嫂我千言万语说不尽，

三弟你千万莫当耳旁风。

包　拯　谢嫂娘！

（唱）　好嫂娘你待我恩深义重，

真是我下世的慈母再生。

请嫂娘且转回莫再远送，

金玉言慈爱情铭记心中。

望嫂娘定要把身体保重，

随包兴登阳关就要启程。

嫂娘，天色不早，且莫远送，三弟我就要走了。

包　兴　婶娘！三叔一路上有我照应，出不了差错。

王凤英　如此我就放心了。

包　拯　嫂娘，多多保重了。嫂娘——

〔二人抱头痛哭，依依惜别。

第四场　中途遭劫

〔二幕前：刘英持刀上。

刘　英　（念）　出没难料定，

匿伏出林中。

从小习武艺，

劫抢不费功。

　　　　　　　谁要过此岭，

　　　　　　　叫他一身空。

　　　　　　　若问名和姓，

　　　　　　　好汉叫刘英。

　　　　　观见那边过来二人，我不免躲在一旁树后，抢他一个
　　　　　猛不防！（下）

　　　　　〔二幕启。

包　拯　（内）　包兴，快走！

　　　　　〔包拯、包兴上。

包　拯　（唱）　途中包兴对我讲，

　　　　　　　二嫂要害我一命亡。

　　　　　　　她哪知我二人情义重，

　　　　　　　包兴怎会丧天良。

　　　　　　　但愿得此一去名登金榜，

　　　　　　　方能够了却我心事一桩。

　　　　　　　一路上边走边思想，

　　　　　　　只盼着早日到帝邦。

　　　　　　　眼看着天将晚炊烟飘荡，

　　　　　〔刘英上。

刘　英　（接唱）　快留下买路钱放你过山岗。

　　　　　这两个娃娃，快快留下买路钱！

包　拯　你是何人，为何拦住我的去路？

刘　英　好汉刘英。银钱留下，放你过去。

包　拯　这一好汉，我们要进京赶考，这点路费银两若还给
　　　　　你，我们如何进得京去？

刘　英　休要啰嗦！

　　　　　〔刘英持刀抢夺，将包兴身上的包袱抢走，逃下。

包　拯　刘英，强盗！

　　　　　（唱）　刘英贼子太无理，

　　　　　　　抢走银钱忙逃离。

　　　　　　　进京赶考怎么去，

　　　　　　　　叫我一时无主意。

包　兴　三叔,这银钱包袱全被抢走了。这一路上该吃什么
　　　　用什么呀? 我看咱们还是先回家去吧。

包　拯　包兴,不可!

　　　(唱)　叫包兴不要心焦虑,
　　　　　　咱冷静思索想主意。
　　　　　　自古道有志方能成大器,
　　　　　　且莫要遇难把头低。

包　兴　可是,三叔,咱临行之时,大婶娘再三叮咛于我,叫我
　　　　一路之上好好照应你。如今一点盘费都没有了,这
　　　　该怎么办呀?

包　拯　包兴!

　　　(唱)　咱二人心中两相宜,
　　　　　　精诚产生无穷力。
　　　　　　只要你不怕劳累跟我去,
　　　　　　讨饭也要到京畿。

包　兴　三叔!

　　　(唱)　我就是饿死也要随你去,

包　拯　好!

　　　(唱)　咱二人同甘苦誓不分离。

　　　〔天色突变,雷鸣电闪,暴雨袭来。

包　拯　(念)　搏风击雨把路赶,电闪雷鸣视等闲!
　　　　　　包兴,走!

包　兴　是!

　　　〔二人搏风顶雨下。

231

第五场　幸遇恩相

〔二幕前：店家张三上。

张　三　（板）　开店忙,忙开店,

　　　　　　　　一天到晚总不闲。

　　　　　　　　打扫店房理庭院,

　　　　　　　　端茶备饭送上前。

　　　　　　　　若遇店客打麻缠,

　　　　　　　　还得向他三番五次,

　　　　　　　　五次三番地催店钱。

　　　　我张三,开了一家小小的店房。前些日子,有个赶考的小黑脸娃娃来到店中,他一来就病,如今病了一个多月了,他欠我的房租店钱分文也没有。你要赶他走吧,又不忍心活活把他饿死在外边,这——我看他这两天好些了,叫他给我想个办法才是啊。嗯,我再找找他去。（下）

〔二幕启：包拯卧病在床,包兴在旁一筹莫展。

包　拯　（唱）　昏沉沉只觉得足轻头重,

　　　　　　　　一月来病卧在张家店中。

　　　　　　　　中途上被劫抢遭遇不幸,

　　　　　　　　到如今身患病祸不单行。

　　　　　　　　卧病中苦思索心情沉重,

　　　　　　　　店主又催店资我烦闷不宁。

　　　　　　　　盼只盼开科选皇榜得中,

　　　　　　　　那时节我才能一身轻松。

〔张三上。

张　三　小客人,你好些了吧?

包　拯　嗯,我好些了。

张　三　小客人,你主仆二人欠我的房租店钱,你得给我想个办法才是啊。

包　拯　店主人,欠下你的房租店钱,等我应试得了官,再还你不迟。

张　三　啊！你进京是来应试的?

包　拯　正是的。

张　三　哎呀小客人,那考期已经过去了。

包　拯　(惊)你且怎讲?

张　三　那考期早已过去!

包　拯　这——

　　　　(唱)　听罢言不由我心中懊丧,
　　　　　　　在店中病一月误了科场;
　　　　　　　没料想登金榜已成梦想,
　　　　　　　我还有何脸面返回故乡?

包　兴　三叔,我早说咱回去吧,你就是不肯,如今吃饭抓药一点钱都没有了,走也走不了,还又还不起,这该怎么办呐?

包　拯　包兴,事到如今,埋怨也无用,咱还是想个主意才是啊。

包　兴　这……

包　拯　店主人,我们二人住在你的店里,多亏你好心照料,欠下你的房租店钱,我慢慢地设法还你就是。

张　三　好、好、好。只是,不知你是打算怎么个还法呢?

包　拯　这——

张　三　小客人,我倒替你想了个主意:你既有文才,何不到大街之上写信卖诗,也好挣得几个饭钱糊口度日。

包　拯　嗯,这倒也是个办法。店主人,烦你借给我笔墨纸砚,待我挣得银钱便还你的房租。

张　三　好,我给你拿去。(下复上)给,这是笔墨纸砚,你快拿去吧。

包　拯　不过,店主人,我们晚上回来还要住在你这店里,这
　　　　个店房,你可得给我们留下才是。

张　三　好,给你们留下就是了,赶快去吧。(下)

包　拯　包兴,带路!

包　兴　是!

　　　　(二幕闭)

包　拯　(唱)　包拯不幸遭大难,
　　　　　　　　无奈上街卖诗篇。
　　　　　　　　小巷走过街头转,
　　　　　　　(幕内传来一阵锣声)

包　拯　(唱)　锣声阵阵为哪般?

中　军　(内喊)哒!下边听了:王相爷下朝回府,你们闪
　　　　开了!

包　兴　三叔,你听见了吧?咱们赶快躲在一旁。

包　拯　这是什么人?这等厉害?

包　兴　你没听见是王相爷下朝回府,咱要是挡了相爷的道
　　　　那可怎么得了哇?

包　拯　啊?
　　　　(唱)　今日之事真倒霉,
　　　　　　　　偏遇见相爷把府回。

包　兴　(唱)　挡了道相爷定怪罪,
　　　　　　　　难免被罚受斥责。

包　拯　(自语)想我包拯,如今穷途潦倒,走投无路,又误了
　　　　科场,倘若能面见王相爷禀告实情,感动于他,或许
　　　　……嗯,这倒是好机会,包兴!
　　　　(唱)　咱二人快拦街把觉来睡,
　　　　　　　　今日要撞一撞相爷的虎威!

包　兴　这,我不敢……

包　拯　包兴,事到如今,怕也无用,天大的事情有我承当,咱
　　　　们就睡他一睡!

包　兴　这……

包　拯	快睡吧！

〔二人背靠坐地。中军、四龙套、王延龄上。

中　军	呔！娃娃为何拦街睡觉？
包　拯	（不语）……
中　军	大胆娃娃，你可知罪？
包　拯	我何罪之有？
中　军	王相爷下朝回府，你竟敢拦街挡道，藐视王规礼法，该当何罪！
包　拯	我且问你，你讲理不讲理？
中　军	休得啰嗦，快快滚开！
包　拯	凭啥叫我滚开？大路通天，各走一边。难道公侯王爷所行之道庶民百姓就该望而止步，这是什么王规礼法？快去传禀，就说我要面见王相爷。
中　军	啊，一派胡言，小心看打！（执鞭欲打包）
王延龄	且慢！中军，何人吵闹？
中　军	禀相爷。有一娃娃拦轿挡道，还想面见相爷。
王延龄	噢，原来是一娃娃。适才听他吵吵之间口若悬河滔滔不绝，如此幼童，不畏权势倒也罕见，其中必有缘故。中军命他轿前回话。
中　军	是。娃娃，相爷命你轿前回话。
包　拯	是。参见相爷。
王延龄	这一娃娃，抬起头来。
包　拯	相爷，小人相貌丑陋，不敢抬头。
王延龄	咳呀！娃娃虽小，尚通礼义，恕你无罪，抬起头来。
包　拯	相爷！（抬头仰面）
王延龄	哦！观见娃娃头大额宽，天庭饱满，气宇轩昂，相貌不凡，真乃是一幅好奇相也！哈哈……这一娃娃，为何挡住老夫的去径？
包　拯	相爷，小人在此写信卖诗，是你冲了我的买卖，怎说是我挡了你的去径？
王延龄	哦？这一娃娃，家住何地，姓甚名谁，因何流落街头

秦腔 小包公 XIAOBAOGONG

　　　　　　　卖诗？

包　拯　相爷容禀！

　　　　（唱）　家住安徽芦州府，

　　　　　　　　包家村上有门庭。

　　　　　　　　我爹爹名讳是包忠，

　　　　　　　　我的名字叫包拯。

　　　　　　　　自幼儿南学把书念，

　　　　　　　　十四岁上京求功名。

　　　　　　　　略遇盗贼被劫抢，

　　　　　　　　沿门乞讨到京城。

　　　　　　　　实指望皇榜题名得高中，

　　　　　　　　谁料想张家店里把病生。

　　　　　　　　卧床不起一月整，

　　　　　　　　错过考期误前程。

　　　　　　　　眼看糊口无费用，

　　　　　　　　没奈何卖诗来到大厅中。

　　　　　　　　我说的句句是实情，

王延龄　（接唱）　老夫听罢喜心中。

　　　　　　　娃娃，我再问你，适才睡在大街之上，你意欲何为？

包　拯　相爷官高位显，日理万机，我一无名幼童，若不拦街
　　　　挡道，如何能见得相爷？

王延龄　噢，原来如此。哈哈……这一娃娃，不知你通何
　　　　经文？

包　拯　四书五经，诸子百家，我皆能通晓一二。

王延龄　啊！好、好、好。老夫命你在轿前写诗一首，你看
　　　　如何？

包　拯　相爷，我的诗……可是卖的啊……

王延龄　哈哈……写得好了，自有重赏。

包　拯　多谢相爷。相爷，措何为题？

王延龄　就以你自身为题也就是了。

包　拯　是。

〔中军递过笔纸，包拯疾书。

包　拯　相爷，请看。

王延龄　呈上。

中　军　是。（呈诗）

王延龄　（念）　辉煌金钟陷泥地，
　　　　　　　　犹如乌云蔽天日。
　　　　　　　　金钟一旦从地起，
　　　　　　　　一鸣能使天下知。

　　　　呀！

　　　　（唱）　娃娃的诗文多豪放，
　　　　　　　　奋笔书就佳文章。
　　　　　　　　满腹的经纶济国志，
　　　　　　　　堪称得国家一栋梁。
　　　　　　　　包拯生得好奇相，
　　　　　　　　气宇不凡貌堂堂。
　　　　　　　　可惜这娃娃误科场，
　　　　　　　　好似那珍珠未放光。
　　　　　　　　我有心带他到相府，
　　　　　　　　三六九日见君王。
　　　　　　　　万岁若能点独榜，
　　　　　　　　定能保江山得安康。

　　　　娃娃！

包　拯　相爷。

王延龄　老夫有心带你同去相府，再作打算，你看如何？

包　拯　好是好，只是我欠下人家的房租店钱，人家可不让我
　　　　走哇。

王延龄　哈哈……店钱么，自有我老夫承当也就是了。

包　拯　多谢相爷！

王延龄　正是：

　　　　（念）　伯乐能识千里马，
　　　　　　　　老夫降车度良才。

237

包　拯	（念）	山穷水尽疑无路，
		幸遇相爷慧眼开！
王延龄		哈哈……来，打道回府。
中　军		是。

〔包拯同王延龄入轿。包兴随后，同下。

第六场　宋王殿试

〔二幕前，四文武大臣上，牌子曲中亮相。

刘寅龙	（念）	三、六、九日王登殿，
寇　准	（念）	文武百官把主参。
于　敬	（念）	文官提笔安天下，
呼应显	（念）	武将统兵镇江山。
刘寅龙		俺——兵部司马刘寅龙。
寇　准		天宫寇准。
于　敬		环本御吏于敬。
呼应显		靠山王呼应显。
刘寅龙		众位大人请了！
众		请了。
刘寅龙		今日万岁登殿，我等两厢侍候。
众		请。

〔二幕启：金銮御殿。鼓乐声中，四龙衣、大内侍上，
宋仁宗上。

宋　王	（念）	辉煌金銮殿，
		祥云绕万年。（入坐）
众		参见吾皇万岁，万万岁。
宋　王		众位爱卿平身。
众		臣谢恩。（站起，分立两旁）
宋　王	（诗）	金銮殿中鼓乐鸣，

　　　　　　惊动满朝文武卿；

　　　　　　今日孤王登御殿，

　　　　　　一路朝歌把主迎。

　　　　孤王,宋仁宗。内侍臣！

大内侍　万岁！

宋　王　替孤传旨:有本早奏,无本卷帘散朝。

大内侍　遵旨。万岁有旨,有本早奏,无本卷帘散朝。

王延龄　(内)臣王延龄有本奏上。

大内侍　启禀圣上。

宋　王　讲！

大内侍　王丞相有本奏上。

宋　王　宣他上殿。

大内侍　万岁有旨,王丞相随旨上殿。

　　　　〔王延龄上。

王延龄　臣王延龄参见万岁,万万岁。

宋　王　爱卿平身。

王延龄　谢万岁。

宋　王　王爱卿,有何本奏?

王延龄　万岁请看。(呈本上,宋王阅本)

宋　王　原来如此。这包拯现在何处?

王延龄　现在午门以外。

宋　王　内侍臣,快快唤包拯上殿。

大内侍　遵旨。万岁有旨,包拯上殿。

包　拯　(内)遵旨。

　　　　〔包拯上。

包　拯　(唱)　内侍臣传旨来通报,

　　　　　　　宣我包拯上当朝。

　　　　　　　若能蒙圣恩把国保,

　　　　　　　我定要竭力永效劳。

　　　　　　　上得殿来忙跪倒,

　　　　　　　我本是小包拯问主安好。

秦腔 小包公 XIAOBAOGONG

孽子包拯，参见吾皇万岁，万万岁！

宋　王　抬起头来！

包　拯　孽子生于穷乡僻壤，相貌丑陋，不敢见万岁的金面。

宋　王　哈哈……真是个会讲话的娃娃，恕你无罪，抬起头来。

包　拯　万岁！（抬头，众看皆惊）

宋　王　啊，这一娃娃生得好一幅奇相也！这是包拯，适才王爱卿上奏一本，举荐于你，孤王命你当殿之上书就文章一篇，以观才华，你看如何！

包　拯　孽子遵命，叩谢万岁。（大内侍递过笔纸，包拯书写。大内侍呈与宋王）

宋　王　（阅）啊，观此文字，笔力遒劲，才气横溢，小小年级，尚能如此，实在是难能可贵啊！哈哈……

　　　　（唱）　小包拯年幼抱负大，

　　　　　　　　倒叫孤王乐哈哈。

　　　　　　　　虽幼童学识广令人惊讶，

　　　　　　　　真乃是栋梁材绝代英华。

　　　　　　　　这娃娃怀奇志前程远大，

　　　　　　　　待日后定能够报效国家。

　　　　　　　　小包拯堪重用随王伴驾——

刘寅龙　万岁！

　　　　（唱）　乞万岁且慢封娃娃，

　　　　（背白）啊！观此娃娃，气度不凡，相貌惊人。又被王延龄这个老儿看中举荐。若蒙圣上恩宠，日后在朝，必然被他网罗为羽翼。岂不是老夫一患？嗯，我倒要难为难为于他。启禀万岁，臣有本奏上。

宋　王　刘爱卿有何本奏？

刘寅龙　万岁，包拯虽有文才，毕竟是一幼童。若当殿封官，诚恐难服天下文士之心。乞万岁三思而行。

宋　王　这——

王延龄　启奏万岁，包拯赴京应科，路途被劫，抱病数日，乃误

科举。包拯文才出众,吾主若龙科选才,日后定能报
效国家。

寇　准　万岁!这天下文士虽多,如此神童,殊为罕见,我主
当龙科殿试,以封官晋爵。

呼应显　启奏万岁!寇天宫言之有理,娃娃抱负不凡,请万岁
传旨殿试。

众　　　请万岁传旨殿试。

宋　三　孤依众位爱卿之见,金殿且作考场——

刘寅龙　万岁,这金殿之上无有主考大人,如何举之?

宋　王　孤王且为主考。

刘寅龙　万岁,无有保举论事,也是难以封官。

宋　王　这——

王延龄　臣愿作保举。

宋　王　哦,如此甚好,包拯,当殿谢过你家恩师。

包　拯　遵旨。(叩拜王延龄,曲牌)

宋　王　这是包拯,孤王命你当着满朝文武大臣赋诗一首,你
且作来。

包　拯　乞万岁赐题。

宋　王　就以你进京应试为题。

包　拯　遵旨。

（略思,赋诗）

　　　　离乡背井不辞劳,
　　　　胸怀壮志比天高。
　　　　满腹经纶沉海底,
　　　　一朝出现压众豪。

众　　　哈哈……

宋　王　哎呀呀,娃娃的口气实在不小啊!

刘寅龙　只是可惜年龄太幼小了!

包　拯　大人!

（念）　虽说黑相太年少,
　　　　但愿皇恩雨露浇。

秦腔 小包公 XIAOBAOGONG

有朝一日得民禄，
除暴安良效当朝！

宋　王　哈哈……真乃出口文章，才华过人，倒有一片忠心。
　　　　众卿意下如何？

众　　　乞万岁嘉封。

刘寅龙　万岁既然喜爱包拯，又经殿试，就该命他早日赴任才
　　　　是。（背白）趁此机会将他贬至穷乡僻壤，倒也称心
　　　　如意。

宋　王　孤王念他年岁尚小暂不放任。留在京中，陪王伴驾。
　　　　再说，眼下也无缺职之地，该命他何处上任？

刘寅龙　启奏万岁，定远县一带因无县令，盗贼蜂起，民怨沸
　　　　腾，急需派一胆大有为之人励精图治，万岁该命他前
　　　　去上任。

宋　王　这——
　　　　（唱）　刘爱卿荐包拯走马上任，
　　　　　　　　怎奈他年幼小王不放心。

包　拯　万岁！
　　　　（唱）　宋王爷当殿上把我考问，
　　　　　　　　不由我一阵阵暗喜在心。
　　　　　　　　小甘罗十二岁身居相位，
　　　　　　　　老梁浩中功名年已八旬。
　　　　　　　　常言道有志不在年高迈，
　　　　　　　　无志空活一百春。
　　　　　　　　乞万岁赐包拯走马上任，
　　　　　　　　我定要尽忠心报答圣恩。

宋　王　（唱）　只是这一路上山高途远，
　　　　　　　　你年幼难跋涉孤心不安。

包　拯　（唱）　实感激吾的主好心一片，
　　　　　　　　更激励包拯我壮志愈坚。
　　　　　　　　年虽幼学甘罗有识有胆，
　　　　　　　　路遥远效法那汉史张骞。

求万岁成全我包拯心愿，

赴京远平盗寇为民申冤。

刘寅龙　万岁,既然包拯报国心切,我主理应准他东去。

宋　王　如此包拯进前听封,孤王亲笔点你为独榜进士,并封
　　　　为定远县令。速快回家料理一番,早日上任,去者。

包　拯　谢主龙恩。

宋　王　王爱卿,你意如何?

王延龄　谨遵万岁之意。

宋　王　散朝。

　　　　〔众下。

第七场　衣锦赴任

〔二幕前。

包　拯　(内)包兴,带路。

包　兴　是!

　　　　〔包拯、包兴上。

包　拯　(唱)　别恩相赴任离汴京,

　　　　　　　一路上喜坏小包拯。

　　　　　　　忆往昔岁月峥嵘心潮涌,

　　　　　　　看今朝名登金榜多威风。

　　　　　　　多亏了嫂娘教养恩义重,

　　　　　　　数年来苦心辅读得前程。

　　　　　　　更喜那王相爷把我器重,

　　　　　　　当殿上奏本章举荐贤能。

　　　　　　　蒙圣恩殿试我满朝惊动,

　　　　　　　宋王爷笑开金口把我封。

　　　　　　　我包拯官职虽小负任重,

　　　　　　　王恩相临行嘱咐记心中。

　　　　　　　　　上任去需严明廉洁公正，
　　　　　　　　　食民禄决不负父老百姓。
　　　　　　　　　接嫂娘和我一同上任去，
　　　　　　　　　我把她侍奉养老度终生。
　　　　　　　　　恨只恨手毒心狠白翠屏，
　　　　　　　　　她不该屡次害我小包拯。
　　　　　　　　　派包兴先回家探明情景，
　　　　　　　　　她若还再作恶定难宽容。
　　　　　　　　　越思越想越高兴，
　　　　　　　　　且与包兴说分明。

包　兴　　见过包大老爷！
包　拯　　咳！什么大老爷小老爷的？
包　兴　　那——我该怎么叫你呀？
包　拯　　以前叫什么如今仍然叫什么。
包　兴　　好，我还叫你三叔。三叔，什么事啊？
包　拯　　我心想让你先行一步回到家中，看看白翠屏她如今——
包　兴　　咳！回到家里，我还得好好谢谢她哩！
包　拯　　你速快回家，先探她一探。
包　兴　　对，我先给她送个信儿去。（下）
包　拯　　嗯，我便是这个主意了。（下）
　　　　　〔二幕启，白翠屏上。
白翠屏　（唱）　吃饱睡足心高兴，
　　　　　　　　游游荡荡到前庭。
　　　　　　　　猛想起冤家小包拯，
　　　　　　　　顿时又觉心口疼。
　　　　　　　　他未回转我心不定，
　　　　　　　　昨夜晚梦见小包兴。
　　　　　　　　他言说害了小三命，
　　　　　哎哟哟，我的亲娘呀！——
　　　　　　　　这才拔了我眼中钉，
　　　　　　　　从今后这份家产我受用，

　　　　　　一高兴又多吃了三油饼。

　　　　　只是这个包兴怎么还不回来？真把人都能急死了！

包　兴　（内喊）二婶娘！

　　　〔包兴上。

包　兴　二婶娘。

白翠屏　哟！你才回来了！

包　兴　回来了。

白翠屏　我给你说的那个事情,你办了没有？

包　兴　什么事啊？

白翠屏　咳呀,你怎么给忘了？

包　兴　噢,你是说让我害死俺三叔。

白翠屏　嘘——（急出门看左右）你快说,怎么样啊？

包　兴　唉！你再别提了。临走之时,你给我的那包毒药,我
　　　　放在包袱之内。在路上遇见强盗,连包袱全被抢
　　　　去了。

白翠屏　哼！无用的奴才,唉呀,这可该怎么办呀？

包　兴　二婶娘,你别急,你也别气,虽然我没害死我三叔,可
　　　　他也没好着回来。他呀——落榜而归了！

白翠屏　真的？他落榜而归了？

包　兴　是呀,成了要饭的叫花子了。如今饿得连路都快走
　　　　不动了。

白翠屏　哼！小三呀小三,既然你没死,等回来咱再算账！

包　兴　二婶娘,我这个肚子饿得咕咕叫呢。

白翠屏　噢,你先去用饭吧,啊？

包　兴　 嗯,还是我二婶娘为人厚道心肠好,多会疼人呀！
　　　　（下）

白翠屏　小三,他快回来吧！

　　　（唱）　小三落榜回家转,

　　　　　　施计未成心不甘。

　　　　　　当初打赌保人在,

　　　　　　定要将他赶外边。

急忙去把爹爹见——

〔包忠上。

包　忠　（唱）　来找儿媳问根源。

　　　　儿媳呀，听说包兴回来了？

白翠屏　可不是嘛，你那个黑宝贝疙瘩儿也要回来了。

包　忠　那小三，他得了多大个官啊？

白翠屏　官？这官可大得很，能眼观万户、口吞千家！

包　忠　哟！那可是个几品啊？

白翠屏　无品。

包　忠　啥？五品？哈哈……这五品官可不小呀，咳！我早
　　　　就说嘛，俺小三就是有出息。要人样有人样，要文才
　　　　有文才，果然一考就得了个五品。

白翠屏　哎呀，是无品，无品就是没有品，不在品！

包　忠　唉！唉，我包门咋出了个这蠢货呀！他临走之时我
　　　　就说过，人家居官为宦，飞黄腾达。是既有貌相，又
　　　　有才学。你没看看他呀，那个丑八怪样子，就是等到
　　　　驴年马月连个官毛都捞不上。咳，我咋生下这个不
　　　　成器的孽种。

白翠屏　这回呀，你那宝贝儿子可给你包家添光彩啦，快去把
　　　　他请回来吧。

包　忠　哼！他敢再踩踩我的门槛，看我打断他的脚！

白翠屏　爹呀，你这还不是干喊叫两声罢了，要是真的见了
　　　　他，你吶心里一软就舍不得了！

包　忠　那咱就走着看！

白翠屏　爹，走，咱找他去！

包　忠　走！（二人下场）

〔二幕启，王凤英神情忧郁地上。

王凤英　（唱）　三弟他去赶考未见回转，

　　　　　　　　数月来却为何音讯渺然。

　　　　　　　　他主仆年幼小我时刻惦念，

　　　　　　　　每日里倚门前望眼欲穿。

莫不是在中途身遭磨难,

思想起不由我暗把心担。

坐不宁睡不安朝思暮盼,

〔包拯上。

包　拯　（唱）　回家来见嫂娘屈膝问安。

　　　　　　嫂娘!

王凤英　三弟,你回来了?

包　拯　小弟我回来了。有劳嫂娘担忧,近来嫂娘身旁可好?

王凤英　别来无恙,三弟你一路辛苦,快快坐下歇息。

包　拯　（坐）哈哈……

王凤英　三弟,观见你精神爽快,莫非你……

包　拯　嫂娘啊,小弟进京赶考,宋王爷见喜,亲笔点我,中得龙科独榜进士,并封为定远县令,即刻便要上任去了。

王凤英　啊?三弟,你得中了?

包　拯　小弟我得中了。多年来多亏嫂娘教养有功,在上受我大礼一拜。

王凤英　不拜也罢,不拜也罢。

　　　　（包拯拜嫂。曲牌）

王凤英　三弟一路辛苦,待为嫂后堂备些酒菜,为你接风洗尘。

包　拯　多谢嫂娘。

王凤英　三弟且坐。（下）

　　　　〔包忠与白翠屏怒气而上,坐。

包　拯　儿见爹爹。

包　忠　（不理）

包　拯　二嫂。

白翠屏　哼!

包　拯　爹爹、二嫂,今日为何不喜?

白翠屏　哼,不喜、不喜,还没叫你气炸心肺!我来问你,这次投考,你——名列第几?

包　拯　我没有得中。

白翠屏　没中？那你得了个什么官儿呀？

包　拯　二嫂取笑了,既然未曾得中,何言什么官职呢?

白翠屏　咳,我说嘛,你也没撒泡尿把你照一照,看咱得是当官的料!

　　　　（唱）　要论相貌你没相貌,
　　　　　　　蒜窝子头来马勺脑。
　　　　　　　脸上好似被墨罩,
　　　　　　　流水肩来蚂蜂腰。
　　　　　　　蒜窝子怎堪带乌纱帽?
　　　　　　　流水肩咋穿蟒龙袍。
　　　　　　　蚂蜂腰怎系白玉带,
　　　　　　　麻杆腿咋能上当朝?
　　　　　　　你也不拿尿把模样照,
　　　　　　　空混进考场图热闹。
　　　　　　　不是我今日作贱你,
　　　　　　　你生来就不是这材料。

包　忠　对,二媳说得对。我看他呀,十八辈子也当不上个芝麻大的官!

包　拯　爹呀,你……

包　忠　你不要叫我爹,我早就没有你这个丑八怪儿子!

包　拯　二嫂。

白翠屏　站远点!谁是你二嫂,拉扯地倒还蛮热乎。我且问你,既没考中,咋还扛着个脸回来了?

包　拯　既没考中,银钱花净,若不回家,我指何为生?

白翠屏　哟!口吐此言,莫非你还想分家不成?

包　拯　是呀,若不分家,我的那一份家业,岂不成了二嫂你一人的了吗?

白翠屏　小三,你可别忘了,当初,咱们可是打过赌的。

包　拯　打赌?咳,我的二嫂呀!

　　　　（唱）　二嫂莫把旧事提,

　　　　　　　　戏言何必当真的。
　　　　　　　　常言道狗皮袜子没翻正，
　　　　　　　　争谁高来论谁低。
　　　　　　　　当初打赌是儿戏，
　　　　　　　　说说笑笑算完毕。

白翠屏　　啥？
　　　　　（唱）此事不能由着你，
　　　　　　　　你咋说话不费力。
　　　　　　　　当初打赌保人在，
　　　　　　　　岂能容你来耍戏？

包　忠　（唱）　你莫要反悔不讲理，
　　　　　　　　全然不怕丢脸皮。
　　　　　　　　有我在打赌要算数，
　　　　　　　　你为何还要回家里？

包　拯　（唱）　不回家我倒不在意，
　　　　　　　　不分给家产我不依。

白翠屏　（唱）　你想要家产干着急，
　　　　　　　　这份家产没你的。

包　拯　（唱）　不给我分家没道理，

白翠屏　（唱）　没道理你也干着急。

包　拯　（唱）　干着急，

白翠屏　（唱）　能顶屁。

包　拯　（唱）　再商量，

包　忠　（唱）　没说的。

包　拯　（唱）　多少给点都算数，

白翠屏　（唱）　想分家除非日出西！

包　拯　怎么，你果真不分给我吗？

白翠屏　不光不分给你，这个家里你也别想待，你快给我走！

包　拯　让我走？咱这个屋里你是外来的，这个家是俺姓包
　　　　　的，你倒算是哪个架上的鸡？

白翠屏　啊！小三呀！

249

	（唱）	你说话全然没大小，
		气得我心中似火烧。
		不要你赶考你偏要考，
		硬要逞强充英豪。
		当初当面打保票，
		今日反悔想勾销。
		求爹爹快与我作主，
包　忠	（唱）	我面前不许你撒刁。
		你连个官毛也没捞到，
		难道不觉脸发烧。
		你老老实实听训教，
		再若胡闹我不轻饶。

白翠屏　对，小三，你听着，咱是蚂蚁掀碗豆，你给我连滚带爬，走走走！

包　拯　走？你让我往哪儿走呀？二嫂，你就可怜可怜我吧。

白翠屏　哟！这回要是你得了官，那你也会可怜我吗？

包　拯　二嫂，你就饶了我吧……

白翠屏　我要是不走，那就得认罚！

包　拯　罚？怎么个罚法？

白翠屏　你听着，村西荞麦八亩八，你给我一天拔完背回家！

包　拯　一天？八天我也干不了。

白翠屏　干不了？哪怕你累死在外边别回家，快给我走！

包　忠　小三，你听见没有？快给我下地去！

包　拯　我……我干不了哇……

白翠屏　哎呀！你看，你看，他连老爹爹都不放在眼里了！

包　忠　我，我看你再说个不？（举拐杖欲打包拯，误打白，白躲闪，王凤英上）

包　拯　嫂娘！

包　忠　我让你知道疼！

〔王凤英急拦，包兴上。

包　兴　禀老爷！

包　拯　讲!

包　兴　人马到齐。

包　拯　包兴,与我和你大嫂娘后堂更衣!

包　兴　是!

〔王凤英、包拯随包兴下。

包　忠　啊? 中啦,中啦! 哈哈……

白翠屏　他中啦? 哎呀,这下可完啦! 我的妈呀! (急溜下)

包　忠　他中啦? 哈哈……俺小三真的中啦! 哎呀,我早就说嘛,俺的宝贝儿子他生来就面带福相,他是人品出众,文才超群,进得京去,果然金榜题名,哈哈……

〔包兴上。

包　兴　老太爷,你呀,就去靠边站着吧!

包　忠　噢,行,行。唉,早知三儿能当官,不该对他太不贤。唉! (下)

包　兴　衙役们,两厢侍候!

〔众衙役上,分立两旁。

〔包拯衣锦而上,王凤英随上。

包　拯　(念)　包拯稳坐在大厅,

　　　　　　　　我要吓吓白翠屏。

　　　　包兴,与你大婶娘看坐。

〔王凤英入坐。

包　拯　包兴!

包　兴　有。

包　拯　带白翠屏!

包　兴　是!

〔包兴下,推白翠屏上。

包　兴　二婶娘,快走呀,我三叔他请你哩!

白翠屏　兴啊,你看……我这两腿,发软得不行啊!

包　兴　发软? 想必是适才打我三叔时闪着了吧?

白翠屏　你呀! 哎哟,哎哟,我害肚子疼啊!

包　兴　不要紧,我三叔他最会治肚子疼! 快走!

251

包　拯　白翠屏，快些前来！

白翠屏　哎，我来、来、来了。

　　　　（唱）　耳旁忽听一声叫，

　　　　　　　　吓得我腿软头发烧。

　　　　　　　　想起来往日那一套，

　　　　　　　　我这心里乱糟糟。

　　　　　　　　颤兢兢进前用目瞭，

役　　　　快走！

白翠屏　（唱）　他三叔果然得中在今朝。

　　　　　　　　他头上堪带乌纱帽，

　　　　　　　　那虎背正撑绫罗袍；

　　　　　　　　他两耳垂肩体态好，

　　　　　　　　脸色虽黑耐人照。

　　　　　　　　似这样好兄弟哪里去找？

　　　　　　　　悔不该虐待他反把祸招。

　　　　　　　　他今日衣锦还乡多荣耀，

　　　　　　　　他他他岂肯把我来轻饶。

　　　　　　　　罢罢罢这张脸皮我不要，

　　　　　　　　进厅去双膝跪倒忙求饶。

　　　　　　　　三弟，你饶了我吧……

包　拯　好恼！

　　　　（唱）　一见翠屏好气恼，

　　　　　　　　心中顿时怒火烧。

　　　　　　　　忆往事令人牙关咬，

　　　　　　　　你为人阴毒太奸刁，

　　　　　　　　为霸产贪财迷心窍，

　　　　　　　　今日岂能把你饶！

白翠屏　三弟呀，你千不念，万不念，念你和你二哥是一母同胞，好三弟，你就饶了我吧！

包　拯　（背白）嗯，我何不趁此吓唬吓唬她。白翠屏，你再三再四，谋害于我，竟让包兴在中途路上置我于死地,今日岂能饶你？来！（役应:有!)

包　拯　拉下去,就地斩首！

白翠屏　哎呀！大嫂、大嫂,你快救救我吧……

〔二役拉白翠屏下。

王凤英　且慢！

包　拯　嫂娘有何吩咐？

王凤英　三弟呀！

（唱）　　叫三弟你且息怒气,

　　　　　听为嫂与你说道理。

　　　　　大仁大义要牢记,

　　　　　你何须与她见高低。

　　　　　宽大为怀是正理,

　　　　　往日之事休再提。

包　拯　死罪饶了,活罪难免。拉下去,重打二十个嘴巴,听

　　　　候发落！

〔二役拉白下。

包　拯　嫂娘,小弟有王命在身,不可久留,我有心请嫂娘同

　　　　到任上,不知你意如何？

王凤英　就依小弟。

包　拯　包兴,速快备马,定远县上任去了！

包　兴　是！

——剧　　终

演出单位

西安市五一剧团

三凤求凰

根据香港同名电影改编

项宗沛 杨忠敏 编剧

剧情简介

　　本剧根据香港同名电影改编:扬子江上,秀才徐文秀偶与蔡尚书之女兰英相遇,二人一见倾心,在船头抚琴品箫,互寄深情。兰英随母返扬州故里,文秀自荐作书童进府,与兰英私订终身。不料被蔡夫人发觉,赶文秀出府,要将兰英许婚昌公子。兰英无奈改扮男装逃走,路遇御史陆朝龙,拜为义父,随之赴京应试。金榜高悬:文秀中了状元,昌公子为榜眼,兰英为探花。主考官蔡尚书见探花年轻貌美,亲谒御史府选婿,兰英义父陆朝龙欣然允诺。三顶花轿齐集蔡府迎亲,三鼎甲互相争婚,尚书夫妇互相责怪,左右为难。陆朝龙献计,由小姐自己挑选。蔡夫人在佣人张妈的暗示下,命翠香扮作小姐代选,翠香选中了状元郎。文秀、兰英团圆,有情人终成眷属。

场　目

人 物 表

蔡　兰　英	十八岁,蔡尚书之女
徐　文　秀	二十岁,后中状元
蔡　天　林	六十多岁,礼部尚书
蔡　夫　人	五十岁左右,蔡尚书之妻
蔡　公　子	(庆儿)二十一岁
昌　仪　范	二十岁,公子,后中榜眼
陆　朝　龙	五十多岁,御史
翠　　　香	十七岁,兰英内贴身丫环
老　　　师	六十多岁
蔡　　　福	五十多岁,蔡府老家人
张　　　妈	四十多岁,蔡府佣人
钱　书　光	三十多岁,赌棍
王　卖　婆	
中　　　军	
老　艄　公	甲、乙艄公
婢　　　女	
轿夫、仪仗若干人	

第一场 通 音

〔明朝万历年间。

〔初夏的一个晚上。

〔扬子江畔。

〔幕启:碧空如洗,圆月如镜,江水粼粼,波光荡漾。江岸扬柳依依,金山寺隐约可见。

〔音乐悠扬婉转。

〔甲、乙艄公撑船摇橹上。蔡夫人、兰英、翠香上。

蔡夫人 船家?

甲乙艄公 有!

夫 人 将船靠岸,歇息片刻,我要赏月。

甲乙艄公 是。

〔艄公揽船下。夫人、兰英坐。翠香捧茶。

〔老艄公划船上。徐文秀站立船头,和兰英一见钟情。

文 秀 船家?

老艄公 何事?

文 秀 将船靠岸,我要观景。

老艄公 是。(老艄公揽船,欲下)

文 秀 且慢。(指另船)这是哪家船只,去打听打听。(指兰英)还有这位小姐……

老艄公 (点头会意)是!（下)

文 秀 碧空如洗,波光荡漾,真好风景也!

（唱）　扬子江上把景观，
　　　　锦绣风光映眼帘。
　　　　窈窕淑女船头站，
　　　　光彩照人难入眠。
　　　　脸似三月桃花绽，
　　　　两鬓烟云绕春山。
　　　　若非织女云端降，
　　　　定是嫦娥到人间。
　　　　隔船相望难相见，
　　　　为我知音舟靠船。

小生徐文秀，祖贯镇江人士。不幸椿萱早逝，家徒四壁。年已弱冠，未偕伉俪。是我发奋攻读，准备上京应试。适才观见对面船上那位小姐，不由我情思翩翩，若能与她婚配，我愿足矣！

翠　香　（发觉徐文秀情态，拉近兰英）
　　　　小姐，你来看，那江岸垂柳，随风飘拂，真是多情啊！

兰　英　（唱）　杨柳轻飏江水平，
　　　　　　多情却是总无情，
　　　　　　晴空皓月团如镜，
　　　　　　光洒江面银一层。
　　　　　　小舟书生多风韵，
　　　　　　气宇轩昂志在胸。
　　　　　　我欲讲心事诉流水，
　　　　　　怎奈母亲一旁听。
　　　　　　咫尺天涯难会面，
　　　　　　只恐明朝各西东。
　　　　　　回首瑶台隔几重，
　　　　　　何日方能再相逢？

蔡夫人　（发现兰英与文秀对望）船家走来！
老艄公　何事？
夫　人　将船撑到岸边那垂柳树下。

翠　香　老夫人,那边不好,就停在这里吧。

夫　人　多嘴! 船家,速快撑船。

艄　公　是。

　　　　〔两艄公撑船摇橹。

翠　香　离开这么好的地方,真是可惜。

　　　　〔夫人、兰英、翠香与艄公同下。

　　　　〔文秀张望,若有所失。

　　　　〔老艄公上。

老艄公　相公,方才我已打听清楚。

文　秀　快说明白。

老艄公　那是扬州蔡尚书的官船。老夫人带了小姐,探亲返回,顺便在金山寺做了两天佛事。

文　秀　啊! 有劳你了。

　　　　〔幕内洞箫吹奏《凤求凰》曲,音清韵美。

文　秀　《凤求凰》!

　　　　(文秀聆听箫声,神魂不宁)

　　　　〔老艄公见文秀神态,在后用动作比拟,意思是文秀兰英是天生的一对,地造的一双。

老艄公　相公,夜已深了,还是早点歇息吧。

文　秀　遥对一轮皓月,怎么舍得离开?

老艄公　月亮虽好,美人的箫声更好,哈哈……(下)

文　秀　是呀!

　　　　(唱)　金山寺上月茫茫,

　　　　　　　月映波心万道光。

　　　　　　　洞箫声声耳畔响,

　　　　　　　心猿意马难收缰。

　　　　　　　无奈人已随船去,

　　　　　　　我独立船头望远方。

　　　　　　　千回万转对谁讲,

　　　　　　　心事重重结愁肠。

　　　　　　　我不如把思绪寄在琴上,

秦腔

三凤求凰

SANFENGQIUHUANG

诉衷情也弹一支《凤求凰》。(下)

　　〔两艄公撑尚书官船上,揽船下。

　　〔幕内瑶琴弹奏《凤求凰》曲。

　　〔兰英手拿洞箫,款步轻移,凝神谛听琴音。片刻,情不自禁地吹箫伴奏,韵味尤佳。

　　〔曲终。翠香上。

翠　香　小姐,那个书生弹的是什么?

兰　英　凤求凰。

翠　香　什么叫凤求凰!

兰　英　你懂不得。

翠　香　呃!凤求凰,他求你!

兰　英　(娇嗔)你胡说什么?

翠　香　(唱)　小姐不必怒气生,

　　　　　　　翠香一旁看得清。

　　　　　　　为什么他像尾巴随咱走?

　　　　　　　跟到西来跟到东。

　　　　　　　你两个何不结鸾凤,

　　　　　　　免得相逢在梦中。

兰　英　一派胡言,小心招打!

翠　香　(调皮地)是。

　　　　〔瑶琴重弹前曲,兰英静听。

　　　　〔蔡夫人上。

夫　人　兰儿,这般时候,你还未睡?

兰　英　母亲,我这就睡。

夫　人　早点睡吧,明天就要到家了。(下)

兰　英　(舍不得离开)是。

翠　香　小姐,快走吧,反正你对他又没有什么意思。

兰　英　调皮的丫头——

翠　香　(学兰英腔调)小心招打!

　　　　〔兰英扑哧笑了,与翠香下。

　　　　〔二幕闭。二幕前,徐文秀上。

文　秀	（唱）	整整一夜未合眼，
		早起不见那官船。

　　　　　　船家，船家，那只大船呢？

老艄公　天色未明，就已开走。

文　秀　唉！

艄　公　叹息何用，你若前往扬州，蔡尚书家一打听，便知
　　　　道了。

文　秀　那就马上开船！

艄　公　是，开船开船！（划船下）

第二场　嘱　托

〔前场第二天。

〔扬州蔡尚书厅堂。

〔幕启：蔡尚书上。

蔡尚书　（念）　年过花甲身康健，

　　　　　　　　一家四口乐安然，

　　　　　　　　圣上有旨开科选，

　　　　　　　　老夫要当主考官。

　　　　老夫蔡天林，官居礼部尚书之职，回扬州家中探望。
　　　　圣上有旨，要我速快进京，只是夫人和女儿出门探
　　　　亲，这般时候还不见回来，好不心焦也！

〔蔡福上。

蔡　福　启禀老爷，夫人小姐回府来了！

蔡尚书　哦，快快接回。

〔蔡夫人、兰英、翠香同上。

夫　人　（念）　探亲回到家，

兰　英　（念）　心中乱如麻。

蔡尚书　夫人回来了！

夫　人　老爷万福！

兰　英　爹爹可好？

蔡尚书　好，好，一路辛苦。

夫　人　托老爷福，都还好。

蔡尚书　夫人，怎么到今天才回来？

夫　人　路过金山宝寺，替先父做了两天佛事。

蔡尚书　你若再不回来，我可要先走了。

夫　人　老爷要到哪里去？

蔡尚书　今乃大比之年，圣上有旨，要我进京典试。

夫　人　何时动身？

蔡尚书　即刻就要启程。

　　　　〔庆儿跑上。

庆　儿　母亲回来了。孩儿只怕见不着你了！

蔡尚书　畜生，哪有这样说话？

夫　人　老爷，你把庆儿带进京去，让他……

庆　儿　对，让我去中个状元，把纱帽一戴，蟒袍一穿，皇帝把
　　　　我招成东床驸马，我和他女儿天天玩耍。

蔡尚书　胡言乱语，尚不知天高地厚？

夫　人　庆儿，你愿去吗？

庆　儿　当然愿意。

夫　人　老爷，你就……

蔡尚书　想让他考试吗？哈哈……打鸭子上架，那可不是玩
　　　　的。只可惜兰英是个女孩子，如果她能去考试，说不
　　　　定能考个状元回来呢！夫人，我进京去，有两件事，
　　　　你要在心。

夫　人　你且讲来。

蔡尚书　（唱）　对庆儿学功课严加教管，
　　　　　　　　不许他整日里东游西玩。
　　　　　　　　买一个识字的书童陪伴，
　　　　　　　　读诗书作文章莫负少年。

〔庆儿吐舌头,扮鬼脸。

夫　人　还有哪件?

蔡尚书　(接唱)选佳婿必须是才貌非凡。

夫　人　老爷,兰儿的婚事,我正在留意。

蔡尚书　那就有劳你了。不过,还必须门当户对。

夫　人　那是自然。

蔡　福　启禀老爷,一切准备就绪,何时动身?

蔡尚书　即刻启程。(与夫人同下)

庆　儿　哼,老头子,心眼偏,叫我刻苦来读书,可急着给妹妹
找女婿。我不干,我不干! 我到后花园捉知了去啰!
(下)

第三场　进　府

〔接前场。

〔蔡尚书家。

〔二幕前,徐文秀上。

徐文秀　(唱)　　昨夜晚隔萍水邂逅一见,
整一夜兴冲冲难以安眠。
那小姐吹洞箫情思缱绻,
我这里弹瑶琴寄语丝弦。
同一曲《凤求凰》互表心愿,
对明月我二人诉说一番。
来扬州只盼能成就姻眷,
寻知音真比那登天还难。

闻听人说,前边不远,就是蔡尚书家,我不免前去打
探一番。(下)

〔二幕启:舞台右侧是一个圆月门。两边淡黄色的花

265

墙上盖着深绿色琉璃瓦。圆月门前姹紫嫣红,百花
争艳。

〔舞台左侧突出花萼绣楼一角,挂着一个鹦鹉笼子。
阁左是一棵挺秀的垂柳。柳丝如帘花如海。树下置
石桌石凳。

〔兰英在阁下莲步轻移,双眉愁锁。

兰　英　(唱)　人言柳叶是愁眉,

谁知愁肠似柳丝。

江上一见无踪影,

烟深水阔哪有期?

处处嫣红并姹紫,

我无心观赏懒把莲步移。

有谁知我心头事?

鹦鹉前头不敢提。

〔翠香上。

翠　香　(四顾无人)小姐、夫人要给你说亲了。

兰　英　多嘴!

翠　香　是,你不爱听这个,我说好的。小姐,你说船上那个
弹琴的会不会跟到这儿来?

兰　英　他怎知我们在此处居住?

翠　香　堂堂蔡尚书家,何人不知。

兰　英　(忧思自言)他怎能知道我们姓蔡?

翠　香　他会打听的嘛,到后园去耍吧!

兰　英　我不去。

翠　香　去吧,说不定那个书生会跳墙进来的。

兰　英　死丫头!(举手欲打)

翠　香　(故意让打)打吧!

兰　英　你呀!……(手指在翠香额头戳了一下,下)

〔翠香一笑,随下。

〔蔡夫人上,后随张妈、婢女甲、乙、丙。

夫　人　(唱)　老爷上京开科选,

教我心中常挂牵。
兰英知书守闺范，
针织女工都熟娴。
庆儿贪玩爱偷懒，
教子还得家法严。
托王婆买个书童把他伴，
为何不见转回还。

〔蔡福上。

蔡　福　启禀夫人，王卖婆领书僮到。

夫　人　让她进来。

蔡　福　是！（下）

〔王卖婆领文秀上。

王卖婆　夫人万福。

夫　人　免礼。（打量文秀）王卖婆，这就是书僮吗？

王卖婆　（忙拉文秀一把）快见过夫人。

文　秀　参见夫人！

夫　人　你多大年纪？

文　秀　整二十岁。

夫　人　（犹豫不决）二十岁了？

王卖婆　夫人，这个书僮，可不容易找到啊！

　　　　（唱）　年纪虽大很中用，
　　　　　　　　粗细活儿样样行。
　　　　　　　　聪明伶俐又顺从，
　　　　　　　　认识字儿数不清。
　　　　　　　　伺候公子把书攻，
　　　　　　　　日后必定有前程。

夫　人　好，让他留下。张妈，领王卖婆到帐房写契领赏。

王卖婆　多谢夫人！（下）

夫　人　蔡福！

蔡　福　有！

夫　人　这个书僮改名蔡安，拨到书房当差。

蔡　福　是。

　　　　〔领文秀欲下。

夫　人　且慢。把府里的规矩说与他听。

蔡　福　对。这是蔡安，在府里当差，有三条规矩定要牢记。

文　秀　第一条？

蔡　福　不闻呼唤，不许进入内堂。

文　秀　是。第二条？

蔡　福　内眷所到之处，务必回避。

文　秀　是。第三条？

蔡　福　不准和年轻丫头多讲闲话。

文　秀　记下了。

夫　人　给他换了衣服，带到书房，见过大相公。

蔡　福　是。

文　秀　（拜揖）谢过夫人。

夫　人　罢了。（下）

文　秀　哎呀呀，我总算进到蔡府了。

　　　　（唱）　江上一见两相爱，

　　　　　　　　好容易进到蔡府来。

　　　　　　　　与小姐若能成婚配，

　　　　　　　　为奴作仆也开怀。

蔡　福　快到书房去。

文　秀　什么，到绣房去？

蔡　福　唔——到书房去！

文　秀　唉，是是。到书房去。

　　　　（随蔡福下）

第四场 寄 情

〔接前场。

〔蔡尚书家书房。

〔幕启:书房一隅。窗明几净。上首是老师的书案,有文房四宝和几部书籍。老师戴着老花镜正在翻阅什么,一时又写着什么。下首是庆儿的课桌。庆儿坐在椅子上,正记背诗句。

庆　儿　(手捧书本,看看念念)关关雎鸠,在河之州,窈窕淑女,君子好逑。……窈窕淑女,寤寐求之……悠哉悠哉,辗转反侧……悠哉悠哉……悠哉悠哉……

　　　　(念着打开了盹,一时趴在桌上睡着了)

老　师　(见状,声色威严地)德庆,过来!

庆　儿　(惊醒)啊!老师!(发现弄错了方向,急忙转过身来)老师!

老　师　快过来!

　　　　〔庆儿揉揉眼睛,慢蹭蹭地走到书案前。

老　师　这是作文题,快点去做。

庆　儿　(双手接过,一看,欲问又止)是!

老　师　若做不好,休想放学!

庆　儿　(恭立)是。(回到桌边坐凳子上抱头)

　　　　〔老师下,和蔡福、文秀相遇。

蔡　福　师爷!

老　师　唔。

蔡　福　这是书童蔡安,伺候书房的。

老　师　好,好。(下)

秦腔

三凤求凰

SANFENGQIUHUANG

〔蔡福、文秀进书房,公子正抓耳挠腮,发愁作文。

蔡　福　大相公。

庆　儿　你这老家伙,吓我一大跳。(不屑地看文秀一眼)

蔡　福　这是新用书童蔡安,来伺候大相公的。

庆　儿　不要,不要!

蔡　福　这是夫人吩咐的。

庆　儿　夫人是派来监视我读书的,不要、不要。

蔡　福　蔡安,见过大相公。

〔文秀欲拜揖。

庆　儿　(烦极)走开,走开!

〔文秀很尴尬,不知所措。

蔡　福　(把文秀拉到一旁,小声)大相公在读书之时,脾气
　　　　不大好。玩耍的时候,就没有架子了。你小心伺候。

文　秀　是!(上前拜见)大相公!

庆　儿　(连看也不看)走开! 走开!

〔文秀只好先走开。从窗口向外张望。庆儿大声
　呼喊。

庆　儿　来人啊!

文　秀　伺候公子。

庆　儿　咦,你是何人?

文　秀　书童蔡安。

庆　儿　什么蔡安,饭安,我没有见过你。

文　秀　刚刚进府的。

庆　儿　哦,就是那老家伙带来的。

文　秀　是。

庆　儿　你会伺候人吗?

文　秀　会。

庆　儿　怎么个伺候法?

文　秀　任凭大相公吩咐。

庆　儿　好! 我来问问你,要是回答不上,我就把你开销了,
　　　　听着!

	（唱）	大相公早起你干啥？
文 秀	（唱）	送水扫地再倒茶。
庆 儿	（唱）	大相公晚上要睡觉，
文 秀	（唱）	铺床暖被把蚊帐拉。
庆 儿	（唱）	大相公要是困和乏，
文 秀	（唱）	洗脚捶腿把汗擦。
庆 儿	（唱）	大相公若想要作文画画，
文 秀	（唱）	轻轻磨墨把纸笔拿。
庆 儿	（唱）	大相公若要花园去玩耍？
文 秀	（唱）	上树去把知了抓。

庆 儿　唔！还有两下子。好，大相公现在在做什么？

文 秀　做诗。

庆 儿　咦？你怎么知道我在做诗？

文 秀　（指桌上）这不是老师给大相公出的题？

庆 儿　（惊异）唔，你也认得字，读过书？

文 秀　读过几天。

庆 儿　那么，你就……现在你应该做什么？

文 秀　磨墨。

庆 儿　对，磨墨。（拿起作文题看，念）言志作五绝一首，这……什么叫言志作五？

文 秀　大相公，言志是题目，要你作五言绝句一首。

庆 儿　啊！哼！你别以为我连这个也不懂，我是故意这样念来，把你考考。

文 秀　是。

庆 儿　来！（拉文秀）我且问你，你会做诗吗？

文 秀　略知一二。

庆 儿　（皱眉想策）哦！我索性再考你一考。你把这首诗做出来，看你会不会？

文 秀　只怕做得不好。

庆 儿　那不要紧。做不好大相公替你改。来，坐下，坐下。

文 秀　（推让）大相公的位子，岂是小人坐的。

271

庆　儿　哎,我叫你坐,你就坐嘛! 有道是恭敬不如送命。

文　秀　不如从命。

庆　儿　送命从命都一样,快快坐下。

　　　　(庆儿硬把文秀拉到他的位子上。文秀站起)

文　秀　(推让)这怕不妥。公子高才,还是自己做吧。

庆　儿　蠢才!

　　　(唱)　你要不会就不会,

　　　　　　何必来把牛皮吹,

　　　　　　三番五次来推让,

　　　　　　错过时光了不得。

　　　　　　老师回来要怪罪。

　　　　　　拍桌打凳定发威,

　　　　　　骂咱一起在捣鬼,

　　　　　　难免两脸落满灰。

　　　　来,坐下,坐下,快一点做,我磨墨。

　　　　(庆儿把袖子一卷,磨墨)

庆　儿　别客气,你写我写都一样。

文　秀　那么,小人放肆了。

　　　　(提笔略思就写起来。写毕,给庆儿)

庆　儿　(一看,喜形于色,如释重负)

　　　　好好好,妙妙妙! 这样的诗,就用不着我改了。

　　　　〔文秀示意,让庆儿另抄一份,再交老师。庆儿连连
　　　　点头,傻笑。

第五场　续　诗

〔尚书家,距前场三天后。二幕前,庆儿手拿诗稿,趾
高气扬地走上。

庆　儿	（唱）	难得老师夸诗稿，
		密密加圈评价高。
		母亲说我长进了，
		我再给妹妹瞧一瞧。

〔翠香上。

庆　儿　翠香、小姐在绣房里吗？

翠　香　在，大相公，你今日怎么这样高兴呀？

庆　儿　你不知道，我有了一个好书……（发觉说走了嘴，急忙改口）不，不，我做了一首好诗。

翠　香　吹什么牛！是又逮了一只好鸟儿吧？

庆　儿　胡说，还不前边带路！

翠　香　是！

〔二人圆场，开二幕，蔡兰英绣房，一道花纱布幔把室内分成大小两间。大间摆设雅致清淡。书案上有笔筒、毛笔和花笺纸。小间有一张罗纬床。一侧有楼梯下段。

庆　儿　妹妹，妹妹！

〔蔡兰英上。

蔡兰英　哥哥！什么事？

庆　儿　妹妹，我今天做了一首诗，你猜怎么样？

兰　英　定然狗屁不通，手心又被打肿。

庆　儿　胡说，老师密密加圈，大大夸奖一番。（把诗稿给兰英）

兰　英	（接念）	春朝宜作画，
		秋夜惯吟诗。
		耐得寒窗苦，
		蟾宫折桂枝。

（念完思忖）

庆　儿　怎么样啊？

翠　香　小姐，做得好吗？说些什么？

兰　英　他想中状元呢。

庆　儿　那可说不定啊！

兰　英　哥哥，这是你做的吗？

庆　儿　怎么不是我做的？

兰　英　不对，你没有这点才学。

庆　儿　不要门缝里看人，把人看扁了。你问老师去，不是我
　　　　做，还有哪个？

兰　英　我不信。

庆　儿　不信拉倒。母亲说了："古人梦笔生花，文思大进也
　　　　是有的。"

兰　英　哥哥，我出个对子你对，你敢不敢？

庆　儿　这……（想起文秀，撇嘴点头）这有何难，你就出吧。

兰　英　就以"梦笔生花"作为上联，哥哥，请来对吧 。

庆　儿　"梦笔生花"这个对不容易得很。梦笔生花、梦笔生
　　　　花，有了！

兰　英　哥哥快，对什么？

庆　儿　我去写出来给你看。（欲下）

兰　英　（拦挡）你就在这儿写吧。

庆　儿　妹妹有所不知，你哥哥这几天有个习惯，要在书房里
　　　　才能做出好货色来。你等着，我就来。（又欲下）

翠　香　不行，不行，就在这儿写。（急拦）

庆　儿　书房这儿都一样。（推开翠香下）

兰　英　（对翠香）你到书房外边去看看。

　　　　〔翠香下。

兰　英　（唱）　这件事情真奇怪，

　　　　　　　　哥哥写出好诗来。

　　　　　　　　字字玑珠放光彩，

　　　　　　　　青云之志满胸怀。

　　　　　　　　他竟想占鳌头峨冠博带，

　　　　　　　　游长街朝王殿平步金阶。

　　　　　　　　为什么他忽然一反常态？

　　　　　　　　此事叫我费疑猜。

"梦笔生花"叫他对，

他沉吟半天对不来。

为什么要回书房用笔写？

吱唔推脱急走开。

莫不是出外去把谁求拜？

他的朋友尽泥胎。

莫不是新来书童把笔代，

书童怎会有文才？

越思越想越奇怪，

这个迷儿解不开。

〔翠香急上。

翠　香　小姐，小姐，大相公的对是那个新来的书童替他
　　　对的。

兰　英　啊！

翠　香　有一个怪事。

兰　英　什么事？

翠　香　那个新来的书童，真像那只船上的书生。

兰　英　（惊喜）你看清楚了没有？

翠　香　没有看清楚，可是十分相像。

兰　英　哦！

　　　〔庆儿喜孜孜地上。

庆　儿　（拿出对句）

　　　　妹妹，请你指点指点。

兰　英　（接看）"吹箫引凤"。（沉思）难道真是他？

庆　儿　谁说是他！是我自己写的呀，你看笔体，对得好
　　　不好？

兰　英　唔！对得好。哥哥真是大有长进。

庆　儿　可不是嘛！照这样下去，中状元，招驸马，和公主玩
　　　耍，都能办到没麻达。

翠　香　对，对。大相公，现在去吃饭吧。对子对得好，要多
　　　吃一碗。

庆	儿	好,大相公吃饭啰。(神气活现地走下)
翠	香	小姐,你说真是他?
兰	英	我又如何知晓? 你去问问王卖婆吧。
翠	香	对,我找王卖婆去。(下)

（兰英拿起洞箫,吹起《凤求凰》。吹毕,放箫在案上)

（唱）　定是他乔装扮果真来到,

　　　　我吹罢"凤求凰"反觉心焦。

　　　　十八春我不曾为此烦恼,

　　　　近几日却为何意动心摇。

　　　　难得他一片痴情世间少,

　　　　怕只怕无有喜鹊来搭桥。

　　　　为什么不能变为比翼鸟,

　　　　展翅同飞九重霄。

　　　　尚书府是牢笼清规不少,

　　　　怎容忍儿女私情事蹊跷,

　　　　泄露机关祸非小,

　　　　想不到人逢喜事更煎熬?

唉! 我不如写诗一首,聊寄苦衷。(坐到案前思索,书写,然后起立念诗)

　　　　月映水中花映镜,

　　　　水月镜花难相逢。

下面该写什么呢? 唉! 有谁能知我的心情!(搁笔)

〔文秀出现在窗外,兰英转身见是文秀,不知所措,急放诗笔,躲到小间去。

〔文秀进门,见无人。

文　秀　怎么没有人!

（唱）　耳听得凤箫吹心意撩乱,

　　　　循箫声寻芳踪来到此间。

　　　　进蔡府已三天还未见面,

　　　　　蔡小姐可知晓我在身边？
　　　　　她吹奏《凤求凰》情意一片，
　　　　　只恨我无瑶琴再调丝弦。
　　　　　何日里结同心了却心愿，
　　　　　不枉我当奴仆下四低三。

　　　（忽然发现书案上诗笺，文秀一想，取笔就写）
　　　（念）　寄语知心休烦恼，
　　　　　　琴音箫声一曲中。

　　　〔突然门外传来庆儿的斥骂声。

庆　儿　混账！混账！真是王八蛋！

　　　〔文秀急把诗笺折叠拿在手里，躲到小间去。一见小
　　　姐，惊喜交集，又急转身朝台下，似乎各不相干。

庆　儿　（进门）呼唤几遍不见面，岂有此理。（走到书案前，
　　　把笔拿起端详了一下）像刚有人写过字。

　　　〔听庆儿说写过字，文秀想起手中诗笺，转身给兰英。
　　　兰英看秀文一眼，默默地接过。文秀又转身站立。
　　　庆儿到门外找寻。

兰　英　（旁唱）想不到会嫦娥天遂人愿，
　　　　　　　只恐怕眼面前难以过关。

兰　英
文　秀　（同时旁唱）

　　　　若被 哥哥／相公 来发现。

　　　　他／她 也难免受牵连。

　　　〔庆儿复进门，朝小间走来，文秀怕连累兰英出。

庆　儿　这是蔡安！
文　秀　是。
庆　儿　你来这里干什么？
文　秀　（支吾）大相公……
庆　儿　你真混账。

　　　〔找家伙要打。文秀乘机出门。庆儿找不到东西，拿

277

起洞箫，转身不见了文秀，朝小间走来。文秀怕兰英被发现，又急进门。

文　秀　小人该死。（跪在门口）

庆　儿　（闻声转过身来，文秀欲逃）站住，跪下。到处找你不见，你在这儿胡窜！

文　秀　小人有错。

庆　儿　哼！有错。

　　　　（唱）　骂一声蔡安胆包天，
　　　　　　　　竟然敢往绣阁钻。

文　秀　大相公，饶了我吧！

庆　儿　哼！

　　　　（唱）　打死你奴才比屁淡，
　　　　　　　　无理也敢去见官。

文　秀　若打死我，就无人替你……

庆　儿　干什么？

文　秀　磨墨。

庆　儿　哼！有你无你都一样。打死你，我再买一个。（用洞箫狠狠地打文秀。洞箫打断成两节）

　　　　〔兰英在小间内，听见打声，皱眉滴泪心如撕裂。

　　　　〔文秀疼痛难忍跑下。

庆　儿　啊！你敢跑，抓住他，抓住他！（追下）

第六场　定　情

　　　　〔二幕前，昌仪范上。

昌仪范　（唱）　尚书小姐蔡兰英，
　　　　　　　　才貌出众有名声。

　　　　　　琴棋书画她都懂，
　　　　　　诗词歌赋样样精。
　　　　　　她若和我配鸾凤，
　　　　　　好比桃柳遇春风。
　　　　　　门当户对两相敬，
　　　　　　君子淑女乐相逢。
　　　　　　指望早日把婚订，
　　　　　　我再进京求功名。
　　　　　　全榜题名身荣幸，
　　　　　　洞房花烛热盈盈。

小生昌仪范，扬州人士。家父镇守边庭，乃是封疆大臣。我每日习文做诗，挥刀舞枪，练就了文武全才。年已弱冠，尚未婚配。是我拜托姑母，向蔡尚书家求婚，不知情况如何？我这就前去打听。正是，为了蔡兰英，登门求谋人。（下）

〔二幕前：绣阁楼下。兰英手拿诗笺，在书案前吟看。

兰　英　（吟诵）月映水中花映镜，
　　　　　　　水月镜花难相逢，
　　　　　　　寄语知心休烦恼，
　　　　　　　琴音箫声一曲中。

（将后两行复吟一遍，痴呆呆地沉思）

〔翠香上。

翠　香　小姐，我刚去问过王卖婆，她也说不清。

兰　英　不必再问了。

翠　香　为什么？

兰　英　我见到他了。

翠　香　果真是他，那太好了。

兰　英　声小一点。

翠　香　他跟你讲说什么？

兰　英　他为了我，到这里来做书童，挨打受骂，心甘情愿。

翠　香　真心实意，令人起敬。

兰　英　可是这样下去，如何是好？

翠　香　叫他赶快寻找媒人，前来提亲。

兰　英　说得容易。

翠　香　只要你愿意，他也愿意，这有何难！

兰　英　傻丫头。老爷夫人讲究门当户对，还不知道他的家境呢！

翠　香　什么门当户对，只要相亲相爱。（发现夫人，轻声）夫人来了。

〔夫人上。

兰　英　母亲。

夫　人　兰儿，你李伯母家抬着轿来，接我们母女过去喝酒。

兰　英　李伯母家有什么事！

夫　人　没什么事，有人想见见你。

兰　英　这……母亲，我身体不爽，不能前去。

夫　人　啊！哪里不舒服？

兰　英　噢！头痛脑涨，鼻子也酸酸的。

夫　人　定是着凉了，回来叫人给你煎付药吃。翠香，小姐病了，好好服侍。

翠　香　是！

夫　人　（自言自语）唉！真不凑巧。要把女婿找，偏偏她病了！（下）

翠　香　小姐，我听张妈讲，李夫人是在替你做媒。

兰　英　我看到夫人的神情，也猜到一半，因此……

翠　香　就装病了，可怎么办呢？

〔兰英默然无语。

翠　香　小姐！

（唱）　既然两厢都情愿，
　　　　织女牛郎当面谈。
　　　　倘若是夫人给你另择配，
　　　　迟了一步更为难。
　　　　倒不如等待夫人出庭院，

　　　　　　　我马上约他到花园。

兰　英　（接唱）花匠正把花枝剪，

翠　香　（接唱）绣阁也可把话谈。

兰　英　（接唱）只怕夫人又回转，

翠　香　（接唱）老爷庭房还清闲。

兰　英　（接唱）哥哥会到那里玩，

翠　香　（接唱）哎呀呀，尚书府找不出个好房间。（思索）……有了！

　　　　　　　绣阁上喁喁交谈表心愿，

　　　　　　　我在阁下保安全。

　　　　小姐，再不要三心二意了，我就去约他前来相会，（兰英不语）我去了！（朝后退一步，兰英仍不语）我去了！（又退两步，兰英欲言又止）你不吭声，我真去了！（下）

兰　英　（转身不见了翠香）

　　　　（唱）　翠香牵线把人叫，

　　　　　　　不由我心跳脸发烧。

　　　　　　　上楼单等相公到，

　　　　　　　誓同生死心一条。（从小间楼梯上楼）

　　　〔翠香领文秀上，进屋前把文秀一拦，文秀站住。翠香进屋一看无人，咳嗽一声，文秀随进内。

　　　〔翠香领文秀到小间楼梯下，示意文秀上去。文秀略一思索，上楼。

　　　〔翠香到大间书案前，盯着窗外和门口，突然一婢女端药碗上。

翠　香　（急迎上）这是什么？

婢女甲　给小姐煎的药。

翠　香　让我给端上去。（接过药碗）

婢女甲　小姐是什么病？

翠　香　也没什么大病，就是怕烦。

　　　〔婢女甲下，翠香端着药想了想，走到窗户跟前，朝外

281

一泼,发觉有人,急蹲下身子。

庆　儿　(在窗外跳着站起,朝内斥骂)谁呀!混账东西!
　　　　(不见人,即从门里冲入。翠香慌张走到门口)呀!
　　　　才是你个死丫头!大相公正在窗下逮蛐蛐儿,你泼
　　　　我一身尿。

翠　香　不、不,大相公,对不起,这是小姐的药,我一时忘记
　　　　泼错了。

庆　儿　(背身把袍襟一提)你看,你看!

翠　香　(掏手绢)我给你擦。大相公,真对不起。刚才我没
　　　　有看见你。

庆　儿　哎!我真想——(举起拳头,看着翠香的脸转怒为
　　　　笑)不要紧,不要紧!嗯!翠香,妹妹病了?

翠　香　哎。

庆　儿　让我上去看看。

翠　香　(急拦)不,小姐睡了。

庆　儿　你怎么不去侍候她?

翠　香　小姐怕烦,不要打扰她。

庆　儿　唔!(皱眉想什么)

翠　香　(机灵地)大相公,夫人出门去了,你何不趁此机会,
　　　　出去玩玩。

庆　儿　嗯!对,说得有理。(走到门口,又转回来)

翠　香　怎么不出去了?

庆　儿　我又不想出去了。翠香,你可知夫人出门去干什么?

翠　香　我怎么知道。

庆　儿　我听说了,夫人是去给妹妹说亲的。

翠　香　哦!

庆　儿　夫人太得偏心。

翠　香　怎么?

庆　儿　妹妹还小,就急着替她说亲,我这么大了还是个
　　　　光棍。

翠　香　大相公,你全不害臊,羞羞羞……

〔庆儿拉翠香手不叫差,翠香躲。公子嘻皮笑脸地纠
缠起来。

翠　香　(正色)放规矩点,大相公。再这样,我对夫人去讲。
庆　儿　好,好。我这就走,我就走啰。(尴尬地下)
翠　香　(唱)　大相公真是不像样,
　　　　　　　死皮赖脸没名堂,
　　　　　　　心眼又多又混账,
　　　　　　　教我心里直发慌。

(想起楼上一对,轻移莲步,到小间楼梯上张望片时,
又走下来)

〔二幕闭。内换绣阁楼上景。翠香在二幕前。

(接唱)　刚才轻步把楼上,
　　　　　偷看小姐会才郎。
　　　　　他二人山盟海誓把话讲,
　　　　　私订终身情意长。
　　　　　小姐赠他钗一股,
　　　　　他赠小姐玉一方。
　　　　　小姐说愿郎君早登龙虎榜,
　　　　　他说到归来时洞房花烛再成双。
　　　　　全不怕有人把楼上,
　　　　　怎知道楼下难煞小翠香!

〔庆儿上。

庆　儿　(进门)哼! 楼上好像有些古怪。
翠　香　没有什么呀。
庆　儿　让我去看。
翠　香　你不能去。
庆　儿　为什么?
翠　香　小姐有病,不能打扰她。
庆　儿　我偏要上去。
翠　香　不要,不要!
庆　儿　我要!

秦腔　三凤求凰　SANFENGQIUHUANG

翠　香　不要！

庆　儿　我要！

翠　香　不要！（拉住庆儿袍襟）

〔夫人和张妈，婢女甲、乙、丙同上。

夫　人　翠香，跟大相公拉拉扯扯，成何体统。

庆　儿　母亲！

（唱）　我上楼去看妹妹病，

她死命拦挡不放松。

翠　香　（接唱）　小姐有病怕惊动，

你何必无事往上冲。

庆　儿　（接唱）　有两人咕咕哝哝说不停。

翠　香　（接唱）　是小姐和我说话声。

庆　儿　（接唱）　我眼睛没瞎耳没聋，

你二人声音我听得清。

再不要声东击西把我哄，

你在此把门怕走风。

翠　香　（唱）　捕风捉影无凭证，

请夫人管管大相公。

夫　人　翠香，是谁在楼上？

翠　香　没，没有人呀！

夫　人　（想了想）庆儿。

庆　儿　是。

夫　人　来，扶娘上楼。

庆　儿　是！（众随后）

翠　香　（抢前一步，大声呼喊）

小姐，夫人上楼来了。

夫　人　翠香，真不像话。（又一想）张妈，你们都下去。

张　妈　是！（和众婢女同下）

〔大相公扶夫人，翠香随后，绕场。

〔二幕启，绣阁楼上室内。舞台左侧有一门，进门是

外间。陈设华丽不俗，靠里墙处有一榻，绣帘双边勾

起。兰英面对台下,在榻上侧身而卧,闭着两眼。舞台右侧,靠内是翠香卧室门,靠台口是兰英卧室门,内有大床一张,罗纬低垂。

〔庆儿扶夫人,翠香紧随,从外间门入。兰英听到脚步声,口出呓语。

兰　英　翠香,你快来,快来呀!

夫　人　(坐床边观看神色)她在说梦话,兰儿快醒醒!

兰　英　(慢慢睁开眼)啊! 母亲!

夫　人　怎么样了?

兰　英　我做了一个恶梦。

夫　人　(拉起兰英手)不要胆怕,母亲在此。唉呀! 两手冰凉,额头冒汗,病情不轻。药吃了没有?

兰　英　啊! 吃了。

庆　儿　(眼一眨巴)哪里吃了。你看(转身让母亲看)翠香给我泼了一脊背。

翠　香　那是二遍药。

庆　儿　真是有鬼! (东张西望,在外间搜寻)

兰　英　(挣扎坐起)哥哥你找什么?

庆　儿　不找什么。我看看。(朝翠香卧室门走去)

翠　香　(急上前阻拦)大相公,我房里有什么好看的。

庆　儿　(推开翠香)我偏要看。

翠　香　不,不! (又拦)

夫　人　翠香,没点规矩。

兰　英　翠香,让大相公去看。

翠　香　(放了心)是。

〔大相公推开翠香卧室门。进内,片时又出。往兰英卧室门走来。

兰　英　哥哥,你到哪里去?

庆　儿　(指兰英卧室门)到里边去。

兰　英　我房里不许你去。

庆　儿　我偏要去。

兰　英　母亲!

夫　人　兰儿,你放心,母亲去管他。(向兰英卧室方向走)

兰　英　(急了)母亲,你,你不要去。

　　　〔夫人不理睬,同庆儿进兰英卧室。兰英无可奈何,
　　　　把眼一闭,躺倒在榻上。翠香上前照护兰英。庆儿
　　　　走过大床,到右侧角落搜查。

　　　〔蔡夫人揭开靠内的蚊帐看,庆儿揭开靠外的蚊帐
　　　　看,两人对视片刻。夫人把手一挥,放下蚊帐。

夫　人　(声色俱厉)庆儿,过来!

庆　儿　人在哪儿?

夫　人　什么人不人的,休要胡闹,快下去。

庆　儿　不,这里边(指帐内)我还没看。

夫　人　我看过了。

庆　儿　我再看看。

夫　人　怎么,你疑心你妹妹房里真的有人?

庆　儿　我明明听见有个男人在讲话?

夫　人　庆儿,这种话可不是乱说的。

兰　英　(从榻上坐起,拭汗)对了,哥哥在胡说。

庆　儿　我胡说,让我再看看。(要揭帐帘)

夫　人　(挡住)庆儿,你可以看。不过,要是里边没有人呢?

庆　儿　我马上下楼,如果里面有人呢?

夫　人　你怎么样?

庆　儿　我打死他。

夫　人　(让开,站在靠外的一边)好,你看吧。

庆　儿　(揭开细看,不见什么)咦! 怪呀!

夫　人　有没有?

庆　儿　没有。

夫　人　滚出去!

　　　〔两人从门里出来,母亲在后把门一闭。庆儿又想
　　　　进去。

庆　儿　我再看看。(欲推门)

夫　人　休得无礼,站住!

　　　　（唱）　畜生越来越混账,
　　　　　　　　任性胡为不思量。
　　　　　　　　堂堂尚书千金女,
　　　　　　　　知书达理比你强。
　　　　　　　　恪守闺训顾体面,
　　　　　　　　言行从来不荒唐。

庆　儿　是!

夫　人　（接唱）（指桑骂槐地）

　　　　　　　　你这样横冲又直撞,
　　　　　　　　难道不怕遭祸殃!
　　　　　　　　等老爷回来再算账,
　　　　　　　　打断你狗腿有何妨!
　　　　　　庆儿,还不给你妹妹赔礼!

庆　儿　是!　妹妹在上,哥哥多多冒犯。妹妹,请不要生气。
　　　　是哥哥的不好。

夫　人　下去!

　　　〔庆儿溜溜下。

兰　英　母亲,你也下楼歇息去吧,翠香!

翠　香　有。

兰　英　扶夫人下楼。

翠　香　是。

　　　〔翠香上前扶夫人,夫人不让。

夫　人　到楼下去,说小姐病了,谁也不许来打扰。

翠　香　是。（下）

夫　人　兰儿,你来。

　　　〔兰英下床,走到母亲跟前。

夫　人　好一个尚书的千金小姐,你做的好事。

兰　英　母亲!

　　　　（唱）　母亲不必怒满面,
　　　　　　　　孩儿把真情说一番。

　　　　　　扬子江上初相见，

　　　　　　琴箫通音心相连。

　　　　　　他对你儿情一片，

　　　　　　背井离乡卖身为奴、挨打受骂无怨言。

　　　　　　楼台会是儿把他唤，

　　　　　　对坐只是把话谈。

　　　　　　孩儿自小守闺范，

　　　　　　我俩是清清白白无有不端。

　　　　　　头上青天可作证，

　　　　　　若隐瞒我香消玉殒尸不全。

夫　人　（又心痛女儿）

　　　　　唉！只怪我治家不严，出了此事。为了我家名声，我
　　　　　可以全当不知。

兰　英　母亲，他不是低三下四的人，他是……

夫　人　他也绝不是官宦家公子，和我家不是门当户对，再说
　　　　　在我们家做过书童，他就不配。

兰　英　母亲，你成全孩儿吧。

夫　人　万万办不到。

　　　　　（唱）　我的主意已拿定。

　　　　　　　　　你和他成婚万不能。

　　　　　蔡安，出来！

文　秀　（从右侧角屋中走出。开门到外间，拜揖）夫人恕罪。

夫　人　你马上离开我家。

文　秀　夫人！

夫　人　快走！

文　秀　是。（看看兰英，只好退下）

夫　人　兰儿！

兰　英　母亲。

夫　人　李夫人说的那门亲事，为娘要作主了。

兰　英　（悲泣）母亲，你是最疼我的，你可怜可怜孩儿吧。

夫　人　不能更改。

〔兰英哭泣着进入卧室。

夫　人　翠香。

　　　　〔翠香上。

翠　香　夫人有何吩咐？

夫　人　吩咐前边备轿，我要到李夫人府上去。

翠　香　夫人，你是去告诉李夫人，请她不要为那位昌公子说
　　　　亲的吧？

夫　人　休得胡言。我应允她提的那门亲事。你把小姐的玉
　　　　镯取来给我。

翠　香　夫人，你要把玉镯给人家作为回聘吗？这可使不
　　　　得呀！

夫　人　多嘴，快快取来！

　　　　〔翠香只好取来玉镯，交给蔡夫人。

夫　人　扶我下楼。

翠　香　是！（扶蔡夫人下）

第七场　逃　走

　　　　〔二幕前，翠香手提包袱上。

翠　香　（唱）　老夫人，太任性，

　　　　　　　　许亲不念母女情。

　　　　　　　　没奈何我主仆把计定，

　　　　　　　　小姐改装去京城。

　　　　　　　　趁此刻夜阑人静月朦胧，

　　　　（向后招手）

　　　　〔兰英扮男装上。

兰　英　（接唱）　为找徐郎千里行。

翠　香　（接唱）　一路风霜多保重，

兰　英　（接唱）　连累妹妹心不宁。

翠　香　（接唱）　挨打受骂我不怕，

兰　英　（接唱）　妹妹情意记心中。

翠　香　小姐，你快快走吧。（把包袱给兰英）一路平安！

兰　英　好，我走了，你快回去。（下）

〔翠香目送兰英，转身下。

〔少顷，钱书光上。

钱书光　刚到赌博场，把钱又输光。要是婆娘问，叫我怎开腔？趁天色未亮，躲在这路旁，碰见单行人，能偷我就偷，能抢我就抢。追查姓名吗？老子钱书光！（下）

〔二幕启，晨星稀少，残月在天。云遮月缺，天色黯淡，江边路上，十分僻静。一侧有一颗老松树，枝繁叶茂，树下有条长石凳。

兰　英　（唱）　天色未亮路难辩，

　　　　　　　娥眉残月挂天边。

　　　　　　　半夜急行未合眼，

　　　　　　　走得我舌燥口又干。

　　　　　　　未经风雨娇生惯，

　　　　　　　受此苦辛对谁言。

　　　　　　　徐郎徐郎叫几遍，

　　　　　　　心中好似浪花翻。

　　　　　　　你可知我汗流如雨奔波在江岸？

　　　　　　　何一日风波平花好月圆。

　　　　　　　一霎时头昏目又眩，

　　　　　　　只觉腰痛腿又酸。

　　　　　　　去到树下暂歇缓，

　　　　　　　等待黎明再向前。

（坐树下石凳上。把包袱放右边，坐了片时，朝左侧身睡下，一时睡着了）

〔钱书光从树后探身出来，见兰英已睡着。蹑手蹑脚地走到她身后，提走了包袱。下。

〔兰英醒来,不见包袱,寻找,惊慌。

兰　英　（唱）　包袱已被人偷盗,

心中焦急似火烧。

离京路程尚不少,

无有盘费怎开交。（垂头丧气坐石凳上）

〔陆朝龙上。

陆朝龙　（念）巡案须仔细,官服换布衣。（发现兰英,上前几步）这一相公,你要往何处去?

兰　英　（一想）要上京去。

陆朝龙　今乃大比之年,莫非是进京应试?

兰　英　哎!（神色抑郁）

陆朝龙　上京求名,乃是喜事一件,为何面有泪痕?

兰　英　小生一时疏忽,包袱被贼盗去,见笑了。

陆朝龙　想必阁下是初次出门?

兰　英　正是。

陆朝龙　盘费可在包袱之内?（兰英点头）哎呀! 千里迢迢,阁下如何能到京城?

兰　英　只好另想办法。

陆朝龙　请问尊姓大名?

兰　英　小生姓徐名英。

陆朝龙　府上还有何人?

兰　英　只我一个。

陆朝龙　哦! 老夫雇有船只,正要进京,不如随我同行。

兰　英　这! 萍水相逢,怎好打搅?

陆朝龙　不用客气。

兰　英　请问老丈高姓大名?

陆朝龙　老夫……

〔仆人上。

仆　人　启禀大人,本府黄大人,李大人都到江边前来送行。

陆朝龙　我就来。

〔仆人下。

兰　英　老丈莫非是……

陆朝龙　老夫陆朝龙,官拜御史之职。这次巡案江南,正要回朝复命。

兰　英　啊!原是巡案老大人!(拜揖)

陆朝龙　不敢,不敢,请上船吧!请!哈哈……

〔二人同下。

〔二幕闭。二幕前蔡夫人上。

夫　人　(唱)　差人去把兰英看,

　　　　　　　翠香都说正睡眠。

　　　　　　　不许上楼不准见,

　　　　　　　其中必定有弊端。

　　　　　　　莫不是那书童又已回转?

　　　　　　　莫不是女儿身欠安?

　　　　　　　叫来翠香问长短,

　　　　　　　再说假话不容宽。

　　　　翠香!

　　　　〔翠香上。

翠　香　参见夫人!

夫　人　跪下。小姐呢?

翠　香　正在楼上睡着。

夫　人　又是睡着,我上楼看看。

翠　香　(阻挡)夫人还是不要上去的好。

夫　人　死丫头,还不快说实话。

翠　香　夫人不要生气,小姐已经走了。

夫　人　啊!她往哪里去了!

翠　香　不知道。

夫　人　跟谁去的?

翠　香　只小姐一人。

夫　人　何时走的?

翠　香　半夜三更,早已走远了。

夫　人　气……气煞我也,张妈!

〔张妈上。

张　妈　夫人,有何吩咐?

夫　人　唤蔡福上来。

张　妈　是。(下)

翠　香　夫人,难道要闹个满城风雨,人人皆知吗?

夫　人　(一想)站起来,下去。

〔翠香下。

〔蔡福、张妈上。

蔡　福
　　　　夫人!
张　妈

夫　人　你们两个都是我家的老仆人。

蔡　福
　　　　是!
张　妈

夫　人　家里出了事,想必不会在外边乱讲。

张　妈
　　　　是!
蔡　福

夫　人　好。我告诉你们,兰儿跑了。

张　妈
　　　　(对望了一下)啊!
蔡　福

夫　人　张妈!

张　妈　是!

夫　人　你到李夫人家去传话,就说是兰英的意思,要昌公子
　　　　进京赶考,得中回来,再定婚姻。

张　妈　是!(下)

夫　人　蔡福!

蔡　福　在!

夫　人　即刻把兰英找回来。

蔡　福　是!(欲下)

夫　人　记住,只许暗访,不许明查。

蔡　福　老奴知道。(下)

夫　人　唉!(从另一方向下)

293

第八场　拜　师

〔前场三个月后。

〔京城蔡尚书官邸。

蔡尚书　（上念）　殿试已揭晓，

　　　　　　　　三元才学高。

　　　　　　　　马上就接见，

　　　　　　　　我要仔细瞧。

〔徐文秀、昌仪范、蔡兰英戴冠披红同上。

徐文秀　新科状元徐文秀。

昌仪范　本科榜眼昌仪范。

蔡兰英　探花郎陆英。

徐
昌　（同进门）
兰
　　　　恩师在上，门生拜见。

蔡尚书　三位英契，不必多礼。请坐！

徐
昌　谢过恩师。（依次而坐）
兰

蔡尚书　哈哈……

　　　　（唱）　三鼎甲文章是描龙绣凤，

　　　　　　　论相貌也都是玉树临风。

　　　　　　　万岁爷在琼林赐宴光宠，

　　　　　　　五凤楼谢龙恩即刻前行。

文　秀　学生等年幼无知，还求恩师多多教诲。

蔡尚书　好说，好说，你等少年英俊，才华正茂，真乃国家之福。

　　　　即往五凤楼谢恩。

徐昌兰	门生告辞。(同下)

〔师爷上。

师　爷　老大人！

蔡尚书　打听得如何？

师　爷　状元和榜眼已有聘妻，只有探花郎尚未婚配。

蔡尚书　探花郎家世如何？

师　爷　就是御史陆朝龙大人的公子。

蔡尚书　啊！朝龙是我多年老友，从未听过他有儿子啊！

师　爷　是螟蛉之子。

蔡尚书　哦，这倒门当户对，三元之中，好像探花郎也最年轻、最俊秀。

师　爷　是。老大人眼力不差，依卑职看来，他与老大人的千金，真是天生一对，地造一双。

蔡尚书　哈哈……你的眼力也不差！待我访御史一回。正是：为了女儿事，

师　爷　哪怕奔波忙。

〔尚书、师爷同下。

第九场　争　婚

〔紧接前场。

〔陆御史府第厅堂。

〔中军上。

中　军　启禀老爷，公子回府。

〔陆御史、蔡兰英分上。中军下。

兰　英　参见义父！(拜揖)

陆朝龙　哈哈……儿啊！你今日真是一举成名天下知啊！

兰　英　这都是义父栽培之恩,孩儿没齿难忘。

陆朝龙　好说!

（唱）　如今你功成名又就,

　　　　社稷苍生记心头。

　　　　上为朝廷显身手,

　　　　下为黎民分忧愁。

兰　英　孩儿永记在心。

陆朝龙　嗯,还有!

（唱）　早日议婚娶佳偶,

　　　　我怀抱孙儿度春秋。

兰　英　此事只怕孩儿无能为力!

陆朝龙　什么,无能为力?

兰　英　嗳……孩儿年纪还小。

陆朝龙　不小了,不小了,该娶妻了。

兰　英　义父你不知道——

陆朝龙　男大当婚,女大当嫁,为父怎么不知道? 哈哈……

　　　　〔中军上。

中　军　启禀大人,蔡大人来拜。

陆朝龙　啊,他来了。快快有请。

中　军　是。(下)

兰　英　孩儿回避。

陆朝龙　怎么?

兰　英　蔡大人来访,必有要事相商。孩儿在此,恐有不便。

陆朝龙　不,不,我们有通家之好,他又是你的恩师,岂有不见

　　　　之理。

　　　　〔蔡尚书上。

陆朝龙　天标兄,今日什么风把你吹来的?

蔡尚书　朝龙兄,小弟是无事不登三宝殿,有事而来。

陆朝龙　请坐。

蔡尚书　谢坐。

陆朝龙　儿啊,见过蔡年伯。

兰　英　（犹疑）是。

陆朝龙　快来，快来。

兰　英　（只好上前拜揖）见过蔡年伯！

蔡尚书　不敢，不敢。朝龙兄，这就是令郎？

陆朝龙　正是犬子。

蔡尚书　今天我就是为他而来！

　　　　（唱）　适才我赴琼林宴，

　　　　　　　　想把令郎多看看。

　　　　　　　　只因人多不方便，

　　　　　　　　特地登门仔细观，仔细观。

陆朝龙　好，好。儿啊，过来一些。

　　　　〔兰英勉强上前一步。

蔡尚书　我老眼昏花，你再走近一些！唔，哈哈……

　　　　〔兰英只好再走近些，不知所措。

蔡尚书　贤契，我好像在什么地方见过你？

兰　英　在拜见恩师之时，是见过的。

蔡尚书　不，我是说以前，以前好像……哎哟，你看，一时想不

　　　　起来了。

　　　　（唱）　人老眼花不中用，

　　　　　　　　似曾相识记不清。

　　　　　　　　恭喜年兄福气好，

　　　　　　　　令郎高中探花公。

　　　　我真羡慕你有这么一个好儿子。

陆朝龙　年兄，你这么喜欢他，莫非想要他做你的……

蔡尚书　着哇！我就是想要他做我的女婿。哈哈……

陆朝龙　好极了，好极了！请用茶。

兰　英　（旁唱）听一言不由我忍俊难禁，

　　　　　　　　可笑那老爹爹双目不明。

　　　　　　　　将女儿许女儿怎配鸾凤，

　　　　　　　　我义父他也是蒙在鼓中。

陆朝龙　年兄，记得令千金是——

蔡尚书　就是兰英啊！

陆朝龙　对，兰英。

蔡尚书　她今年已十八岁了。

陆朝龙　都十八岁了！

蔡尚书　论才学嘛，她可以中得进士，论面貌嘛，哦，我想起来了，跟令郎十分相像。

陆朝龙　这倒巧得很，巧得很！

蔡尚书　巧极了！

陆朝龙　儿呀，你的心思如何？

兰　英　孩儿不敢高攀。

蔡尚书　嗳，你是新贵人，怕是我女儿高攀不上吧。

陆朝龙　不，年兄。

　　　　（唱）　他年轻面嫩羞脸大，

　　　　　　　　怎好当面来回答。

　　　　　　　　小弟我把主意拿，

　　　　　　　　秦晋相好是一家，是一家。

兰　英　义父，这使不得呀！

陆朝龙　嗳，过分谦让就不妥了。

蔡尚书　朝龙兄，那我们就一言为定。

陆朝龙　好。哈哈……儿啊，赶快来拜见你岳父。（兰英感到尴尬，御史上前去拉）来呀，快来呀！

兰　英　（只好上前作揖）

　　　　　　拜见岳父大人！

蔡尚书　贤婿免礼。这是玉石图章一对，权作见面礼吧。

兰　英　（接过，只得又拜揖）多谢岳父大人！

蔡尚书　不消，不消。

陆朝龙　年兄，我们也要改改口了。

蔡尚书　亲家请了！

陆朝龙　亲家请了！

蔡尚书　亲家，我还有一件事。我是来向你辞行的。

陆朝龙　你……

蔡尚书　我明日即回扬州。

陆朝龙　为何如此匆忙?

蔡尚书　好替女儿置办嫁妆。

陆朝龙　他们的婚期呢?

蔡尚书　下月十五,正好是花好月圆之时。你叫令郎来迎
　　　　娶吧。

陆朝龙　一定遵命。

蔡尚书　就此告别,留步留步。

陆朝龙　我与你一同出去。

蔡尚书　你到哪里去?

陆朝龙　我到敝衙去料理料理,我也要带着儿子请假回乡啊。
　　　　儿啊,送你岳父。

兰　英　送岳父。

蔡尚书　不用了,不用了。

陆朝龙　(对兰英)那你就恭敬不如从命。

蔡尚书　亲家,你我挽手而行。(同下)

兰　英　爹呀,你真是老糊涂了!

　　　　(唱)　爹爹作事太离奇,
　　　　　　　错把女儿当女婿。
　　　　　　　倘若我果真去迎娶,
　　　　　　　岂非自己配自己,
　　　　　　　琼林宴上更有趣,
　　　　　　　状元把我称弟弟。
　　　　　　　非是徐郎无情义,
　　　　　　　我女扮男装他怎知。
　　　　　　　错中错,戏中戏,
　　　　　　　弄得我自己也迷离。
　　　　　　　乱麻一团难清理,
　　　　　　　不知将来怎结局。

　　　　〔中军上。

中　军　禀公子,状元徐老爷来拜!

兰　英　传出有请！

中　军　是。（下）

兰　英　（唱）　适才中军对我禀，
　　　　　　　　状元来拜探花公。
　　　　　　　　他鳌头独占定高兴，
　　　　　　　　我泼点凉水把他冰。
　　　　　　　　试试他心思可坚定，
　　　　　　　　是不是一腔深情对兰英。

　　　　　　〔徐文秀上。

兰　英　哎呀，小弟尚未拜府，怎么敢劳年兄先来！

文　秀　一样，一样。

兰　英　年兄请坐。

文　秀　请。

兰　英　年兄此次鳌头独占，可敬可贺。

文　秀　你我同登一榜，彼此彼此。贤弟，可否请伯父大人出
　　　　堂，拜见。

兰　英　不敢当。家父有事出外。

文　秀　这……太不凑巧。

兰　英　年兄有事。

文　秀　有一事本想烦劳伯父，现在嘛……

兰　英　对小弟讲也是一样。

文　秀　不，愚兄告辞了。

兰　英　为何不多坐一会？

文　秀　愚兄要回去收拾行装。

兰　英　到哪里去？

文　秀　到扬州去。

兰　英　巧极了，小弟也要到扬州去。请问年兄到扬州去，有
　　　　何贵干？

文　秀　这个——愚兄要回去娶亲。

兰　英　这就更巧了，小弟也要去娶亲。

文　秀　哦，恭喜，恭喜！

兰 英	彼此彼此。但不知年兄娶的是哪家闺秀?
文 秀	是蔡府的小姐。
兰 英	哪家蔡府?
文 秀	蔡天标蔡尚书家的小姐。
兰 英	奇怪,奇怪,天下竟有这般巧事!
文 秀	怎么?
兰 英	小弟要娶的也是蔡尚书的小姐。
文 秀	如此说来,你我同娶蔡府姐妹,是两连襟了。
兰 英	嗳,蔡府只有一位小姐。
文 秀	啊,这就不对了!
兰 英	怎么?
文 秀	咱两人娶的是一个人啊!
兰 英	决不会有这事,一定是年兄弄错了。
文 秀	愚兄没有弄错呀!
兰 英	那么,请问年兄是何人为媒?
文 秀	这个……愚兄今日前来,就是要请伯父大人做媒的。
兰 英	哦,尚未媒订,那么年兄,你就不必费心了。
文 秀	不,不,我是……
兰 英	是什么?
文 秀	实不相瞒,愚兄乃是蔡小姐亲口相许的。
兰 英	有何为证?
文 秀	金钗一股,永佩在身。

〔文秀掏金钗给兰英看。兰英故意板着面孔,把水袖一拂金钗落地。文秀急拾起,吹拂后仍装衣内。兰英暗笑。

兰 英	(一本正经)小弟可是蔡尚书当面许婚,义父作主的。真个是:父母之命,媒妁之言。
文 秀	这……贤弟呀!
	(唱) 小姐和我情非浅,
	这段婚事不一般。
	金钗玉镯当面换,

秦腔

三凤求凰

SANFENGQIUHUANG

海誓山盟心相连。

万望贤弟多怜念，

舍己为人来成全。

兰　英　舍己为人？

文　秀　你，你把蔡小姐让与我吧。

兰　英　嗳！

　　　　（唱）　年兄讲话不像话，

　　　　　　　　哪有妻子让人家。

　　　　　　　　旁人知晓把我骂，

　　　　　　　　还要议论笑掉牙。

年兄，就是我这房中，你看上什么，就拿什么，连现在我头上戴的，身上穿的，脚上蹬的，全都可以让与你。这蔡小姐嘛，万无让你之理。

文　秀　君子成人之美，你就……

兰　英　婚姻之事，岂能儿戏！

文　秀　年弟，不对不对。年兄，你……

兰　英　好我的新科状元呢！你又呼年弟，又呼年兄，不如干脆叫蔡……（发觉失口，急忙停住）

文　秀　叫蔡什么？

兰　英　叫蔡兰英来，我当面让与你，看她同意不同意？

文　秀　年兄！

　　　　（唱）　兰英若在定情愿，

　　　　　　　　请把我俩来周全。

　　　　　　　　心中把你常挂念，

　　　　　　　　难忘恩德重如山。（跪地拜揖）

兰　英　年兄你这个样子，不怕旁人笑话吗？快快请起。

文　秀　若得蔡小姐为妻，我死也愿意，何怕旁人笑话。年兄要是不肯答应，我是不起来的。

兰　英　你太痴心了！

　　　　（唱）　你英俊秀逸又潇洒，

　　　　　　　　满腹锦绣有才华。

平步青山非虚假，

新科状元谁不夸。

退了兰英不用怕，

说不定皇帝招你做驸马。

文　秀　年兄！

（唱）　九天仙女我不要，

谁希罕皇帝来把驸马招？

小姐和我早约好，

海枯石烂不动摇。

年兄若把浮屠造，

我感恩戴德把香烧。

年兄要是不相让，

你就害了命两条！

兰　英　此话当真？

文　秀　当真！

兰　英　果然？

文　秀　果然。

兰　英　（情不自禁）哎呀我的……（徐文秀愕然抬头，兰英忙
改口）我的年兄，容小弟再思忖思忖吧。（旁白）不成
全他，又成全谁呢！

〔中军上。

中　军　启禀公子,榜眼昌老爷来拜！

〔文秀急起。

兰　英　有请！

中　军　是。有请昌老爷！（下）

〔昌仪范上。

昌仪范　年兄！

兰　英　年兄,请！

昌仪范　啊,状元公。

文　秀　年兄。

昌仪范　方才到府拜候,说你去了陆府,急急赶来,正好在此

相遇。

文　秀　年兄有何见教。

昌仪范　我是来跟两位辞行的。

文　秀　辞行。

昌仪范　小弟明日要到扬州去。

文　秀　去扬州。

昌仪范　是的,我是要娶亲的。

文　秀　怎么,你也去扬州娶亲。

兰　英　(问昌)请问年兄,你娶的扬州哪一家?

昌仪范　就是蔡尚书的千金。

文　秀　啊!(旁白)坏了,又来了一个!

兰　英　年兄,这次进京,有没有见着蔡尚书?

昌仪范　他是放官,放试期内,为避嫌疑,明例不见亲友。

兰　英　现在呢?

昌仪范　刚去拜见,没有见着。

兰　英　蔡尚书刚才倒来过,并且已经把他的千金许给了
　　　　　别人。

昌仪范　啊! 有这种事,许给何人?

兰　英　这个……

昌仪范　年兄!

　　　　(唱)　我姑母为媒把娉礼下,
　　　　　　　明珠一对放光华。
　　　　　　　蔡夫人当面把婚许,
　　　　　　　小姐传话到我家。
　　　　　　　要我应试得中后,
　　　　　　　张灯结彩喝喜茶。
　　　　　　　此情一一都不假,
　　　　　　　怎能反悔许他家。

兰　英　哦,这倒麻烦了!

文　秀　(旁白)不行,我得抢先一步。(对二人)二位年兄请
　　　　　坐,小弟告辞了。

兰　英　年兄请少待。

文　秀　小弟有要事，少陪，少陪。（下）

昌仪范　（旁白）唔，还是先下手为强。（对兰英）年兄，小弟也
　　　　告辞了。

兰　英　何以如此着忙？

昌仪范　不得不忙，少陪，少陪。（下）

兰　英　恕不远送！

（唱）　状元榜眼两相争，
　　　　都要迎娶蔡兰英。
　　　　探花心里明如镜，
　　　　争得更比他们凶。
　　　　好比求凰三只凤，
　　　　犹如捧月三颗星。
　　　　他二人害的一个病，
　　　　差点叫我笑出声。
　　　　奔赴扬州有何用，
　　　　我不回家都扑空，
　　　　只怕那时出漏洞，
　　　　尚书府中乱哄哄。

这便如何是好，如何是好？（思索）嗯，有了！

（接唱）何必彷徨心不定，
　　　　整装速回扬州城。
　　　　要和徐郎结鸾凤，
　　　　须对义父说隐衷。

事到如今，我也顾不得羞答答不好出口了！唉！（下）

第十场　择　婿

〔距前场十多天后。

〔扬州蔡尚书家厅堂,景同第二场。

〔蔡夫人上。

蔡夫人　（唱）　老爷上京三月多,

　　　　　　　突然回家为什么?

　　　　　　　蔡福去把兰英找,

　　　　　　　至今还是无下落。

　　　　〔庆儿上。

庆　儿　（拉长调的）母亲——爹回来了——

　　　　〔蔡尚书上。

夫　人　老爷回来了。

蔡尚书　夫人可好。

夫　人　也好。老爷一路辛苦。

蔡尚书　好说。兰儿呢?

夫　人　她……卧病在床。

蔡尚书　啊,什么病?

夫　人　唔,寒热病。

蔡尚书　病多久了?

庆　儿　爹,妹妹一病好几个月,我要上楼去看,妈也不准。

蔡尚书　让我去看。（欲走）

夫　人　（急拦）老爷。

　　　　（唱）　一路风霜刚到家,

　　　　　　　歇歇脚儿喝杯茶,

　　　　　　　咱夫妻重逢先说说话。

　　　　　　再陪你上楼去看她。

　　　　　〔翠香端茶上。尚书接茶。翠香下。

蔡尚书　也好。(呷了口茶)夫人,我这次进京,给兰儿选了一
　　　　　个好女婿。

夫　人　啊,选了一个女婿?

蔡尚书　这是我做的一件得意之事啊!

　　(唱)　本科探花名陆英,

　　　　　笔底文章鬼神惊。

　　　　　人品容貌也出众,

　　　　　和兰儿真像一母生。

夫　人　老爷,这可不好。

蔡尚书　却是为何?

庆　儿　爹,你走了以后,母亲在家里也给妹妹选了一个女婿。

蔡尚书　你母亲选的哪有我选得好啊!

庆　儿　母亲选的是本科的榜眼,比你选的探花还强!

蔡尚书　你知道什么?

夫　人　老爷,我已经受了人家的聘。

蔡尚书　啊,你说什么?

夫　人　接了聘了。

蔡尚书　哎呀,真是岂有此理。

　　(唱)　听罢言把人肺气炸,

　　　　　一女怎能许两家。

　　　　　为何不给我捎话,

夫　人　(唱)　老爷出门我当家。

　　　　　不记你临走怎样讲?

蔡尚书　(唱)　这真是猪八戒倒打一耙。

夫　人　(唱)　榜眼八面威风大,

　　　　　又不是牛头马面背如虾。

蔡尚书　(唱)　我选的女婿赛驸马,

　　　　　论相貌第一数探花。

夫　人　(唱)　谁让你不早把女儿嫁?

秦腔

三凤求凰

SANFENGQIUHUANG

　　　　　　　　　兰英年纪已十八。

蔡尚书　（唱）　你何必杞人忧天心害怕，
　　　　　　　　　唯恐女儿没婆家。

夫　人　（唱）　我把聘礼已接下，
　　　　　　　　　劝你休要再磨牙。

蔡尚书　（唱）　尚书说话要算话，
　　　　　　　　　兰英定要嫁探花。

庆　儿　（唱）　不要吵来不要骂，
　　　　　　　　　孩儿有个好办法。
　　　　　　　　　来一百个女婿都不怕，
　　　　　　　　　咱写好纸阄让他们抓。
　　　　　　　　　谁把"娶"字抓到手，
　　　　　　　　　就把妹妹嫁给他。

蔡尚书　呸！

夫　人　老爷，你身为朝廷大臣，我来问你，这儿女婚姻之
　　　　事……

蔡尚书　全凭父母之命。

夫　人　对啊，我是母亲。请问，我是不是也能做一半之主呢？

蔡尚书　好……就算你有一半，那也得先问问我这一半。

夫　人　可是，你也没问过我这一半。

蔡尚书
　　　　（同时）呃！（相背而坐）
夫　人

　　　　〔中军上。

中　军　禀大人，状元、榜眼、探花三位老爷每家押了一顶花
　　　　轿，迎娶小姐来了。

蔡尚书　怎么又多了一家状元？

夫　人　除了榜眼老爷，一概不见。

蔡尚书　不行，除了探花，一概挡驾！

中　军　可是三位老爷都已到门上了。

　　　　〔鼓乐声。

蔡尚书　这……

夫　人　唉!

〔蔡尚书夫妇在鼓乐声中十分焦急。

〔二幕闭。二幕前,三顶花轿、吹鼓手、全副仪仗和三元过场。

〔蔡夫人上,昌仪范随后赶上。

仪　范　岳母大人,就算岳父在京另有主张,可是你允婚在前,凡事总该分个先后,是也不是?

夫　人　是,是的。

昌仪范　岳母,这事你一定得作主。花轿已经押来,不能让我白跑。如其不然,小婿决不善罢干休,我父也岂能不管!

夫　人　是的,是的,请到后厅喝茶。(同下)

〔庆儿领文秀上。

庆　儿　请!

文　秀　蔡公子,近来还做诗、对对子吗?

庆　儿　呃……(瞪眼看徐)

文　秀　我们好像在什么地方见过。

庆　儿　嗳,好像是……(仿佛想起)噢,你是……(又想不起来)请,请到书房用茶。

文　秀　请!(同下)

〔蔡尚书招呼兰英上。

〔二幕启。景同前。

蔡尚书　请坐。

〔翠香、张妈上,偷看兰英。

张　妈　探花郎好像我家小姐。

翠　香　嗯,像得很。

张　妈　你给送茶时,看看耳朵上有无耳环眼,最好能摸摸脚就更清楚了。

〔翠香点头会意,二人同下。

兰　英　大人!

(唱)　多蒙大人来垂爱,

難得今朝到府來。

三頂花轎同等待，

還請巧計作安排。（起立拜揖）

蔡尚書　　免禮，坐了。賢婿呀！

　　　　　（唱）　賢婿免禮暫忍耐，

　　　　　　　　　此事何用費疑猜。

　　　　　　　　　但待兩家把婚退，

　　　　　　　　　花轎定往陸府抬。

〔翠香端茶上，站在蘭英身旁，湊近察看耳環眼，蘭英
覺察，把頭一晃，紗帽翅打在翠香眼睛上。翠香揉眼
睛，把茶杯掉在蘭英腳下。茶水潑蘭英腳上。

蔡尚書　　該死的丫頭，如此無禮。

　　　　　（翠香掏出手帕，借著為蘭英擦鞋的機會，用手掐蘭英
　　　　　腳）

蘭　英　　（躲閃、站起）不妨，不妨。

蔡尚書　　賢婿，坐吧，坐吧。

蘭　英　　是。

翠　香　　（摸清是小腳，心中驚喜，抬頭叫）小——

蘭　英　　（怕露馬腳，厲色）什麼？

翠　香　　小婢多多冒犯，該死，該死。

蘭　英　　這沒有什麼。不過，你不要這樣冒失。懂嗎？

翠　香　　懂。

蔡尚書　　還不快滾下去。

翠　香　　是。（出廳堂，低聲）張媽媽，真是小姐啊！

張　媽　　啊！我對夫人去講。

翠　香　　不，小姐吩咐，不許冒失！

張　媽　　哦。（二人同下）

中　軍　　（內喊）陸大人到！

〔御史陸朝龍上。

陸朝龍　　（念）　義子本女流，

　　　　　　　　　迎娶來揚州。

看看亲家公，

此事怎罢休？

啊，亲家？

蔡尚书　亲家，你来得正好。请坐，请坐。

陆朝龙　小弟贺喜来迟，望请原谅。

蔡尚书　不迟，不迟。

陆朝龙　怎么，还没行迎亲之礼吗？

蔡尚书　亲家，一言难尽，其中有变啊？

陆朝龙　有何变故？

蔡尚书　我家忽然来了三个女婿，同时迎亲。

陆朝龙　有这等事？亲家，你到底有几位千金？

蔡尚书　只有一个呀。

陆朝龙　哎唷，那怎么可以招三个女婿呢？

蔡尚书　这个……年兄，你看如何是好？

　　　　〔状元、榜眼、蔡夫人、庆儿等上。

蔡尚书　（对状元、榜眼）请坐，请坐！

兰　英　（拜揖）义父大人。

　　　　（唱）　孩儿有话当面讲，

　　　　　　　　这婚姻是你作主张。

　　　　　　　　岳父亲自把东床选，

　　　　　　　　约定婚期拜花堂。

　　　　孩儿有岳父大人面赐玉石图章为凭，小姐应该归我。

　　　　（取出，让大家看）

昌仪范　（拜揖）陆大人！

　　　　（唱）　姑母为媒把婚订，

　　　　　　　　岳母大人自许亲。

　　　　　　　　凡事总该分先后，

　　　　　　　　下了聘礼应娶人。

　　　　小侄有岳母大人亲赐玉镯为凭，小姐理应归我。（取
　　　　出玉镯，让大家看）

文　秀　（拜揖）陆大人。

（唱）　我与小姐情意重，

　　　　　扬子江上早相逢。

　　　　　琴箫通音心相印，

　　　　　花萼绣阁已定情。

学生是小姐亲口相许，有小姐金钗为凭。（取出金钗，让大家看）

陆朝龙　亲家公，亲家母，你们看看这些证物是真的还是假的。

蔡尚书　玉章是我所给，哪会有假？

夫　人　玉镯是我所给，当然是真。

陆朝龙　（拿状元手中金钗）那么这股金钗呢？

夫　人　（接看）是兰儿的。

陆朝龙　啊，真是令千金之物，这就难了。

蔡尚书　年兄，你身为巡按御史，这场官司，请你公断吧。

陆朝龙　依我看来……这件婚事既然是亲家作主的，有道是：父命为主。亲家母，你就收回成命吧。

夫　人　陆大人，我倒要请问一句，许婚之事，是否也要分个先后？

陆朝龙　是应该分个先后。

夫　人　那我许婚在先，他许婚在后，应该听我的。

陆朝龙　有理，有理。

昌仪范　多谢陆大人主持公道。（向尚书拜揖）岳父大人。

蔡尚书　你先慢点叫我大人吧。

夫　人　（对尚书）你怎么可以这样？（对仪范）贤婿，叫岳父大人！

昌仪范　岳父大人！

兰　英
　　　　（同时）年兄，你不要乱叫嘛！
文　秀

陆朝龙　亲家，有道是：清官难断家务事。这件案子，你还是另请高明吧。（拂袖欲去）

蔡尚书　（急拉其袍襟）年兄，你万万走不得，这件事非你不成。

陆朝龙　非我不成，好，那我就勉为其难！

蔡尚书		全仗大人,全仗大人。
兰　英		义父,父命为主,小姐应当归我。
昌仪范		不对,母命为主,应当归我。
文　秀		不,不,小姐与我有生死之约,应当归我。
蔡尚书		（见状,气更大,对夫人）
		你听,你看!
	（唱）	三个女婿逼得紧,
		该和哪个来成亲?
夫　人	（唱）	你若事先把我问,
		免得今日来丢人。
蔡尚书	（唱）	你每日在家都做甚?
		让女儿私自订终身!
夫　人	（唱）	管天管地难管心,
		提起此事难出唇。
蔡尚书	（唱）	都是你平日少教训,
		当场出丑笑煞人。
庆　儿	（唱）	叫声二老莫争论,
		且叫孩儿说原因。
		不怪我妈管不紧,
		不怪我爹另许亲。
		全怪妹妹生得少,
		刀割秤称也难分。
蔡尚书		畜生,滚开!
陆朝龙		二位亲家!
	（唱）	不必争辩又埋怨,
		叫我把话表一番。
		三位女婿在当面,
		同登一榜不平凡。
		一个个眉清目秀,身穿莽袍,头戴金冠威风显,
		同来迎亲应喜欢。
		只是此事太罕见,

秦腔

三凤求凰

SANFENGQIUHUANG

倒教老夫也为难。

左思右想细盘算,(作思索状)

哦,有了!

(唱) 猛有一计起心间。

各位,婚姻大事,虽说该由父母做主,但也要问问本人愿意不愿意,是也不是。

众　　　是。(有的点头)

陆朝龙　我看,最好把小姐请出来,让她在三人中挑选一个,选中的洞房花烛,选不中的退位让贤。这主意二位以为如何?(问三元)你们三位呢?

文　秀　学生遵命。如果选不上,情愿退让。

陆朝龙　到底是状元公志大量大。(欲问昌公子,李夫人正对昌耳语,只好问探花)孩儿,你呢?

兰　英　全凭义父作主。孩儿如果选不上,决不再争。

陆朝龙　好。昌公子,你呢?

昌仪范　小侄恕难从命。

陆朝龙　你是怕小姐选不上你。

昌仪范　那倒未必。

陆朝龙　既然未必,何妨请小姐一选呢?

昌仪范　这太不公道。

文　秀　这是最公道了。

陆朝龙　对,这是最公道也没有了!

(唱) 强摘的花儿不鲜艳,

强扭的瓜儿不香甜。

倘若一方不情愿,

婚后苦恼实难言。

昌公子,如果小姐心中不愿,纵然成亲,闺房之中又有何乐趣呢?

文　秀　说得好,说得好!

昌仪范　(瞪徐一眼)年兄,你不要高兴得太早了!(对御史)小侄从命就是。

314

陆朝龙	好。也不愧是一位榜眼。(问尚书夫妇)你们二位呢?
蔡尚书	事已至此,也只好这样了。来人啊!
	〔张妈上。
张　妈	老爷!
蔡尚书	请小姐出堂。
夫　人	慢着!
陆朝龙	年嫂,他们都是本科新贵,哪一位也不辱没千金啊!
夫　人	不行,不行!
蔡尚书	你如何如此地固执?
夫　人	老爷,兰儿有病不能下楼呀!
蔡尚书	今日这般情景,她不下楼也得下楼!
夫　人	她病了几个月,叫她怎么走得动呀!
蔡尚书	走不动,就是抬也得把她抬下来!
庆　儿	爹,我去把妹妹背下来。(欲下)
夫　人	不许胡闹,我去看看。
	〔蔡夫人出门,张妈上。
夫　人	张妈你看现在怎么办?
张　妈	(想了想)现在只好让翠香……(悄语)
夫　人	嗯。翠香!
	〔翠香上,张妈下。
翠　香	夫人。
夫　人	翠香!(耳语)
翠　香	啊,不,我不!
夫　人	你敢不听我的话?
翠　香	别的事儿听你的,这事儿……
夫　人	这是假的,怕什么!
翠　香	是。
夫　人	记住,你一定要选昌公子。
翠　香	我才不嫁他。
夫　人	你配吗?死丫头。现在让你先抵挡一下,等小姐回来再作道理,快去吧。

315

翠　香	夫人,可不敢弄假成真了!
夫　人	胡说,快去!
	〔翠香下,蔡夫人进门。
蔡尚书	兰儿能来吗? 她的病……
夫　人	好多了。我已叫张妈去领。
蔡尚书	哦。
陆朝龙	我倒要看个究竟。
夫　人	陆大人,小女就要出来了,女婿由她自己挑选,不过,选定之后谁也不能反悔。
蔡尚书	对!
陆朝龙	好。夫人的话,你们听到了吗?
文　秀 仪　范 兰　英	(同时)听到了。
陆朝龙	儿呀,你怎么说?
兰　英	义父放心。君子一言,驷马难追。
陆朝龙	好。你们二位呢。
文　秀	断无反悔之理。
昌仪范	小侄也决不是反复之人。
陆朝龙	三位都是正人君子,正人君子。
庆　儿	我是证人,谁要是说了不算,撒刁反悔,我就是他的大舅子!
	(众笑)
蔡尚书	畜生不会讲话!
夫　人	老爷,你也是君子呀!
蔡尚书	啊呀,只要你守信就是了。
夫　人	陆大人,这次选婿,应当由我主持。
蔡尚书	怎么能由你主持?
陆朝龙	年兄,在京里会考大典,由你主持,在家选女婿大典嘛,就让年嫂主持吧。
蔡尚书	好,我就让你这一次。
夫　人	陆大人,我已和小女说好,选中哪位公子,她手举红花为记。

陆朝龙	年嫂这个主意好极了。快请小姐出堂吧。
夫 人	请小姐出堂。
	〔张妈上。
张 妈	是。(下)
	〔竹帘背后,翠香装扮一新,头罩红纱盖头,手拿红花一枝,缓步走上。丫环们伺立左右。蔡尚书欲上前揭竹帘。
夫 人	哎!(急拉尚书回)说好不许上前的。你想给女儿先打个招呼吗?
蔡尚书	唉,我老眼昏花,视力不佳。(又要上前)
陆朝龙	年兄,年兄,少待片刻。现在,你们看,哪位公子先来听选?
蔡尚书	当然我挑的先来。
夫 人	我挑的先来。
蔡尚书	父命为主。
夫 人	母命在先。
陆朝龙	好了,好了,既然是小姐自己选,谁先谁后不都一样吗?
夫 人	好,礼尚往来,我也让你一次。
陆朝龙	儿啊,你站到这儿来。
兰 英	是。(站好位置)
夫 人	(对帘内)兰儿,我问你三声。如果你不选他,就不要举起红花。听见了吗?
	〔翠香在帘内点了点头。
夫 人	兰儿?
	(唱) 探花陆英站当面,
	愿否与他配凤鸾?
庆 儿	一句。
夫 人	(唱) 愿否与他配凤鸾?
庆 儿	两句。
夫 人	(唱) 愿否与他配凤鸾?
庆 儿	三句了。选不上。

秦腔

三凤求凰

SANFENGQIUHUANG

蔡尚书　唉！这……

夫　人　怎么，你想反悔吗？

兰　英　三位老人。

　　　　（唱）　二老不必再争论，

　　　　　　　　小姐不愿我退婚。（取出玉章）

　　　　　　　　奉还玉章请收下，（尚书接玉章，茫然）

　　　　　　　　多谢义父栽培恩。（向御史拜揖）

陆朝龙　好儿啊，你不必难过，为父给你另订良缘就是。

兰　英　义父放心，孩儿是不会难过的。（对尚书等）告辞。

　　　　（下）

蔡尚书　不要走，不要走！

夫　人　嗳！

陆朝龙　既然女儿不愿意，做父母的也无能为力啰！现在该轮
　　　　到……

夫　人　自然是昌公子。

陆朝龙　昌公子请。

昌仪范　是。（站好位置）

夫　人　兰儿，这是昌公子，这回你要听仔细！

　　　　（唱）　新科榜眼美少年，

　　　　　　　　愿意与他结良缘？

庆　儿　一句。

夫　人　（对帘内）你忘了？

　　　　（唱）　愿意与他结良缘。

庆　儿　两句！也危险。

夫　人　（对帘内）你怎么不听话了。

蔡尚书　嗳，不许讲别的。还有一句，问呀，问呀？

夫　人　（对帘内）这是最后一句了，说好！

　　　　（唱）　愿意与他结良缘。

庆　儿　三句了，也选不上。

夫　人　不对，不对。

蔡尚书　怎么，你想反悔呀？办不到！

陆朝龙　昌公子，你也是一位君子呀！

昌仪范	哦,小侄也告辞了。(对蔡夫人)多谢岳母……噢,多谢伯母费心!(欲下)
张　妈	昌公子,请留步。
昌仪范	啊?
张　妈	奉小姐之命,明珠一对请收回。
陆朝龙	对。
	〔昌公子接明珠,欲下。
张　妈	玉镯呢?
	〔昌公子掏出玉镯交张妈,张妈下。
昌仪范	告辞,告辞。(匆匆地走下)
陆朝龙	年兄年嫂,现在只剩下状元公一个人了,不用再选了。
庆　儿	对,不用再选了,要是都选不上,我连大舅子也当不成咧!
夫　人	胡说,陆大人,也许小女一个也不选呢?
蔡尚书	对,应当让小女也选一选。
陆朝龙	状元公请。
文　秀	遵命!(站好位置)
蔡尚书	你问呀!
夫　人	要问的,要问的!
	(唱)　我把兰儿再来问,
	和他成婚可称心?
	〔翠香举起红花。
庆　儿	母亲,选中了,选中了!
陆朝龙	恭喜状元,贺喜状元公!
夫　人	慢着,这个不算数。
蔡尚书	为什么?
夫　人	这个……因为……
	〔兰英已换上女装,揭开帘子出。
夫　人	(惊)　啊?
兰　英	母亲,爹爹。
蔡尚书	儿啊,你病好了。
夫　人	好了,好了。

兰　英　哥哥！

庆　儿　嗳！

陆朝龙　（拉状元）来来来，快快拜见岳父岳母。（文秀羞怯）

庆　儿　快来，快来。

文　秀　（拜揖）拜见岳父岳母！

蔡尚书　请起，请起。应该谢谢年伯。

文　秀　（拜揖）谢过年伯。

陆朝龙　免谢，免谢。

庆　儿　还有我呢！

文　秀　（拜揖）拜见大哥。

庆　儿　客气，客气。

翠　香　大相公，你知道他是谁？

庆　儿　谁？

翠　香　就是给你磨墨的蔡安。

庆　儿　（不好意思）蔡安？

文　秀　是，大相公。

庆　儿　（怪难为情地）哎呀，我骂过你，还打过你，多多原谅，
　　　　多多原谅！（拜揖）

文　秀　不敢，不敢。

蔡尚书　这是怎么回事？

陆朝龙　年兄，说来话长，慢慢细谈。

蔡尚书　好，那么后堂畅饮几杯吧。请！

陆朝龙　请！

（幕后合唱）

爹娘做事太荒唐，

错把娇女作东床。

毕竟多情成眷属，

探花嫁得状元郎。

〔在合唱中，众施礼依次进入后堂。

〔幕徐徐闭。

——剧　终

演出单位

西安市五一剧团

西安易俗社

红楼梦

曹雪芹　原著

徐　进　编剧

王志学　移植

剧情简介

　　《红楼梦》是一部约九十多万言的文学巨著,这出戏,仅系通过贾宝玉和林黛玉、薛宝钗的爱情纠葛,揭示封建大家庭和封建礼教的罪恶的一个片段。故事梗概大致是这样:

　　薛宝钗搬进了大观园,老祖宗(贾母)去看她的新居,行经"沁芳亭",王熙凤趁机给宝玉和宝钗提亲,遭到宝玉的拒绝。矛盾从此展开。

　　黛玉是个多愁善感而又孤傲的伶仃弱女,虽与宝玉彼此情投意合,"心心相印",但毕竟是个外孙女儿,怎好亲自向外祖母倾吐隐衷?而宝玉虽怀有"非林妹妹终生不娶"的誓愿,又以"赠帕"表心,但在封建家庭和封建礼教的束缚下,终不可能强自出头"自作主张"。这种情势,则给王熙凤以可乘之机,她便千方百计地在长辈面前"扬薛抑林",并以玉佩(宝玉的)、金锁(宝钗的)是"天定金玉良缘"的巧说,淆蒙怂恿贾母,终于促成了宝玉与宝钗的婚事。

　　宝玉花烛之夜,正是黛玉呕血断魂之夕,洞房合卺之后,宝玉认出新娘并非林黛玉,遂一怒奔向"潇湘馆",黛玉已是香消玉殒了。宝玉悲愤异常,哭祭了黛玉的灵寝以后,飘然遁走。

场　目

秦腔　红楼梦
HONGLOUMENG

人 物 表

人物	行当
林黛玉	小旦
贾宝玉	小生
薛宝钗	小旦
贾母	老旦
王夫人	青衣
薛姨妈	青衣
王熙凤	花旦
袭人	花旦
晴雯	贴旦
紫鹃	小旦
雪雁	贴旦
香菱	贴旦
莺儿	杂角
小丫头	彩旦
贾政	须生
王府丫头	杂角
詹光	杂角
调光官	杂角
贾府小厮	杂角
王府丁	杂角
王家小乐	杂角

第一场 游 园

〔景：大观园一角，有假山、清溪、曲径、小桥，桥上有亭，上题"沁芳亭"。遥望朱楼暖阁，掩映山间。

〔幕启：香菱、莺儿手捧琴棋书画等物上。

香　菱　（唱）　大观园好风光楼香阁暖，

莺　儿　（唱）　自姑娘移园居赛过天仙。

香　菱　妹妹呀！

　　　　（唱）　你看那怡红院垂柳千线，

莺　儿　（唱）　宝二爷似渔人进了桃源。

香　菱　（唱）　你看那潇湘馆碧竹头点，

莺　儿　（唱）　真乃是林姑娘福分厚宽。

香　菱　莺儿，放下东西，咱们歇一会吧！（放东西）为了贵妃娘娘回来看亲一次，造了这个大园，工程可不小啊！

莺　儿　这还用说吗，京都地面，像荣国府这样的豪富，可有几家？

香　菱　是啊！好是好，就是太浪费了！幸好贵妃娘娘给老爷传下旨来，命姑娘们都住在园内，才算有了用了。

莺　儿　啊！宝二爷前日搬进怡红院，林姑娘昨日搬进潇湘馆，咱薛姑娘移居蘅芜院，真是热闹。

香　菱　咦！莺儿妹妹，你看，那边好像是林姑娘身边的紫鹃姐姐？

莺　儿　正是她，（呼唤）喂！紫鹃姐姐，紫鹃姐姐！

〔紫鹃上。

紫　鹃　（引）　姑娘汤药已熬好，

　　　　　　　　不见人影好心焦。

　　　　喔！二位姐姐。

莺　儿　你在找谁?

紫　鹃　找我们姑娘回去吃药,你们看见吗?

莺　儿　没有看见,林姑娘为何那样多病,一天到晚,老见她吃药?

紫　鹃　我们姑娘本来体质虚弱,加上她那小心眼,多愁善感,你想怎的不多病。唉!说起来,也难怪她,自幼丧失双亲,寄居在外祖母家中,孤苦伶仃,触景伤情,的确也够凄凉的。

香　菱　莺儿,天色不早了,我们还是快搬吧,说不定老太太她们要来看姑娘的新居呢。

莺　儿　走吧!紫鹃姐姐,我们去了。(同香菱拿东西下)

紫　鹃　好奇怪,姑娘告诉我,她在园中和宝二爷玩,怎么不见人影?(张望)

袭　人　(由内叫上)宝二爷!宝二爷!喔!紫鹃姐姐,你看见宝二爷么?

紫　鹃　我也是找林姑娘,他们是一处玩的,找见了一个,那一个也就找见了。

袭　人　这才把人活活急坏了。

紫　鹃　有甚么事啊?

袭　人　上次送林姑娘来的那位贾雨村先生来了,如今做了官,听说二爷有文才,要当面谈论文章呢!

紫　鹃　如此说来,前厅有贵客,老爷等得不耐烦,又要发脾气,你我速速找寻走。(走圆场)

袭　人
紫　鹃　(唱)　姊妹挽手园中行,

　　　　　宝二爷
　　　　　林姑娘!
　　　　(唱)　二爷姑娘唤几声。
　　　　　　　猛然抬头用目奉,
　　　　　　　面前来了老祖宗。

袭　人　吁!你看,老祖宗他们来了。

〔王熙凤、王夫人、薛姨妈、薛宝钗簇拥贾母上。

贾　母	（唱）　春和日暖柳青青， 　　　　不觉来至沁芳亭。
袭　人 紫　鹃	见过老太太。
贾　母	怎么，你们也在这里？
袭　人	贾雨村老爷来了，老爷命我找宝二爷前去陪客。
紫　鹃	我是找林姑娘吃药的。
贾　母	那么，你们就快去找吧！
袭　人 紫　鹃	是。（同下）
王熙凤	老祖宗，这里就是沁芳亭，你看，这面是奇花异草，那面是小桥溪水，景色清雅，就在这里歇息一会，再去看宝妹妹的新居。
贾　母	我也走累了，姨奶奶请座！（同坐）唉！方才看见紫鹃，我倒忘了问她林丫头的身体这几天如何？宝玉那个孩子，从小就喜欢和林丫头在一起，唉！可惜林丫头的命就太薄了，宝丫头比她的福气就多得多了，姨奶奶，你说是吗？
薛姨妈	哪里，哪里！这都是托老太太的洪福。
薛宝钗	我们做小辈的，哪个人不是托你老人家的余荫，凤姐姐，你说是吗？
王熙凤	是呀！一点都不假，荣国府没有老祖宗，就出不了贵妃娘娘，香车宝马，门庭如市。
贾　母	（笑）你看，凤丫头你也随着来了。
薛宝钗	（谄媚地）其实凤姐姐的话说得对，"男子有福承本身，女子有福承满门"，老祖宗，你难道就没听过这样的话吗？
贾　母	（笑）宝丫头真会讲话，句句动听，也不知谁家有这种造化，娶她这样的好媳妇。

〔贾政上。

贾　政	（唱）	逆子陪客无影向，
		叫我面上好无光；
		找寻夫人园中往，
		都是她惯坏小儿郎。
		噢！老太太、姨奶奶，你们都在这里？
贾　母		坐了。
贾　政		孩儿告坐。
王夫人		前厅贾雨村先生走了没有？
贾　政		等不见宝玉，人家当然要走的。
王夫人		刚才命袭人找他，难道没有找到？
贾　政		唉！孩子不成材，都是你平日惯坏了！
	（唱）	只怪你平日多娇养，
		惯坏宝玉小儿郎；
		读书不读喜游荡，
		如何科场把名扬？
		今日贵客来拜访，
		欲与他谈话论文章，
		催促不到不像样，
		家教难道都抛光？
贾　母	（唱）	孩子年轻事不懂，
		官场礼仪怎知情？
		何必如此怒气生，
		须念他是小娇童。
袭　人	（由内推宝玉出）我的小祖宗，你就快去吧！
贾宝玉		谁高兴去见那些只知升官发财的俗物。
贾　政		畜生放肆！（宝玉见贾政，怔在一旁）
	（唱）	一见畜生心如焚，
		气得我身麻断三魂；
		终日厮混女儿群，
		八股不读把花吟。
		似这等荒唐不上进，

怎作君王世袭臣？
贵宾找你把话论，
你不来陪客是何因？
霎时讲得心气愤，
一脚踢你进鬼门。（欲踢）

贾　母　嗯！

贾　政　（变笑脸）母亲，非是孩儿生气，这畜生若再不严加管
　　　　束，何以继我贾门家声？娘娘也时常从宫内传谕出
　　　　来，要他读书上进，以图功名。（向宝玉）从明天起，我
　　　　就选出四五十篇八股文章来，命你细细揣摩，熟记在
　　　　心，今年秋围，即去应试，若能博取科第，也不枉天恩
　　　　祖德。（向王夫人）你做母亲的，也须要严加督促。

贾　母　好，好！又给你吓成这样子了，你到书房去吧！我们
　　　　还要到宝丫头的新居去。

贾　政　是。正是：

　　　　（念）　读书达理孝为先，
　　　　　　　　母命难违到下边。（下）

贾宝玉　老太太，你们也到园中来玩了？

贾　母　今天你宝姊姊搬进蘅芜院来，我们去看看她的新居。

贾宝玉　宝姊姊你也搬来了？

薛宝钗　是的，你说好吗？

贾宝玉　好。

王熙凤　我说宝兄弟，从今向后，你可不能只妹妹长，妹妹短
　　　　的，也该陪姊姊玩了。

贾　母　是呀！也该陪宝姊姊玩了。

王熙凤　（灵机一动）啊，姨妈！你不是常常说要看看宝兄弟从
　　　　胎中带来的那块玉吗？

薛姨妈　正是的，我早就想见识见识。

贾　母　把玉卸下来，与姨奶奶看看。

　　　　〔袭人卸玉交薛姨妈。

薛姨妈　（看）啊！这上面还有字，（交宝钗）你看看是甚么字？

薛宝钗	（念）"莫失莫忘,仙寿恒昌"。
薛姨妈	好奇怪,这两句话,倒像同那个一样?（宝钗笑而不答）
王熙凤	姨妈,你说的是宝妹妹的金锁吗?
薛姨妈	是呀!（接过玉,仍给宝玉带上）
贾宝玉	（摇头）我不要了,我不要了。
贾　母	唉!快带上,你又孩子气了,这玉是你的命根子,怎可不带?
贾宝玉	府内的众姊妹,都没有这个劳什子,我也不带。
王夫人	袭人,快快与他带上!
	（袭人给宝玉带玉）
贾　母	适才你们说甚么金锁?
王熙凤	宝妹妹也有个金锁,上面也有两句话。
贾　母	竟有这等巧事,快拿来我看! （宝钗将金锁卸下,传与贾母,贾母交与宝玉）宝玉,你念念那上面的字。
贾宝玉	（念）"不弃不离,芳龄永继"。
王熙凤	（笑）嘻嘻!
贾　母	凤丫头,你笑甚么?
王熙凤	老祖宗! （唱）　金玉巧合真稀罕! 　　　　何不就此订良缘; 　　　　天作之合定美满, 　　　　夫妻偕老到百年。 　　　　转面我把弟妹唤, 宝兄弟,宝妹妹! （唱）　你二人快把心事言。 〔宝玉、宝钗害羞不语。
王熙凤	（唱）　何必娇羞红满面, 　　　　人之大伦休作难。
薛宝钗	（唱）　凤姐姐不必逗笑玩,

倒叫宝钗心不安；

贾府望族官爵显，

山鸡岂可配红鸾？

王熙凤　（唱）　宝妹妹，言过谦，

你的心事我了然；

门户相称结亲眷，

羞口难言心不安。

宝兄弟，莫为难，

把你的心事对我言；

你们两情两厢愿，

我做个月老来成全。

宝兄弟，快开口呀？

贾宝玉　二嫂呀！

（唱）　二嫂作戏好手段，

金玉巧合是偶然；

愿意逗笑任你便，

我找妹妹去谈天。（欲下）

王夫人　宝玉呀！

（唱）　宝玉任性没世面，

独留姐姐太难堪；

今日你把姐姐伴，

明日再找妹妹玩。

王熙凤　（唱）　霞光万道天色晚，

此处难留没时间；

不如同到蘅芜院，

宝妹妹闺房走一番。

贾宝玉　（唱）　你们先行我后到，

贪恋园景心挂牵；

王熙凤　（唱）　说甚么园景把你恋，

妹妹等你心相连。

贾宝玉　嗯！不，二嫂子，你不要冤人，

秦腔

红楼梦

HONGLOUMENG

331

（对宝钗）宝姐姐，莫要听她的话，明天一定来看望你。

王熙凤　宝妹妹，我看，还是留下你两个玩吧？

薛宝钗　不，既然老祖宗要看我的闺房，做小辈的，哪有不陪的道理。

贾　母　宝丫头真是懂事的孩子，莫怪人人说她知情达理，端庄大方。既然宝玉不去，我们就去吧！袭人，好好服侍着她。正是：

（念）　身前身后花摇影，
　　　　耳东耳西鸟学言。
（同下）

贾宝玉　唉，说了半天话，林妹妹怎么还没有来呀？

袭　人　我的小祖宗，你就安分些吧！少惹老爷生气，教训上一顿，又叫人担惊受怕的。

贾宝玉　好姐姐！你与我叫林妹妹去！

袭　人　我不去！

贾宝玉　好姐姐，你去，你去！就央求你这一次。

袭　人　（无可奈何地）唉！我去，我去！（快快而下）

贾宝玉　妹妹呀！你怎的又要爽约，等得我好苦呀！

（唱）　等妹妹等得我心中愁闷，
　　　　这夕阳与晚景堪可哦吟；
　　　　普天下美娇娥如花似锦，
　　　　却难逢林妹妹这个知音。

〔林黛玉上。

林黛玉　（唱）但见那玉兔明白云隐隐，与哥哥园中会相约黄昏。

贾宝玉　咦！林妹妹，你才来了？

林黛玉　（念）月上柳梢头，

贾宝玉　（念）人约黄昏后。

林黛玉　啊哟哟！人家还没说完，你到接个快。听说舅父令你去陪客，你为何不去呢？

贾宝玉　唉！你是明白我不高兴去见那些禄鬼，何必又问？

林黛玉	可是今天你宝姊姊搬进蘅芜院，按人情礼节，你就该
	去去，你为何又不去呢？
贾宝玉	你为何也不去呢？
林黛玉	人家是你的宝姊姊呢？
贾宝玉	人家是我的宝姊姊，难道就不是你的宝姊姊吗？
林黛玉	可是人家是"天作之合"、"金玉良缘"？
贾宝玉	林妹妹，你说这话是什么意思？
林黛玉	我的宝哥哥呀！

林黛玉　（唱）　你胎中带来玉一块，
　　　　　　　　佩带胸前不离开；
　　　　　　　　她也有一把金锁带，
　　　　　　　　言说异人留下来。
　　　　　　　　宝玉金锁好奇怪，
　　　　　　　　难免二嫂喜心怀；
　　　　　　　　天意难违命难改，
　　　　　　　　还是顺从巧安排。

贾宝玉　（唱）　叫妹妹莫要愁似海，
　　　　　　　　听宝玉把话说开怀；
　　　　　　　　说甚么天意命难改，
　　　　　　　　无稽之言何处来？
　　　　　　　　宝玉金锁有何碍，
　　　　　　　　何必念念解不开？
　　　　　　　　沧海桑田变难猜，
　　　　　　　　天倒地塌情不衰。

林黛玉　（唱）　黛玉背身泪满腮，
　　　　　　　　我怪哥哥为何来。
　　　　　　　　心病难医借题解，
　　　　　　　　我问你天倒怎安排？

贾宝玉　（唱）　禅心已作沾泥絮，
　　　　　　　　不向东风舞鹧鸪；
　　　　　　　　任它天倒地又塌，

生不相逢死同窟。

林黛玉　（打趣地）

　　　　（唱）　莫要轻言你要死，
　　　　　　　　怎忍丢下带金的？

贾宝玉　（唱）　我与你说的正经话，
　　　　　　　　反来打趣没道理；
　　　　　　　　看我轻易饶了你，
　　　　　　　　休走！

　　　　（唱）　一顿格痒啼笑非。

林黛玉　好，我要去歇息了，（欲走，宝玉紧随）咦！你跟着我做
　　　　什么呀？

贾宝玉　我也去歇息。

林黛玉　没有你的地方。

贾宝玉　我要跟着你。

林黛玉　你要跟着我，我回家去呀！

贾宝玉　我也……咦！你回到哪里去呀？

林黛玉　你不用问。

贾宝玉　不，你骗我，你们林家一个人也没有了，你……

林黛玉　就算我没地方去，要是我哪一天死了呢？

贾宝玉　你……你你怎么又是死呀活呀的？

林黛玉　那你不要缠我，你好好地坐在那里，我送你一样东西。

贾宝玉　什么东西？

林黛玉　你看！

贾宝玉　啊！一个香袋，好好好！林妹妹你再给我做一个，配
　　　　成一对！

林黛玉　你倒想得好，你是"得陇望蜀"，你要不好好地挂着，我
　　　　连这个也不给你。

贾宝玉　我一定好好地挂着，（拉黛玉）
　　　　你有空再给我做一个。

林黛玉　你不要拉拉扯扯，一天大似一天，还这样嘻皮赖脸的。
　　　　〔王熙凤、薛宝钗上。

| 王熙凤 | 噢！我说宝姐姐搬房子,你也不去,果然在等你林妹妹呢?宝兄弟,如今宝姐姐也搬到园里来住了,你可不能冷淡了宝姐姐呀? |

〔黛玉不悦拂袖而下。

| 贾宝玉 | 林妹妹,林妹妹!（追下） |
| 王熙凤 | 宝兄弟,宝兄弟! |

〔宝钗实觉无趣回蘅芜院去。

| 王熙凤 | 咦! 宝妹妹,宝妹妹!（无趣地）
咳!（下） |

第二场　读　书

〔景:怡红院宝玉书房。

〔幕启:宝玉闷坐书斋,懒洋洋地诵读八股文章。

| 贾宝玉 | (念)照孝经一书,按上章仅十二言,不别言忠,非略也,盖资事父即为事君之地,求忠臣必于孝子之门……(呵欠)求忠臣必于孝子之门……(宝玉徐步至窗) |
| 贾宝玉 | 唉! |

（唱）　光阴匆匆去如箭,
　　　　转瞬又是暮春天;
　　　　鸟儿声声啼不断,
　　　　桃花泛泛落庭前。
　　　　我欲待园中去游玩,
　　　　只怕父亲家法严;
　　　　欲待从命读书卷,
　　　　唉! 读八股叫人太作难。
　　　　我无心将它往下看,
　　　　倒不如拿出香袋来消遣。

〔晴雯捧茶上。

晴　雯　二爷！（一不小心将茶泼至宝玉身上）啊呀！

贾宝玉　烫了哪里了？痛不痛？

晴　雯　（笑）嗳！茶泼在你身上，还只管问我烫不烫。

〔袭人上。

贾宝玉　哦,哦,我不烫,我不烫。

袭　人　啊呀,这是怎样了？（忙去拭）

　　　　可是我说的,一时不来就有差事。

晴　雯　姐姐既会说,就该早来呀！自古以来,就只你一个人
　　　　会服侍人,我们原不会服侍人。

贾宝玉　晴雯,不要说了,到潇湘馆去瞧瞧林姑娘,看她在做
　　　　什么？

〔晴雯没好气地下。

袭　人　小祖宗,不要管这些了！（指书）把心搁在这上面吧！

贾宝玉　唉！（无奈坐下）求忠臣于孝子之门。（弄香袋）

袭　人　怎么又不读了？

贾宝玉　（念）求忠臣于……（以手扶头）我头痛……

袭　人　才读了一句,又头痛了？

贾宝玉　唉！

　　　　（唱）　我一见八股臭文章,
　　　　　　　　霎时头昏心内慌;
　　　　　　　　歌功颂德都戴上,
　　　　　　　　礼义廉耻假心肠。
　　　　　　　　逼我读书你何想？
　　　　　　　　无非显亲耀门墙,
　　　　　　　　我岂作国贼天良丧,
　　　　　　　　要我作官休指望。

袭　人　二爷,你又来了！

　　　　（唱）　别人说读书求名望,
　　　　　　　　你偏说八股臭文章;
　　　　　　　　别人说做官很高尚,

　　　你偏说国贼禄蠹丧天良。

　　　这些话有人对老爷讲，

　　　看你遭殃不遭殃！

我劝你从今向后，爱读书也罢，不爱读书也罢，在老爷面前，在稠人广众面前，总要装出一副读书的样子来，也省得叫老爷生气，叫别人轻看，如此一来，不但老太太、太太、老爷三个人面上光彩，就连我们做奴才的，也有了体面。

贾宝玉　好了，好了！你还是出去，让我静静用功吧！

袭　人　好，我到太太那边给你拿头痛药去。（下）

贾宝玉　唉！上有严父逼迫，下有丫环唠叨，他们口口声声要我闻达，弄得我一天到晚不能安静片刻，这叫做"富贵"两字把人害了！

　　　（唱）　悔不该生长公侯门，

　　　　　　百事逆意闷煞人！

　　　　　　人生可贵理性真，

　　　　　　道学腔调不合心。

　　　　　　西厢一卷情至深，

　　　　　　且来翻阅爽精神。

　　　（翻《西厢记》念）待月西厢下，迎风户半开；月移花影动，疑是玉人来。（沉吟思情）

　　　〔林黛玉上。

林黛玉　（引）　碧海青天夜夜心，

　　　　　　来至怡红访知音。

　　　〔黛玉至，宝玉未发觉，黛玉近前。

林黛玉　唉呀！甚么书看得你这样心醉神迷？

贾宝玉　（藏之不迭）不过是《中庸》、《大学》。

林黛玉　你又在我跟前捣鬼，还不拿来给我看看。

贾宝玉　妹妹，若论你，我是不怕的，你看了千万别告诉人，真是好文章，你若看了连饭也不想吃了。

林黛玉　（指书）《西厢记》。（坐下翻书看介）

337

贾宝玉　妹妹呀！

（唱）　元代文人才情深，

一曲西厢传古今；

红娘多情牵线奔，

惹得莺莺待黄昏。

退走贼兵一封信，

老夫人赖婚没原因；

我爱张生痴情深，

林黛玉　（接唱）我爱莺莺胆惊人。

贾宝玉　（得意忘形）妹妹呀！

你就是那倾国倾城的貌，

我就是那多愁多病的身。

林黛玉　（因羞生嗔，指宝玉）你呀！该死的！

（唱）　胡说八道真该死，

偷看艳曲与淫词；

我要告诉舅舅去，

叫他将你来处治。

（假意要走，宝玉急上前拦住）

贾宝玉　我的妹妹呀！

（唱）　叫妹妹你对我莫要气愤，

一句话吓得人冷汗淋淋；

怪只怪说错话将我怜悯，

你忍心父责打自我伤心。

林黛玉　（娇怒地）不，撒手，我要去哩！

贾宝玉　（央求地）好妹妹！

林黛玉　（故作正经）你欺负我，好好地把这些淫词艳曲弄了来，拿上书中的混帐话来欺负我，不行，我要去哩！

（摔袖要走）

贾宝玉　（急拦）好妹妹，原是我说错了，千万饶恕我这一遭吧！我若有心欺负你，明日"扑咚"落在池子内，叫癞头龟吃了，再变成个大王八，等妹妹百年之后，我替你驮一辈子石碑,你看好不好?

林黛玉　（由不得笑了）啐!（揉眼）又胡说了,看你吓得这个
样子,呸! 原来也是个"银杆蜡枪头"!

贾宝玉　来么,来么! 你也说出这等话来,难道不是这书中学
来的,我也要告诉老太太去。

林黛玉　（自觉失言）哼!"你能过目成诵",难道我不能"一目
十行"吗?

贾宝玉　（拉黛玉坐）好了,好了! 我们谁也不告诉谁去! 坐下
说正经话!（同坐）

　　　　〔薛宝钗上。

薛宝钗　宝兄弟,呀! 林妹妹也在这里。

贾宝玉　宝姐姐来了,请坐!

薛宝钗　有坐,啊! 你们在看甚么书? 西厢记……西厢记! 宝
兄弟,林妹妹呀!

　　　　（唱）　我有一言来提醒,
　　　　　　　　杂书莫读移性情;
　　　　　　　　男求功名重孔孟,
　　　　　　　　女读杂书坏声名。

　　　　〔黛玉低头不语。

贾宝玉　（唱）　姊姊大贤语认真,
　　　　　　　　此书不邪情意深;
　　　　　　　　秀才一纸千两金,
　　　　　　　　你肯翻阅也称心。

　　　　〔袭人拿药上。

贾宝玉　林妹妹,我们到外面去走走吧!

　　　　（拉黛玉下,宝玉又回上拿《西厢记》)
　　　　林妹妹你等等我。（下）

　　　　〔宝钗窘。

袭　人　唉,这头痛药到底吃不吃? 这算个甚么样子? 姐妹们
该还有个分寸哩么!

薛宝钗　唉……（被袭人拉下)

第三场 误 会

〔景：怡红院，宝玉书斋。晚上。

〔音乐声伴奏，晴雯、袭人掌灯自内出，宝玉同宝钗上。

贾宝玉 宝姐姐，你我再找林妹妹去！（欲出）

薛宝钗 宝兄弟！（宝玉停）你还是好好读书，不要找她。明天老爷要问你的功课，你又怎样回答呀？

贾宝玉 不找了，你再坐一会儿，不要紧的，这种书少读点也罢。

薛宝钗 宝兄弟，我还是这句话，你要读书就该多读一些正经书。

贾宝玉 甚么正经书？我一见这八股文章，就是头痛，都是硬做出来的，除了中举人、进士，又有什么用？

薛宝钗 宝兄弟，如今你一年大似一年，可不比我们女孩子！理该懂些仕途经济的道理，将来才能显亲扬名，尽管混在我们女孩队内，难怪 老爷常常生气。

贾宝玉 （背）咳！想不到闺阁之中，女孩儿纯洁的心灵，也染上这"禄蠹"之气！宝姐姐，请你今后莫再和我谈甚么"功名利禄"，小心我这里沾染了你那知道仕途经济的人。

薛宝钗 （窘迫地）啊！我不过是一片好心劝你！你……

贾宝玉 宝姐姐，恕我顶撞你了，到内面吃点瓜子吧！（同下）

〔晴雯没好气地关了门。

晴 雯 这样晚了，来了就不想走，我也不管他。（靠在桌上睡了）

〔紫鹃掌灯引黛玉上。

林黛玉 （唱） 哥哥对我情意重，

代他补课表痴情；

月光如水花影动，

轻移莲步到书厅。

啊,到了,紫鹃,你先回去,等一会再来接我吧!

紫　鹃　是。(下)

林黛玉　(叩门)开门,开门!

晴　雯　(没好气地)又是谁?

林黛玉　是我,开门来!

晴　雯　都睡了,明天再来吧!

林黛玉　是我呀! 还不开门!

晴　雯　(不辨声音)凭你是谁,二爷吩咐的,一概不许放进来。

林黛玉　(一怔)啊! 这是何情呀?

　　　　(唱)　见此情形肝肠断,

　　　　　　　珠泪滚滚湿衣衫;

　　　　　　　既令丫环把门关,

　　　　　　　不该闪我来一番?

　　　　　　　有心上前拿理辩,

　　　　　　　寄人篱下太可怜;

　　　　　　　看来有意把我厌,

　　　　　　　满腹心事对谁言?

　　　　〔内声:宝钗:"宝兄弟太客气了"。袭人:"宝姑娘再坐
　　　　一会吧!"继之,宝钗的一阵笑声。

林黛玉　啊呀! 我……我明白了!

　　　　(唱)　薛宝钗里面笑狂颠,

　　　　　　　黛玉墙外好惨然;

　　　　　　　看来宝玉把我骗,

　　　　　　　怎不叫人怒心间。

　　　　宝玉呀!

　　　　(唱)　我只望青梅竹马结良伴,

　　　　　　　我只望两小无猜配凤鸾;

　　　　　　　谁知你丧尽天良心肠变,

惹得我独对冷月心发寒。

既爱姐姐了夙愿，

妹妹一死下黄泉。

宝玉！宝玉！（啜泣不止）

〔宝钗、宝玉同上。

薛宝钗　（唱）　樵楼上三更响久坐不便，宝兄弟，我去了。

贾宝玉　（接唱）　闲暇时常来坐吟诗谈天。

袭人，开门送宝姐姐。

〔袭人开门，黛玉闪在一旁。

薛宝钗　宝兄弟，明天到我们那边玩。

贾宝玉　明天见。

薛宝钗　明天见。

〔宝钗下，黛玉正欲上前，袭人关门，黛玉望门挥泪若有所失。

林黛玉　哎！

（唱）　他二人情依依你推我拉，

林黛玉悲切切独回潇湘。（下）

第四场　葬　花

〔景：大观园一角，沁芳亭边，花木掩映，落英缤纷。

〔幕启：鸳鸯手端衣盘，内放"披风"走上。

鸳　鸯　（唱）　杜宇一声春归去，

芒种节冷雨落红飞；

林姑娘本是多病体，

踏花穿柳送披衣。

昨夜东风，天降冷雨，满园残红，任风飘荡，老太太深怕林姑娘身体孱弱，难受清晨寒气之袭，命我去送"披风"，只得走走了！

（唱）　骨肉至亲情意热，

不生不养冷如铁。（下）

〔林黛玉上。

林黛玉（唱）　披寒衣荷花锄园中前往，

女孩儿心不忍满地花黄。

霎时来在沁芳亭边，你看落红阵阵，到处飘零，这真是
"花落水流红，闲愁万种。"

（接唱）观见那枝头花落好凄怆，

任风吹小溪两岸倍心伤；

想昔日争奇斗艳人欣赏。

想昔日噙芬含芳蝶儿狂。

无情的东风冷雨良心丧，

一夜间收拾了紫艳红香；

（变调）

花儿飘，花儿荡，

飘飘荡荡好凄凉。

花儿花儿莫凄惶，

片片粉泪我心伤！

明年桃李复开放，

来岁闺中难思量。

招魂泪吊同花葬，

来日如海愁茫茫。

（用花帚扫集落花，复拿起花锄掘花墓，面对扫好的花
堆）

林黛玉　唉！落花，落花！我把你埋葬起来，免得你到处飘零，
被污泥臭水沾染了你的洁净呀！

（唱）　手把花锄心凄惨，

红消香断有谁怜；

怪侬底事泪暗弹，

花谢容易花开难。

质本洁来还洁返，

秦腔

红楼梦

HONGLOUMENG

强如污浊陷泥潭；

　　　　一杯净土风流掩，

　　　　莫叫飘泊似红颜。

　〔宝玉在假山坡出现,怀中抱满落花,闻声止步。

林黛玉　（唱）　放下花锄把花葬,

　　　　（以手掬花送墓）

　　　　（唱）　片片落花寸寸肠。

　　　　　　　把你清白归天葬,

　　　　　　　未料红颜何下场？

　　　（埋土成丘,万感交集,不觉失声痛苦）

　　　（滚白）我叫叫一声落花,落花呀！薄命的落花呀！当你含芬盛开之时,万人欣赏,蝶舞蜂狂,一旦红颜丧去,香残妍消,任风飘荡。唉！观花自顾,好不凄凉呀！

　　　　（唱）　你今丧去侬收葬,

　　　　　　　未卜侬身何日丧？

　　　　　　　侬今葬花人笑痴,

　　　　　　　他年葬侬知是谁？

　　　　　　　试看春残花渐落,

　　　　　　　便是红颜老死时。

　　　　　　　一朝春尽红颜老,

　　　　　　　花落人亡两不知。

贾宝玉　（不禁感动失手,挥泪）唉！

　　　　（怀中落花撒了一地）

林黛玉　唉！谁在叹气？人人都笑我有痴病,难道还有一个痴子不成？（一回头,见宝玉走至面前）啐！我当是谁,原是你这个短命的。（忽觉不妥,拾锄走去）

贾宝玉　（追喊）林妹妹！

　　〔黛玉不理,仍走,被宝玉拉住。

贾宝玉　林妹妹,林妹妹！

林黛玉　你放手！（仍然走去）

贾宝玉	（追拉）林妹妹，你为何又生我的气？（几乎哭出来）
林黛玉	（略有感动，故作无事）你放手，从今向后，我们谁也不用理谁。（又欲摔袖走去）
贾宝玉	（伤心绝望的）你不愿理我也好，你且站立片刻，我只说一句话。
林黛玉	说一句，请说来！
贾宝玉	（凑近些）要是两句话你听不听？ （黛玉回身就走，宝玉不觉脱口说出）唉，既有今日，何必当初？
林黛玉	（触动情怀，回头站住）当初怎样？今日又怎样？
贾宝玉	（唱）　林妹妹今日对我错相待， 　　　　想起了儿时情景泪满腮； 　　　　不记你当年初到我府来， 　　　　我与你青梅竹马两无猜。 　　　　只为你椿萱早丧少慈爱， 　　　　我对你如同兄妹挂心怀； 　　　　我二人同桌同食同穿戴， 　　　　我二人同戏同耍不离开。 　　　　忘不了清草池边作钓台， 　　　　忘不了沁芳亭畔论诗才； 　　　　忘不了稻香黄昏把瓜卖， 　　　　你与我双双归来露湿鞋。 　　　　这儿时情景历历今犹在， 　　　　你为何人大心大性儿乖； 　　　　把宝玉不瞅不理又不睬， 　　　　似这样避避躲躲太不该。 　　　　我求你菩萨心肠发慈悲， 　　　　降玉旨赐我一死也痛快。
林黛玉	你自己做的事，你自己明白，何必问我呢？
贾宝玉	啊！林妹妹，我真的不明白？
林黛玉	你莫要诳傻子呀！

（唱）　心如明镜装不解，
　　　　看黛玉傻笨似痴呆？
贾宝玉　（唱）　妹妹聪明人敬爱，
　　　　有话不讲太不该；
　　　　不念宝玉猜不解，
　　　　当念你呕气精神衰。
　　　　我哪里对你错相待，
　　　　打我骂我把口开。
林黛玉　（唱）　黛玉背身泪满腮，
　　　　哥哥言语动心怀；
　　　　我问你那晚约我来，
　　　　为何丫环门不开？
贾宝玉　啊呀！竟有这样事，我一点也不知道，那晚宝姐姐走后，我还对袭人说过等你不来，无怪乎第二天紫鹃送来你替我补写的功课，实实不知道妹妹来过，丫环们也不开门。
林黛玉　你真的不知道？
贾宝玉　我要是知道，立刻就死。
林黛玉　啐！有就有，没有就没有，大清一早，何必死呀活呀地起誓呢？
贾宝玉　我怕妹妹不相信，我去问他们去。（欲走，黛玉拦住）
林黛玉　其实也没有什么，幸亏得罪的是我，还不要紧，要是明天得罪了甚么宝姑娘、贝姑娘，事情就可大了。
贾宝玉　林妹妹，你又来打趣我。
林黛玉　（笑了）啐！
贾宝玉　（高兴地）妹妹笑了！
　　　　（唱）　见妹妹发笑愁眉展，
　　　　不由宝玉喜心间；
　　　　我不知与她有何缘？
　　　　喜怒相同心相连。
　　　　（拉黛玉手）咱们即刻就去看老祖宗去！

（唱）　兄妹请安把手挽，

林黛玉　（唱）　幸喜今日解疑团。

（同下）

第五场　诉　情

〔景：潇湘馆后院，露出园门一角，一带粉垣，种植数株
　　芭蕉，右端通怡红院，门前翠竹成荫，竹丛旁有一
　　张石桌，几个石凳。

〔幕启：紫鹃持拂尘上。

紫　鹃　（唱）　仲夏炎热人不爽，
　　　　　　　姑娘吩咐要乘凉；
　　　　　　　手持拂尘后院往，
　　　　　　　打扫安排走一场。（拂尘）

〔林黛玉上。

林黛玉　（唱）　精心剪就香袋样，
　　　　　　　为表情意刺绣忙。

紫　鹃　姑娘到了，这里翠竹成荫，和风阵阵，比屋内凉爽得多
　　　　了，快快坐下。

林黛玉　（坐）果真凉爽，紫鹃，你与我拿茶来呀！

紫　鹃　是。（下）

林黛玉　（唱）　忙抽丝，穿针线，
　　　　　　　绣一对鸳鸯戏彩莲；
　　　　　　　经纬贯穿千万遍，
　　　　　　　针针线线密密拴。
　　　　　　　针针含我情一片，
　　　　　　　线线表我意缠绵；
　　　　　　　霎时只觉手指倦，
　　　　　　　收拾香袋藏衣间。

（远处送来一阵凄凉的笛声，唱和声）

（幕内唱：只为你如花美眷，似水流年……）

（黛玉闻声凄然，行向竹丛，咳嗽不止）

紫　鹃　（捧茶上，见黛玉站立竹前，忙上前）姑娘，这里地方潮湿，站不得，看受了凉着。

林黛玉　没有什么。（咳嗽）

紫　鹃　（林黛玉）看你又咳嗽成什么样子？姑娘，快回去吧！

（黛玉坐石凳，紫鹃放茶具于桌）

林黛玉　（若有所触）回去，回到哪里去？

紫　鹃　（不解）姑娘！

林黛玉　紫鹃，你也有家吗？（紫鹃点头）在哪里？（紫鹃半晌无言摇头）你没有家？

紫　鹃　嗯，没有爹，没有妈，从小卖到这里。

林黛玉　那你总该知道没有家的人……

紫　鹃　时光好快，我跟姑娘已十年了。

林黛玉　十年了。

紫　鹃　姑娘，你不把我当外人？

林黛玉　我从来有事就未瞒过你。

紫　鹃　你好像有点心事，没有告诉我？

林黛玉　我就是有点心烦，也说不上来。

紫　鹃　（动情地）姑娘！

林黛玉　嗯！

紫　鹃　姑娘，我有话要对你说，我说了你不怪我吗？

林黛玉　甚么话？你说吧！

紫　鹃　姑娘呀！

（唱）　春尽冬来好似梦，

　　　　年华易逝不留情；

　　　　你把主意早拿定，

　　　　何愁病体不减轻。

林黛玉　你说甚么？

紫　鹃　姑娘呀！

	（唱）	常言易寻万两金，
		终生难逢知音人；
		宝二爷与你心相印，
		何不趁早订终身。
林黛玉	（唱）	紫鹃对我情意真，
		看透我心事隐在心；
		假意责她言不逊，
		免得言语贻笑人。

（假怒）紫鹃，是谁教给你这些疯言痴语，竟敢在我面前胡说乱道的。

紫　鹃	（委屈地）姑娘呀！	
	（唱）	姑娘莫要动气愤，
		婢子片言当思忖；
		老祖宗一旦寿命殒，
		人事变迁祸生根。

林黛玉　（深为感动）不用再说了，你让我一个人静一会吧！去吧！

紫　鹃　是！（怅然地下）

〔幕内合唱："只为你如花美眷，似水流年……"

〔黛玉闻歌，感慨系之。

林黛玉	（唱）	女孩儿心事有触动，
		何处送来悲歌声？
		花开花谢春到冬，
		年华如水不留情！
		与宝玉虽然情意重，
		缺少月老订鸳盟。
		寄人篱下叹伶仃，
		心乱如麻怨东风。（啜泣）

〔贾宝玉上。

贾宝玉	（唱）	闻听妹妹哭声痛，
		必然又动思乡情。

林妹妹,好端端的怎么又哭了?

林黛玉　（勉强笑）我何曾哭来?

贾宝玉　你看! 眼睛上的泪珠儿还没有干呢,莫不是想起了爹娘,想起了故乡?

林黛玉　唉! （愈加伤心了）

贾宝玉　妹妹呀!

　　　（唱）　叫妹妹莫要再烦忧,

　　　　　　　听我把话说来由;

　　　　　　　古今谁不进坟墓,

　　　　　　　哪有江河不到头。

　　　　　　　姑丈姑妈去世久,

　　　　　　　为此伤心何日休?

　　　　　　　我为你作伴把书读,

　　　　　　　我为你作伴解烦愁。

　　　　　　　万事万物要看透,

　　　　　　　有我陪你乐悠悠。

林黛玉　（笑）啐!

贾宝玉　真的,林妹妹,从今以后,你不要再伤心了。

　　　　宝玉见黛玉尚有泪痕,从身边摸出一方手帕,欲替黛玉拭泪,黛玉急避开。

林黛玉　你又要死了,又这么动手动脚的。

贾宝玉　（笑）说话忘了情,不觉得动了手,也就顾不得死活。

林黛玉　你死了倒不值什么,只是丢下了人家的“金”,可怎么好呢?

贾宝玉　你又这样说,除非别人说什么“金”甚么“玉”,我心里若有这个想法,天诛地灭,万世不得再变人身。

林黛玉　好没意思,白白地起什么誓呢,谁管你什么“金”甚么“玉”的?

贾宝玉　（沉思半晌）妹妹你放心。

　　　　〔黛玉怔了半晌。

林黛玉　我有什么不放心的,我不明白你这话。

贾宝玉	妹妹呀!
	（唱）　妹妹才华称奇品，
	聪明赛过谢道蕴；
	何必装傻又装笨，
	不信你不懂话中因？
林黛玉	（故意地）我真不懂呀？
贾宝玉	（唱）　只因你对我不相信，
	难怪 多年病缠身。
林黛玉	唉！你越说我越糊涂了。
	（唱）　承蒙关怀记大恩，
	久病与你有何因？
	说什么相信不相信，
	我不懂放心不放心。
贾宝玉	（唱）　妹妹不必紧追问，
	你知我知难起唇。
	（热情地）妹妹！你放心我，你相信我！
林黛玉	（唱）　宝哥哥对我情意真，
	不由黛玉泪沾襟；
	有意衷情表分寸，
	话到口边又沉吟。
	（看了宝生一眼，掩面欲走）
贾宝玉	（上前）林妹妹！我还有一句话要对你说。
林黛玉	不用说了，你的话，我都知情。（掩面疾下）
贾宝玉	（陷入情网，出神地）知道……我的话，她都知道。
	〔袭人上。
袭　人	宝二爷！
贾宝玉	（误为黛玉）妹妹呀！
	（唱）　我为你相思日日深，
	如痴如呆掉三魂。
	梦中呼你声阵阵，
	丫环唤醒羞煞人。

満腔隐衷藏得紧，

未敢倾吐告他人；

今天大胆对你说，

纵然一死也甘心。

袭　人　（惊住）啊！观见二爷喃喃自语，少魂失魄的样子，想必是又为了林姑娘，唉！看他们这样下去，倒怕将来免不了作出什么事来。（上前）二爷！你是怎么了？

贾宝玉　（痴犹未醒，拉袭人手）妹妹！

袭　人　我是袭人。

贾宝玉　妹妹！

袭　人　我是袭人，你林妹妹已走了！

贾宝玉　（神智清醒，满面羞愧）啊！

袭　人　老爷打发人叫你，快去吧！

贾宝玉　（心不在焉）哦，等一等！（欲往潇湘馆）

袭　人　小祖宗，快去吧！再不去，老爷又要生气了。

贾宝玉　唉！

（唱）　我本有心诉衷情，

谁知说与袭人听；

欲往潇湘直言奉，

违抗父命又不能。

霎时心乱神不定，

宝玉陷入两难中。

〔紫鹃上。

紫　鹃　（唱）　忙将茶具收齐整，

宝二爷与我面相迎。

二爷你还未走？

贾宝玉　（计上心来）喔！紫鹃！

（唱）　你对妹妹把话禀，

说我言语未尽情！

老爷有唤急难等，

待我回来说分明。

　　　　　　　紫鹃,这块手帕,你去交给林姑娘。

紫　鹃　交给林姑娘做什么?

贾宝玉　不用问,看到手帕,她自然明白。

袭　人　小祖宗快走吧!(推宝玉)

贾宝玉　(厌烦地)走!走!走!(下,袭人随下)

紫　鹃　(扬帕愕然)她自己明白。

　　　　〔林黛玉上。

林黛玉　(引)　回房情倾倒,

　　　　　　　　归来冷悄悄。

　　　　紫鹃,宝二爷走了?

紫　鹃　走了,言说老爷叫他,等会还要来,临行时,吩咐我把
　　　　这块手帕交给你。

　　　　〔黛玉接手帕。

林黛玉　交给我这块旧手帕为何?

紫　鹃　他说你自己明白。

林黛玉　(视之有顷,有所悟)难为他想得到,可是,私相传递,
　　　　让人知道了,该如何说呢?紫鹃,你给我取笔砚来。

紫　鹃　是!(下)

林黛玉　(唱)　宝哥哥对我情意深,

　　　　　　　　私送手帕订终身;

　　　　　　　　帕上题诗作和韵,

　　　　　　　　随带身边伴晨昏。

　　　　〔紫鹃送上笔砚,放在石桌,黛玉在帕上题诗。

林黛玉　(念)眼中蓄泪泪空垂,

　　　　　　　　暗洒闲抛却为谁?

　　　　　　　　尺幅鲛鮹劳惠赠,

　　　　　　　　为君哪得不伤悲?

紫　鹃　姑娘,我刚才的话?

林黛玉　咳!你又胡说,我要回去吃药了。(咳嗽)

　　　　(唱)　今后不再泪纷纷,

　　　　　　　　当为哥哥保重身。(下)

紫　鹃　（唱）　见他们喜怒不可分，

风云动半晴又半阴；

似这样若即若离、藕断丝连、好歹不分、真真使
人愁闷，

何一日我才得放心。

〔贾宝玉上。

贾宝玉　（唱）　见过爹爹潇湘进，

再与妹妹叙情深。

林妹妹！林妹妹！我又来了。

紫　鹃　宝二爷！

贾宝玉　姑娘呢？

紫　鹃　姑娘回房去了。

贾宝玉　待我前去。（欲走）

紫　鹃　慢着，宝二爷！

（唱）　与姑娘今后多亲近，

她不久便要回家门。

贾宝玉　（一怔）谁回哪个家门？

紫　鹃　你林妹妹就要回苏州去了。

贾宝玉　咳！紫鹃你说什么谎话呀？

（唱）　林妹妹自幼丧双亲，

怎能独自回家门；

你说此话我不信，

老太太要她伴晨昏。

紫　鹃　（唱）　二爷讲话少思忖，

姑娘也有叔伯亲；

年长自当回原郡，

树高叶落终归根。

须知姑娘本姓林，

还故里为的配夫君。

贾宝玉　真的？

紫　鹃　（唱）　道理至明何须问，

	姑娘还乡在明春。
贾宝玉	啊呀！
	（唱）　霎时只觉通天混，
	身不自主倒埃尘。
	（昏倒）
紫　鹃	（跪唤）宝二爷！宝二爷！你怎么了？（呼之不应，惊慌失措）来人呀！来人呀！
	〔袭人、晴雯匆匆跑上。
袭　人 晴　雯	啊！这是怎么回事？二爷，二爷！
袭　人	（对晴雯）你看住他，我回告老太太去。（急下）
紫　鹃 晴　雯	（哭泣地）二爷！二爷！你说话呀？
	〔雪雁扶黛玉上。
林黛玉	（念）　后院闹哄哄，
	前来看分明。
	啊！紫鹃，宝二爷怎么了？
紫　鹃	姑娘，宝二爷不醒人事了！
林黛玉	宝哥哥！宝哥哥！
丫　环	宝二爷，宝二爷！
	〔贾母、王夫人、王熙凤、袭人同上。
贾　母	（唱）　听说宝玉绝了气，
	急往潇湘望一场。
	我的儿，你怎么了？
王夫人	（摸宝玉手）啊！手都凉了！
	（唱）　一见我儿双手凉，
贾　母	我的小孙孙啊！
王夫人	（唱场）宝玉儿呀！娘的儿呀！
王熙凤	宝兄弟，我的宝兄弟呀！
王夫人	（唱）　怎不叫人断肝肠？
	你今一死娘绝望，

秦腔

红楼梦

HONGLOUMENG

　　　　　　　　　我要随你见阎王。

贾宝玉　（唱）　昏沉沉如同临梦境，
　　　　　　　　飘飘荡荡登云空；
　　　　　　　　猛然睁眼来观看，
　　　　　　　　只见众人泪盈盈。

王熙凤　死丫头，你们是怎样服侍二爷的？

紫　鹃　我刚才不过同二爷说了一句玩笑话，二爷霎时眼也直
　　　　了，手脚也冰凉了！

贾　母　你这个小蹄子，还不过去陪不是。

紫　鹃　二爷！

林黛玉　宝哥哥！宝哥哥！

贾宝玉　（闻黛玉声，哇地哭了）啊，林妹妹，要去连我带了去。
　　　　（拉住黛玉）

林黛玉　甚么？

贾宝玉　你不要回去！你不要回去！

贾　母　甚么回去不回去？

紫　鹃　我方才哄他说，林姑娘要回苏州去了。

林黛玉　（又感激，又伤心）你这个死丫头！

贾　母　我当有什么要紧大事，原来是这句玩笑话。（向紫鹃）
　　　　你这个孩子，素日是个伶俐聪明的丫头，你又知他有
　　　　个傻根子，平白哄他做什么？
　　　　〔一小丫头上来回话。

小丫环　回老太太，林之孝家的要来看宝二爷。

贾宝玉　了不得，林家来接林妹妹回去了？

贾　母　（白）我的儿，不是的，是林之孝的媳妇来看你的。

贾宝玉　不，是接林妹妹来的，快打出去。

贾　母　哦！（对众）你们打出去！你们打出去！

林黛玉　宝哥哥，我还能回哪里去？

贾宝玉　林妹妹，你真的不回去？

林黛玉　嗯！

贾　母　我的儿，你只管放心，回去歇了吧！

〔袭人欲扶，宝玉推开。

王熙凤　紫鹃，你扶二爷去！

贾宝玉　林妹妹！

〔众丫环扶宝玉，一拥而下，王夫人心有所悟，唤袭人回来。

王夫人　袭人！（袭人止步）老太太，你也歇歇吧！与宝玉请医服药之事，我来关照袭人就是。

王熙凤　老祖宗！我扶你歇息去吧！（扶贾母下）

王夫人　袭人，你过来！（袭人上前一步）到底怎么一回事？二爷弄成这个样子？

袭　人　也不过是紫鹃的一句玩话。

王夫人　（稍沉吟）还有什么？你只管说来，我看……

袭　人　既然太太问了，我本来要讨太太的主意，只是我怕太太疑心，不但我的话白说了，且连葬身之地都没有了。

王夫人　我的儿，你只管讲。

袭　人　也没有什么别的，只求太太作主想个办法，以后还是叫二爷搬去园外住就好了。

王夫人　啊！宝玉难道和谁作了怪不成？

袭　人　太太呀！

　　　　（唱）　眼前虽无怪事情，
　　　　　　　　难保来日不发生；
　　　　　　　　姊妹年长他任性，
　　　　　　　　叫人日日心担惊。
　　　　　　　　有的丫环像妖精，
　　　　　　　　故作殷勤好奉承；
　　　　　　　　荣国府的声名重，
　　　　　　　　防患未然请酌行。

王夫人　（唱）　难为你一言来提醒，
　　　　　　　　侍侯宝玉好心忠；
　　　　　　　　只要他上进读孔孟，
　　　　　　　　今后对你恩从丰。

袭　人　太太吩咐,敢不尽心。

王夫人　从今以后,休要让宝玉与姊妹们胡闹,还有你说的妖
　　　　精丫环,她是何人?

袭　人　她……(不好意思说出名字)

王夫人　唔!我记起了,上次在园内看见的,水蛇腰,俏肩膀,
　　　　模样有些像林姑娘的,正在屋内骂小丫头,想来就是
　　　　她,她叫什么?

袭　人　叫晴雯,方才还扶着宝二爷的。

王夫人　看她那一股轻薄相,真是妖精一般,我一生最看不惯
　　　　这样的人,好好的宝玉,倘或叫这个蹄子勾引坏了,那
　　　　还了得,明天就打发她走……

袭　人　太太!你真的要……

王夫人　不关你的事。(袭人忙扶)

　　(念)　常言天下父母心,
　　　　　何人不爱他儿孙?(同下)

第六场　训　子

〔景:贾政书房。

〔幕启:一阵笑声,贾政、王尔调、詹光同上。

王尔调　(唱)　名园筑成势巍巍,

詹　光　(唱)　工程精巧设计新。

王尔调　(唱)　天上人间景物备,

詹　光　(唱)　红砖绿瓦映光辉。

　　　　哈哈哈!陪老世翁园中游览一周,其乐无穷,真乃是
　　　　"金门玉户神仙府",

王尔调　"桂殿兰宇贵妃家"。哈哈哈。

贾宝玉　二位过奖了,请坐!

王尔调	谢坐了。
詹　光	

王尔调　老世翁,闻得宝二爷自搬入园中后,文章学问,大有
　　　　进益。

贾　政　哪有进益,不过是略懂得一些,偏是老太太溺爱,搬入
　　　　园中后,只怕又荒废了。

詹　光　这是老世翁过谦的话,不但王大兄这般说,就是我们
　　　　看,宝二爷必是要高发的。

贾　政　这也是诸位过于错爱。

王尔调　晚生还有一句话,不揣冒昧,和老世翁商议?

贾　政　何事?

王尔调　老世翁?

　　　（唱）　宝二爷才貌皆出众,

　　　　　　堪继荣国好门风;

　　　　　　如今弱冠文名盛,

　　　　　　也该择女订鸳盟。

贾　政　（唱）　论年纪也该把亲订,

　　　　　　身为父母也关情;

　　　　　　老太太对此很慎重,

　　　　　　名门乏女选不成。

王尔调　老世翁!

　　　（唱）　晚生世交张志介,

　　　　　　亦曾赣南为道台;

　　　　　　膝下一女闺中待,

　　　　　　羡名争聘求不来。

　　　　　　德容兼备女中才,

　　　　　　世公求媳定可偕;

　　　　　　若肯两家结山海,

　　　　　　晚生牵红线理应该。

贾　政　只是那张大老爷,素来尚未深悉。

詹　光　王大兄所提张家,晚生却也知道,和大老爷那边倒是

秦腔
红楼梦
HONGLOUMENG

旧亲,老世翁一问便知。

贾　政　噢! 待我问过之后,再好商议。

〔小丫环上。

小丫环　(禀)禀老爷,忠顺亲王府内有人来,要见老爷。

贾　政　素日并不与忠顺府来往,今天怎么有人前来? (疑惑)
　　　　有请!

小丫环　是! (下)

王尔调
　　　　王府贵宾来访,晚生暂且回避。
詹　光

〔王尔调、詹光避至内面。

〔王府官上。

贾　政　(迎出)大人到了,请!

王府官　幸会老先生! 请!

　　　　(让坐献茶)

贾　政　不知大人到来,有何见教?

王府官　下官非敢擅造谭府,皆因奉命而来,有事相求,看在王
　　　　爷面上,敢烦老先生做主,不但王爷见情,就是下官辈
　　　　也感谢不尽。

贾　政　(闻言不解)大人既奉王命而来,还请明言,学生好遵
　　　　谕承办。

王府官　(冷笑)好说,岂敢,只用老先生一句话就成了。

贾　政　请大人明言?

王府官　老先生!

　　　　(唱)　敝府伶人名琪官,
　　　　　　　善唱小旦性缠绵,
　　　　　　　往日在府品行端,
　　　　　　　近日出外不回还。
　　　　　　　四处寻找影不见,
　　　　　　　闻听他与令郎贤;
　　　　　　　下官恳求将意转,
　　　　　　　放回琪官感成全。

贾　政　（又惊又气）啊！竟有此事，快与我唤宝玉来！

小　厮　是！（下）

贾　政　大人稍等一时，待我问明犬子。

王府官　多谢老先生。

〔贾宝玉上。

贾宝玉　（唱）　小厮传禀爹爹唤，

　　　　　　　　吓得我胆颤心又寒。

　　　　　参见爹爹！

贾　政　该死的奴才！

　　　　（唱）　一见奴才团团颤，

　　　　　　　　呸！不读诗书惹祸端。

贾宝玉　（一怔）孩儿并无不端之事。

贾　政　（唱）　事到面前还巧辩，

　　　　　　　　是谁勾引小琪官。

　　　　　　　　速将下落讲当面，

　　　　　　　　免我被祸受牵连。

贾宝玉　（敬辩）孩儿实不知此事。

王府官　（冷笑）公子也不必隐瞒，或藏在家，或知其下落，早说
　　　　出来，我们也少受些辛苦，就感公子之德！

贾宝玉　我实不知，想是大人弄错了。

王府官　如今证据都有了，若是定要当着老先生面前说出来，
　　　　怕与公子不便。

贾宝玉　（犹疑）大人既已知道底细，如何连他们置买房舍的这
　　　　件事，倒不晓得了？闻听他如今在东郊，有个什么紫
　　　　坛堡，买了几亩田，几间房子，想是就住在那里，也说
　　　　不定？

王府官　这样说，一定是在那里了，我且找一回，若有了便罢，
　　　　若没有，再来请教。老先生，下官告辞了。

贾　政　（怔意初醒）喔！送大人！

王府官　不敢劳动老先生。（下）

〔宝玉欲趁机走脱，被贾政回身喝住。

贾　政　站住？我问你，忠顺王府的戏子，你如何认识？

贾宝玉　也不过在冯世兄那边见过一面。

贾　政　不长进的畜生！

　　　　（唱）　不图发奋将功用，

　　　　　　　　交识戏子辱门庭；

　　　　　　　　平白无故把事生，

　　　　　　　　我问你醒情不醒情？

贾宝玉　（欲辩）老爷，此事……

贾　政　（唱）　休再强词来诡辩，

　　　　　　　　思过悔改理当然。

　　　　　　　　近日可习八股卷，

　　　　　　　　速快拿来我点圈。

贾宝玉　未曾做过文章，只做了几首诗词。

贾　政　来人！

小　厮　老爷！

贾　政　把宝二爷的窗课与我取来。

小　厮　是！（下）

　　　　〔王尔调、詹光同上。

王尔调　（引）世翁查课要训子，

詹　光　（引）从中调停免是非。

王尔调　老世翁，忠顺王府来人，为了何事？

贾　政　咳！一言难尽，请坐！

王尔调
　　　　（坐）老世翁，要查问宝二爷的功课？
詹　光

贾　政　嗯！（对宝玉）我再问你，上次我选出四五十篇八股文
　　　　章，你一共读熟了几篇。

　　　　〔贾宝玉低头不语。

贾　政　可能背过十篇？

　　　　〔宝玉摇头。

贾　政　也罢，你就先背一篇来。

贾宝玉　老爷！

贾　政	怎样?
贾宝玉	孩儿实在未曾读熟。
贾　政	为什么?
贾宝玉	这些文章,空疏无用,无非拿来骗取功名。
贾　政	好畜生!你!
王尔调 詹　光	老世翁息怒!

〔小厮取来宝玉窗课。

小　厮	二爷,可是这个?(宝玉欲接,被贾政阻住)
贾　政	拿来我看!(小厮交与贾政)四时即事诗。
王尔调	妙极,妙极!清新得很。
贾　政	(愈看愈气)畜生!这是什么!
贾宝玉	是一篇祭文。
贾　政	我知道是祭文……亲昵狎亵,相与共处……我只问你 这芙蓉女儿是谁?讲!
贾宝玉	爹爹容禀了!

　　（唱）　芙蓉女儿非别人,
　　　　　　儿身边侍婢名晴雯。

贾　政	晴雯为何死的?竟使你这样痛心愤慨?
贾宝玉	（唱）　她刚劲爽朗非凡品,

　　　　　　太太一怒摔出门。
　　　　　　可怜她含屈难争论,
　　　　　　出府带病即断魂!

贾　政	(愈听愈生气)畜生!

　　（唱）　畜生讲话太放荡,
　　　　　　竟为丫环辩屈枉;
　　　　　　不怪她轻薄妖精样,
　　　　　　隐言恶语把娘伤!
　　　　　　分明做下事肮脏,
　　　　　　还要凭吊哭断肠!
　　　　　　主仆名份全不想,

祭文暧昧太荒唐。

结交戏子辱书香，

下流之辈聚一堂；

功名前程抛云上，

仕途经济搁一旁。

毁圣谤贤廉耻丧，

不肖种种世无双；

我家不要这孽障，

玷辱先人坏门墙。

人来，拿板子来！（小厮递板子）把门关上，有人传讯到内面去，立刻打死！

王尔调　（劝阻）老世翁！
詹　光

〔贾政豁开众人，举大板责宝玉，宝玉跌扑呼叫。

王尔调　（急挡）老世翁，算了吧！
詹　光

贾　政　（怒不可遏）莫要阻拦，今日要有人劝我，我把这官带家私，都交与他和宝玉过去，我免不得做个罪人，把这几根烦恼鬓发剃去，找个干净地方，也免得玷辱先人，败坏门风。（又欲打，王夫人急上撞门）

王夫人　老爷！老爷！（碰门）

贾　政　不许开门！

〔众人开门，王夫人冲进，门客急避下。

王夫人　老爷！老爷！你，你！（抱贾政）你打宝玉我心痛！（放声哭）

贾　政　哼！都是你们平日把他宠成这样子，我不训教，将来还要杀父弑母不成……

王夫人　（疯了似的把宝玉抱在怀中）苦命的儿呀！

（唱）　怀抱娇儿两泪汪，

娘的儿呀！

（唱）　心痛如割断寸肠；

你父凶残良心丧，

直逼母子见阎王。

你哥哥早死空抓养，

留你一根也挖光；

看来灭门儿命丧，

未料落下这下场。

你要摔走话别讲，

我母子讨饭逃他乡。

（哭）儿呀！娘的心肝！

（贾政见状，不觉酸了心，板子从手中落下，泪如雨下）

贾　政　（唱）　见夫人哭得好伤惨，

倒叫贾政暗心酸；

低头不语归书案，

闷闷不语坐一边。

〔内喊："老太太到！"

〔鸳鸯扶贾母，王熙凤、袭人随后同上。

贾　母　（边走边说）先打死我，先打死我！（喘息地，颤巍巍）

打死我，再打死他，就干净了。

〔贾政急迎上前。

贾　政　啊！太热的天，老太太有什么吩咐。何必自己走来？

只要叫儿子进去便了。

贾　母　（厉声）贾政！

（唱）　见情形我把贾政怨，

你还认我来交言；

怪我生下不孝男，

该问何处诉屈冤。

（瞥了宝玉一眼，掩面痛哭）

贾　政　（含泪跪倒）唉！我的老娘亲！

（唱）　叫老娘不必泪悲啼，

听儿把话说仔细；

只因宝玉不争气，

365

　　　　　　　专爱游荡惹是非。
　　　　　　　打他原为成大器，
　　　　　　　为的耀祖光门楣；
　　　　　　　母亲出言当不起，
　　　　　　　娇惯孙儿有何益。

贾　母　哼！
　　　（唱）　说什么出言当不起，
　　　　　　　有意冲撞没道理！
　　　　　　　你当年也曾好嬉戏，
　　　　　　　吟花弄月夜不归。
　　　　　　　你父何曾打过你，
　　　　　　　狠毒凶残为怎的？

贾　政　（唱）　还望母亲莫生气，
　　　　　　　深怪孩儿一时急。
　　　　　　　今日定遵娘的语，
　　　　　　　再不教训小东西。

贾　母　（冷笑）嗯！
　　　（唱）　何必与我来赌气，
　　　　　　　宝玉原是你养的。
　　　　　　　打死骂活全由你，
　　　　　　　我娘儿同把南京归。
　　　　（向鸳鸯）叫人看轿，我和你太太、宝玉儿，立刻回南
　　　　京去！快去！

鸳　鸯　是！（不动）

贾　政　母亲如此说，儿子无立足之地了？

贾　母　（冷笑）分明你使我无立足之地，你反说起我来，只要
　　　　我们回去了，你心内干净，看有谁不许你打！（向鸳
　　　　鸯）还不快打点行李，准备车辆轿马。（看宝玉）

贾　政　（连连叩首）老太太息怒，儿子下次再不敢了。

贾　母　咳！打得如此样子，宝玉，我苦命的儿呀！

王熙凤　老祖宗，你也别生气了，老爷原也是好意。

贾　母　儿子不好,原是要管的,只不该打成这个样子。

贾　政　原是儿子不好。母亲歇了吧!

王熙凤　快请王太医来看看。

王夫人　袭人快扶他回去。

贾宝玉　(呻吟,痛苦)哎呀!

〔众扶宝玉下,贾政见贾母怒气未消,也起身欲跟随,
贾母回身。

贾　母　你还跟来做什么? 难道心还不足,还要看着他死去不
成! (忿然下)

贾　政　(诺诺连声,痛苦万状)唉! 正是:

(念)　　只为训子列朝庭,

惹得心酸百感生。(下)

第七场　晴　赠

〔景:同第二场。

〔幕启:宝玉卧在床上,袭人在旁打扇,宝玉不时呻吟,
桌上灯光昏黄,室内十分沉闷。

贾宝玉　袭人姐姐! 拿酸梅汤来,我渴得要紧!

袭　人　(温顺的)二爷! 酸梅汤吃不得,那是收汗的东西,吃
了它,热毒热血结在心里,还会弄出大病来的,要喝,
我与你取香露茶喝(取桌上香露茶与宝玉用匙灌)。

袭　人　到底为了什么? 下这般毒手,打到这地步。

贾宝玉　不过为了那些事,问它做什么?

袭　人　咳! 你但肯听我一句话,也不致如此。幸而没有伤筋
骨,倘或打成残废,可叫人该怎的? (送茶具于桌,紧
坐宝玉身旁挥扇)

贾宝玉　你又紧坐在我身旁做什么? 既然要防嫌疑,你们都不
要理我,难道你不是女孩儿? 倘或被人看见,岂不又

生口舌,快出去吧!

袭　人　看你又发呆脾气,我是太太叫我服侍你的!

贾宝玉　哼!你是太太叫来服侍我的,难道晴雯就不是太太叫来服侍我的?我看今后你们谁也不用服侍我,就让我一个孤鬼似的躺在这里好了。

袭　人　这有什么难过,只要你以后好好读书……

贾宝玉　(厌烦,摇手)不用说了!

(唱)　月色暗淡照小窗,

独卧病榻好凄凉;

回肠九转难思想,

但盼妹妹临病床。

唉!余热未退气不爽,

何劳望我她心伤;

自己作孽自惆怅,

不觉恹恹入梦乡。

〔薛宝钗上。

薛宝钗　(唱)　为表曲衷把他访,

怡红院送药奔走忙。

袭　人　宝姑娘来了!

薛宝钗　这会可好了些?

袭　人　多谢姑娘惦念,宝二爷好一些了。

薛宝钗　这个丸药,专治伤痛,只要用酒研开,替他敷上,把那瘀血热毒散开就好了。(上前)宝兄弟!

贾宝玉　宝姊姊!

薛宝钗　唉!早听人一句话,也不至有今日,(对袭人)怎么好好的动了这大的气,就打起来?

袭　人　这!唉!只有他自己明白。

薛宝钗　宝兄弟!你好好静养吧,等一会把药敷上了,就会好的,我明天再来看你。(走)

袭　人　(送)又要姑娘费心!

薛宝钗　这有什么,你只劝他好生静养,不要再胡思乱想,他要什么吃的、玩的,你悄悄往我那里去取,不必惊动老太太她们了。

袭　人　是。宝姑娘慢走。

薛宝钗　啊呀! 我倒忘了,我带来一只戒指给你。(由指上卸下与袭人)

袭　人　(接戒指)多谢宝姑娘。我是却之不恭,受之有愧!

薛宝钗　一点小东西,还谢什么,快收了。(下)

袭　人　(唱)　宝姑娘送药兼访问,
　　　　　　　　赠我戒指见情真;
　　　　　　　　常言道好心要拿好心敬,
　　　　　　　　为报好心禀夫人。(下)

贾宝玉　(梦臆)林妹妹! 林妹妹!
　　　　(翻身)
　　　　〔林黛玉上。

林黛玉　(唱)　哥哥遭刑珠泪滚,
　　　　　　　　盼到黄昏亲临门;
　　　　　　　　悔熬采药黄金尽,
　　　　　　　　一片至诚表寸心。
　　　　(坐宝玉榻旁,心痛啜泣不止)

贾宝玉　(闻泣声睁眼)啊! 是你!
　　　　(忍痛坐起,黛玉忙扶住,相对无语——冷场)

贾宝玉　(埋怨地)唉! 谁叫你跑了来?
　　　　虽然太阳落山了,那地上的余热还未退,若受了暑,如何是好?

林黛玉　(明知安慰自己,倍加感动,抽噎地)宝……哥……哥……

贾宝玉　我虽然挨了打,其实也不很痛,原是故意装样子哄他们的,你不可认真了。

林黛玉　(千言万语无从诉起)你可都改了吧!

贾宝玉　你放心,为了这些事,就是把我打死了,我也决不后悔!

秦腔
红楼梦
HONGLOUMENG

369

王熙凤　（内喊）袭人，老祖宗来了。

林黛玉　（忙站起来）凤姐来了，我从套间去了，回头再来看你。

贾宝玉　（一把拉住）这又奇了，好好的怎么又怕起她了？

林黛玉　（着急指眼睛）你瞧瞧我的眼睛，给她看见，又该取笑
　　　　开心了。

　　　　〔宝玉放黛玉走。

　　　　〔贾母、王夫人、王熙凤、袭人同上。

贾　母　（唱）　宝玉遭打伤势重，

王熙凤　（唱）　宝妹仙药万般灵；

王夫人　（唱）　但愿岐黄有效用，

袭　人　（唱）　妙手回春庆再生。

王熙凤　老祖宗、太太看你来了。

　　　　〔宝玉欲坐起。

贾　母　（按宝身）我的孙儿！你躺下吧！
　　　　此刻怎么样了？

贾宝玉　好些了。嗳哟？

王夫人　袭人！你扶他进去，把宝姑娘的丸药替他敷上吧？

袭　人　是！（扶宝玉下）

贾　母　（看着宝玉进去）唉！俗语说："虎毒不食儿"，他老子
　　　　竟把他打得这样。

王熙凤　老太太放心，宝兄弟敷了药，静养几天就会好的。

王夫人　也亏了宝丫头想得周到。

贾　母　宝丫头如此贤惠，真是难得，我看家里这些女孩子都
　　　　不如她。

王夫人　老太太！
　　　　（唱）　猛然想起事一桩。

贾　母　什么事？

王夫人　（唱）　宝玉已非小儿郎，
　　　　　　　　看他放荡不成样，
　　　　　　　　不如及早配妻房。
　　　　　　　　闺阁殷勤常劝讲，

安安顺顺读文章；

老爷也把宽心放，

何愁恨铁不成钢？

重孙早抱多欢畅，

四世同堂乐无疆。

贾　母　唔！

（唱）　此事我心亦常想，

宝玉理该娶妻房；

四处择亲不妥当，

延至今日难配双。

王熙凤　（笑）嘻！

贾　母　凤丫头，你笑什么？

王熙凤　老祖宗！

（唱）　不是熙凤把口夸，

天配良缘在咱家。

贾　母　（不解地）在咱家？

王熙凤　（唱）　宝妹端庄人潇洒，

何用别处找名花？

一个宝玉，一个金锁，老祖宗怎么忘了？

贾　母　（唱）　我心中原也这样想，

谁知过后把事忘；

凤丫头提说我明亮，

我心中早有此主张。

想黛玉聪明我看上，

怕只怕孱弱寿不长；

若论稳重又端庄，

唯有宝钗最相当。

王熙凤　（拍手称赞）老祖宗说得对呀！

（唱）　宝妹妹贤德人共仰，

尊上睦下妇德张；

贵妃娘娘也夸奖，

全玉相配天成双。

王夫人　好呀!

（唱）　我的心思一般样,
　　　　但不知姨妈何主张?

王熙凤　太太呀!

（唱）　姨妈有我从中讲,
　　　　包管淑女归才郎。

贾　母　凤丫头真会讲话,我心高兴,但不知老爷可曾愿意吗?
〔贾政上。

贾　政　（念）　蒙思擢升多重用,
　　　　　　　　忙见娘亲禀分明。

参见母亲!

贾　母　你朝驾回来了,快快坐了。

贾　政　孩儿告坐。启禀母亲,孩儿升迁了。

贾　母　什么又升官了? 帘内帘外?

贾　政　江西粮道之职,此缺非寻常之人所能得,只是母老儿幼,奔走外任,儿心中实觉不安了。

（唱）　万岁爷他观俺为官清正,
　　　　降圣旨江西省管辖百姓;
　　　　众同僚言高升举额加庆,
　　　　一个个约酒宴为儿钱行。
　　　　按理说祖德厚皇恩深重,
　　　　既耀祖又扬亲敢不尽忠;
　　　　思想起母年老堂前少奉,
　　　　不由人赴任前又感伤情。

贾　母　（唱）　闻听我儿把官升,
　　　　　　　　即日奉旨要起程;
　　　　　　　　母子临别心中痛,
　　　　　　　　有话相商你当听。

贾　政　老太太有话,尽管吩咐。

贾　母　（哽咽）唉!

（唱）　　为娘年迈已古稀，
　　　　　偏你奉命赴江西；
　　　　　风中残烛命无几，
　　　　　怎不叫人泪悲啼。
　　　　　临行一言告诉你，
　　　　　宝玉宝钗结连理；
　　　　　一免在外常生气，
　　　　　二免宝玉惹是非。
　　　　　我等相商皆合意，
　　　　　不知你对此依不依？

贾　政　母亲！
　　　（唱）　　一切但请娘作主，
　　　　　　　为儿怎敢不从依；
　　　　　　　深悔难兄成大礼，
　　　　　　　但愿婚配两相宜。
　　　　母亲作主不会错的，只是不知姨太太那边可也愿意？

贾　母　只要你愿意了，姨太太那边，我和你媳妇亲自去求，没
　　　　有不成的。

贾　政　宝玉可好一点了？

袭　人　回老爷，宝二爷自敷了宝姑娘拿来的伤药后，痛楚已
　　　　轻，如今安睡床上。

贾　母　但愿他早日痊愈，就可成亲了。

贾　政　母亲，孩儿告退！

贾　母　你自便吧！

贾　政　（打躬退后）正是；
　　　　（念）　　江西赴任待走马，
　　　　　　　　临别匆匆心如麻。（下）

袭　人　（跪下）老太太！这话本来奴才不敢说的，如今因为没
　　　　有法子了。

贾　母　什么事？你说吧！

袭　人　宝二爷的亲事，老太太、太太既是定了宝姑娘，自然是

一件极好的事,不过老太太和太太要仔细思量,宝二爷和宝姑娘好呢?还是和林姑娘好呢?

贾　母　宝玉和林姑娘自小在一起,自然和林丫头要好些。

袭　人　好得多呢。

王夫人　怎么?

袭　人　(唱)　他们诗帕私授受,

两人心意早相投;

与宝钗成亲真情露,

宝二爷恐怕不干休。

贾　母　啊!

(唱)　　袭人讲话有来由,

此事叫人心担忧;

金玉良缘费绸缪,

只怕他不舍林丫头。

这可叫人为难了!

王夫人　(对袭人)你且站起来,我们从长计议。

王熙凤　此事难倒不难,我有个主意在此。

贾　母　什么主意?你快说来!

王熙凤　依我说,只有一个"掉包"之计!

王夫人　什么"掉包"?

王熙凤　袭人留下,其他人退下!

众丫环　是。(同下)

王熙凤　老祖宗,太太!我们不如一面向姨妈提亲,择日成婚,一面告诉宝玉,说是老爷作主,给你娶林妹妹了,并将他移到老祖宗上房养伤,就说不满百日不许见人,不许外出。我们就在这百天内选定吉期,将宝妹妹娶了过来,待他们成婚之后,宝玉即有不依,也是"木已成舟",况且老爷之命,谅他不敢违抗,岂不是一个很好的"掉包"之计?

〔袭人喜。

贾　母　也罢了!只是委屈了宝丫头。

王夫人　还有那一个,也不能让她知道。

王熙凤　(向外)进来!(众丫环上)你们大家听着,宝二爷定亲的事,不许乱说,如若有人溜嘴胡说,可要当心我……

众丫环　我们不敢。

王熙凤　下去!

〔众丫环下。

贾　母　我们再去看看宝玉好一点没有?

王熙凤　老太太,时候不早了,请先回去吧! 等我把刚才的话向宝兄弟说说,再来回老太太、太太的话。

贾　母　这样也好。

(贾母、王夫人走,袭人持灯送出,熙凤入内而去)

傻丫头　(跪上)袭人姐姐! 今后我们更热闹了,又是宝姑娘,又是宝二奶奶,你说我们到底该叫她什么?

袭　人　咳! 不要胡说,小心凤奶奶听见。

〔王熙凤咳嗽,转出。

袭　人　闭口! 凤奶奶来了!

〔傻丫头怔在一旁。

王熙凤　(上听见)哎! 你们在说什么?(打傻丫头一耳光)

(唱)　傻丫头竟敢不听命,
　　　　溜嘴胡说把事生。
　　　　哼! 方才对你怎样吩咐的? 下次再见你胡说,
　　　　攮了出去。(怒下)

袭　人　二奶奶,外面黑了,我掌灯送你回去。

王熙凤　(怒气未息)不用!(匆匆下)

袭　人　(对傻丫头)哭什么? 快快回去,我还要侍侯二爷。

傻丫头　说一句话,就打!(仍哭,袭人劝之不听,转身下)

林黛玉　(从后院过来)

(唱)　耳听前面哭声动,
　　　　怨怨诉诉听不清;
　　　　轻移莲步穿花径,

丫环为何泪盈盈？

唉！你好好的为什么在此啼哭？

傻丫头 林姑娘呀！请你评评这个理。他们整天说话，就不许我说，我说了一句话，连二奶奶就打我，你看我可怜不可怜？

林黛玉 你说的什么话？

傻丫头 就是为了宝二爷娶宝姑娘的事。

林黛玉 （一怔，觉得没有听清）你说什么？

傻丫头 宝二爷娶宝姑娘的事。

林黛玉 （变色）那为什么要打你？

傻丫头 方才老太太她们在说宝二爷要娶宝姑娘，可是不知为什么不许我们传出去，其实我又没有往外说，只问袭人姐姐，将来娶过门来，倒叫宝姑娘呀，还是叫宝二奶奶呀？连二奶奶就打了我一个嘴巴，还说，我再胡说，就要把我撵出去。

林黛玉 （怔怔地听着）你快不要再说了，当心人家听见，又要打你了。（黛玉一阵阵难过，立脚不住，靠在门上）

傻丫头 啊！林姑娘，你怎么了？

紫　鹃 （持灯笼上）姑娘！姑娘！啊！姑娘，你怎么了？

林黛玉 （惨笑）哈哈哈……（继而吐血）

紫　鹃 啊！血！血！姑娘，快回去吧！

林黛玉 啊！这就是我该回去的时候了，哈哈哈……（脚步踉跄）

紫　鹃 姑娘！你……

林黛玉 我找宝玉去……

紫　鹃 夜深了，明天去吧！（扶黛玉下）

傻丫头 （莫名其妙）林姑娘笑得好高兴呀！

第八场　焚　诗

〔景：潇湘馆一阵冷风,窗外竹影摇动,屋中景象萧条。

〔幕启：黛玉在病榻上睡着,紫鹃在一旁熬药,雪雁因连夜辛苦,依在榻旁打瞌睡。

〔冷场片刻,目的在加重沉郁气氛,继而由远处传来凄凉的声音。

〔幕内合唱：

> 试看春残花渐落,
>
> 便是红颜老死时。
>
> 一朝春尽红颜老,
>
> 花落人亡两不知。

紫　鹃　（闻歌有所感触,长叹一声）唉！

（唱）　一盏孤灯昏又黄,

何处歌声好凄凉?

回头我把姑娘望,

奄奄一息好悲伤!

林黛玉　（梦呓）宝玉！宝玉！

紫　鹃　（唱）　可怜她梦中犹痴想,

宝玉宝玉唤声忙。

我心中发急怨上苍,

何时春归起鸳鸯。

〔黛玉一阵咳嗽,惊醒了雪雁。

雪　雁　姑娘！姑娘！

紫　鹃　（走近榻前）姑娘！

林黛玉　（挣扎要起身,雪雁、紫鹃扶起）什么时候了?

紫　鹃　天色已黑了。

林黛玉　唉！宝玉又不会来了！

（唱）　一病缠绵潇湘冷，

（向窗外望）

（唱）　窗外楼火点点红。

　　　　望眼欲穿成画饼，

宝玉呀！

（唱）　断魂寂寞恨无穷！

（滚白）我叫叫一声宝玉！宝玉！

我的哥哥呀！想你我幼结良伴，两相情关，曾不记花前月下，并肩携手，两小无猜，亲亲切切，何言不语，何情不诉？哎！宝玉呀！你纵然要娶宝姐姐，也当念你我旧情，望我一遭了！

（唱）　想从前初入贾府门，

　　　　与宝玉相爱又相亲；

　　　　青梅竹马心意顺，

　　　　唯望生死不离分。

　　　　他为我操心苦受尽，

　　　　我为他伤悲五更深；

　　　　他为我被打鲜血淋，

　　　　我为他染病整三春。

　　　　想儿时情景泪难忍，

　　　　思今日凄凉欲断魂；

　　　　但愿哥哥亲来临，

　　　　即是一死也甘心。

（惨呼）宝玉，宝玉！

紫　鹃　姑娘！莫要伤心，宝二爷伤势未愈，如今搬住老太太上房养伤，怎的能看你来。

林黛玉　紫鹃！不要瞒我，我早就知道了！

雪　雁　姑娘，你还是静静躺一会儿吧！

林黛玉　不！我要靠着坐一会。

〔紫鹃取药来。

紫　鹃	姑娘吃药吧！
林黛玉	不用吃。
紫　鹃	姑娘,你何苦如此,害了病,药总是要吃的。
林黛玉	紫鹃,我的病是不会好了,用不着再喝这苦水,早点死了,倒也干净。
紫　鹃	姑娘,你好歹喝上两口吧!

〔黛玉无法,喝了两口,一阵咳嗽,把药全吐出来。

雪　雁	姑娘! 姑娘!
紫　鹃	

〔黛玉喘息不已,紫鹃、雪雁不觉手忙脚乱,赶紧揉胸拍背,好一会儿,黛玉喘息稍平。

〔紫鹃暗拉雪雁。

紫　鹃	雪雁! 姑娘神色不对,我去回老太太去!
雪　雁	(惊怕)紫鹃姐姐,你要快点回来。
林黛玉	紫鹃,你们说什么?
紫　鹃	喔! 没说什么。我说我去请宝二爷去。
雪　雁	是的,请宝二爷来看姑娘。
林黛玉	事到如今,不去也罢。
紫　鹃	姑娘,还是让我再去一趟! (看了看黛玉,含泪下)
雪　雁	姑娘,你要保重了!
林黛玉	雪雁,你好几晚没有睡了,只管自去歇息吧!
雪　雁	不,我没有倦,我要在这里陪伴姑娘哩!
林黛玉	(深为感动)雪雁呀!
	(唱)　你扬城随我到如今,
	曾无一日离我身;
	看来主仆各有份,
	情问姊妹骨肉亲。
	临终一言对我论,
	干净尸体送家门。
	我箱中还余三百金,
	给紫鹃与你去赎身。

〔雪雁闻言，不觉心中大痛。

雪　雁　姑娘！（扑向黛玉，抱头大哭）

紫　鹃　（上唱）姑娘染病无人问，

　　　　　　　人情如纸冷透心；

　　　　　　　满腹不平心怀愤，

　　　　　　　见了雪雁说原因。

　　　　（进门见雪雁哭倒榻边）

林黛玉　紫鹃！你回来了？宝二爷来不来？

紫　鹃　宝二爷！他……（不忍说出）

林黛玉　他不愿来，是不是？

紫　鹃　不！宝二爷……（哭）

林黛玉　紫鹃！你哭了！

紫　鹃　（急拭泪）我、我没有哭。

林黛玉　你不用哄我。

　　　　〔远远传来一阵吹打乐器之声。

林黛玉　你们听，这是什么声音？

　　　　〔紫鹃、雪雁默然不语。

林黛玉　这……这就是宝玉娶宝姊姊的音乐声。（一阵咳嗽，

　　　　吐出血来）

紫　鹃　啊！血！血！快不要胡思乱想了，好好安歇一会。

　　　　〔两人扶黛玉睡下，黛玉昏然睡去。

雪　雁　姑娘！姑娘！（黛玉不应）

紫　鹃　啊！姑娘倦倒了，不要打扰，叫她好好睡一会。

雪　雁　（低唱）紫鹃姐姐！你到底见了宝二爷没有？

紫　鹃　唉！

雪　雁　宝二爷怎么样？

紫　鹃　他真的要娶亲了，别人早都知道了，就是瞒着我们

　　　　这里。

雪　雁　是宝姑娘？

　　　　〔紫鹃点头。

雪　雁　可该害这一个的命了。

（唱）　孤伶伶有苦无处伸，
　　　　眼看姑娘命归阴。（同哭）

〔王熙凤上。

王熙凤　（唱）　交拜成礼安排好，
　　　　妙在"掉包"计一条。

　　　　紫鹃，姑娘好了没有？

紫　鹃　（哭泣地）二奶奶，你看她已昏过去了。

王熙凤　（无动于衷）姑娘久病，昏厥一时，不妨事。那边有紧
　　　　要事，你随我来。

紫　鹃　（祈求地）二奶奶！我不敢去。

王熙凤　（拉一把）紫鹃！你是个明白的孩子，前头有事用你，
　　　　你快去吧！姑娘这边我另外派人来照应。

紫　鹃　二奶奶，求你可怜可怜林姑娘吧！她时刻要叫我的，
　　　　我实在不能去。

王熙凤　（变色，严厉地）紫鹃！你敢不听话，随我走！

紫　鹃　（哭诉地）唉！我的二奶奶！
　　　　（唱）　姑娘一命如游丝，
　　　　　　　我要亲身来服侍；
　　　　　　　粉身碎骨任凭你，
　　　　　　　要想从命实难依。

王熙凤　（改口吻）紫鹃呀！
　　　　（唱）　紫鹃言语有道理，
　　　　　　　你的心事我明白；
　　　　　　　暂且随我前边去，
　　　　　　　姑娘一时不怎的。

紫　鹃　二奶奶！待姑娘断了气，我再去。

王熙凤　（想了想）这样吧！叫雪雁去。

雪　雁　叫我去？

王熙凤　唔！叫你去。

雪　雁　（取决于紫鹃）紫鹃姐姐。

紫　鹃　（无奈）你去吧！

雪　雁　可是林姑娘……

紫　鹃　姑娘有我,今天总不至于……

王熙凤　走吧!(拉雪雁下)

林黛玉　(微睁双眼)紫鹃!

紫　鹃　姑娘,你现在好一些了?

林黛玉　唔!好一些了,你扶我起来。

紫　鹃　姑娘,你怎么能起来?

林黛玉　不要紧,我要起来走走!(紫鹃有难色)怎么,你不肯
　　　　扶我?我自己起来。

紫　鹃　(无奈)姑娘!(扶黛玉起来)

　　　　〔黛玉至桌前取来未做完的香袋。

林黛玉　(自言自语)可惜这只香袋没有做完,也用不着做了。
　　　　(对紫鹃)紫鹃!你说这香袋做得好不好?

紫　鹃　(无奈)做得好!

林黛玉　真好?

紫　鹃　真好!(欲哭)

林黛玉　好,好!真好,你与我拿剪刀来。

紫　鹃　(犹疑地)剪刀,你要剪刀做什么?

林黛玉　不用问,你去拿来。

紫　鹃　是!(去拿剪刀)

林黛玉　(用力撕香袋撕不破)咳!我不成了。

紫　鹃　姑娘!剪刀到。

林黛玉　拿来!(用剪刀将香袋剪碎)哈哈哈……

紫　鹃　姑娘,你这是何苦?(紫鹃扶黛玉至火盆旁)

林黛玉　把我的诗稿拿来。(紫鹃取诗稿交黛玉)还有那块题
　　　　着字的手帕。

紫　鹃　姑娘!

林黛玉　快去拿来!

　　　　〔紫鹃无奈,入内取帕,黛玉将诗稿抛入火盆中,燃烧
　　　　着,紫鹃取帕上。

紫　鹃　姑娘,你怎么烧了诗稿?

林黛玉	拿来！（看了看手帕,又看了看火）
（念）	旧情今已休,
	见怕徒增愁;
	相思何日了,
	借火将恨收。（抛帕于火盆中）
紫 鹃	姑娘！（欲抢已来不及）
林黛玉	不要管,让它化灭,才干净！（发泄了胸中闷气,稍觉昏迷）紫鹃！我,我不成了……
紫 鹃	姑娘！你忍心把我紫鹃丢开！（哭不成声）
林黛玉	（一阵凄厉的哭声）哈哈哈……
	宝玉！宝玉！你……你好……（气绝身倒）
紫 鹃	（哭）姑娘！
（唱）	一见姑娘把命丧,
（喝场）	姑娘！我的姑娘呀！
（唱）	痛断紫鹃寸寸肠。
	这才是客居异乡无人望,
	尽是些笑面老虎狠心狼！
（扑向黛玉尸身）姑娘！

秦腔 红楼梦 HONGLOUMENG

第九场 洞 房

〔景:宝玉的洞房,红烛高烧,金壁辉煌。

〔幕启:内喊:"礼成,送入洞房",袭人扶宝玉,雪雁扶宝钗,在一片喜乐声中牵红上,贾母、王夫人、熙凤隐身窗外。

贾宝玉	（满心喜悦地）
（唱）	洞房内,听笙箫,
	怎不叫人喜眉梢;

〔雪雁扶宝钗坐床上。

贾宝玉　（唱）　欲上前,把情表,
　　　　　　　　羞羞答答怕人嘲。
　　　　　　　　脸儿烧,心儿跳,
　　　　　　　　偷眼我把妹妹瞧;
　　　　　　　　好容易,佳期到,
　　　　　　　　双宿双飞筑香巢。

　　　　（终难忍耐,跪近宝钗身旁）妹妹呀!

　　　　（唱）　花烛高烧喜气浓,
　　　　　　　　两情如愿堂前盟;
　　　　　　　　从此相依忘疾病,
　　　　　　　　从此不再泣残红。
　　　　　　　　你陪我书房把诗诵,
　　　　　　　　我伴你香闺描凤龙;
　　　　　　　　沧海桑田变不定,
　　　　　　　　相亲相爱乐无穷!

　　　　唉! 林妹妹,你怎么不说话? 啊! 是了,人家都说你
　　　　害羞! 你当真害起羞来,待我揭了红盖头,看你羞也
　　　　不羞! （欲揭又退缩）啊! 且慢! 我想,林妹妹性儿多
　　　　乖,逗恼了她,如何是好? （想了想）哈哈哈……今夕
　　　　何夕? 燕尔新婚,心同一理,何恼之有? 待我揭来!
　　　　（挑去盖头,宝钗急转过身去）怎么? 你不喜欢? （宝
　　　　钗叹了一声）我莫说林妹妹! 你感叹为何呀?

　　　　（唱）　良宵一刻值千金,
　　　　　　　　背身感叹是何因?
　　　　　　　　你怕我把那宝钗亲,
　　　　　　　　未免过份太多心。

薛宝钗　（低悲）宝兄弟。

贾宝玉　林妹妹,你说话了,你不怪我了! 妹妹! （手搭宝钗肩
　　　　上）

薛宝钗　（凄厉地）宝兄弟! 我! 我（回过头来）

贾宝玉　哦! ……你……你是何人啊? （倒退数步,惊呆状）

薛宝钗　我……天哪……（哇的一声哭,倒入床中）

贾宝玉　袭人姐姐！你说她是谁？

袭　人　是新娶的二奶奶！

贾宝玉　（有点糊涂）我莫非在梦中不成？

袭　人　不是梦？

贾宝玉　不是梦。（回头望见雪雁）雪雁！林姑娘呢？

雪　雁　（忍不住哭了）林姑娘！她……她……

贾宝玉　（逼问）姑娘怎么样？

雪　雁　林姑娘病得要死了！

贾宝玉　哎呀！（直向外奔）

　　　　（唱）　听罢言来心伤悲,

　　　　　　　　潇湘馆前去探妹妹。

　　　　〔贾母、王夫人、王熙凤迎上。

贾　母　宝玉！

　　　　（唱）　你离洞房何处去？

贾宝玉　（唱）　妹妹卧病太苦凄。

王夫人　（唱）　今乃大喜太淘气,

　　　　　　　　回去！

　　　　〔宝玉仍出走。

王熙凤　（唱）　老爷在外你仔细！

　　　　　　　　让他去吧！老爷的风头可不顺。

贾宝玉　（一怔,哭喊）林妹妹！

　　　　（唱）　一场欢喜一场梦,

　　　　　　　　恩爱霎时付东风;

　　　　　　　　你们欺我理欠通,

　　　　　　　　如同戏耍小儿童。

　　　　（扑贾母怀中恸哭）

贾　母　（抱宝玉,含泪抚慰）今天是你大喜的日子,你竟这样
　　　　真叫我心痛！

贾宝玉　（哭泣地）我倒不如死了好。

薛宝钗　（上前）你要死！你不能死！老太太一生只守你一个,

385

指望你成家立业,老爷和太太心血费尽,养了你一个儿子,指望你光耀门庭,承继家声,你死了,他们怎么办?就是林妹妹知道了,她也不会饶恕你的。

贾宝玉　（有点气愤,由贾母怀中站起）林妹妹! 她被你们害得快要死了。

王熙凤　我老实给你说,林妹妹已经亡故了。

贾宝玉　（如雷轰顶,直跳起来）林妹妹! 林妹妹!（不顾一切冲出,宝钗拉之不住,被摔倒在地）

众　　快追! 快追!（乱成一团）

第十场　玉　殒

〔景:潇湘馆,内设黛玉灵堂。

〔幕启:雪雁、紫鹃穿白带孝,跪灵堂前焚化纸钱,烛光明灭,万般凄凉。

贾宝玉　（内唱）花落人亡泪不尽,（急上）

孤雁哀鸣惊我心!

无限愁怨无限恨,

月色昏昏吊孤魂。

（哭）林妹妹!（进门,沉痛地）紫鹃!（紫鹃不应声）雪雁!（亦不应声）怎么,你们为何不理我呀?

〔紫鹃、雪雁回头狠狠看了宝玉一眼,仍不理。

贾宝玉　我知道你们恨我! 怨我呀!

（唱）　紫鹃雪雁休装哑,

听我把话说根芽;

哭灵到此心如扎,

双双不理愁更加。

檐前鹦鹉栖银架,

犹诵"葬花"泪如麻;

園景如初厌丧鸦，

伤心怕见断肠花。

与宝钗成亲原是假，

一时受骗少才华；

哭诉至此声嘶哑，

怜我肠断把言发。

紫鹃、雪雁！你们为何这样忍心？

紫　鹃　休怪我们忍心，只怪你太狠心了！

贾宝玉　我狠心？

紫　鹃　人都死了，你还不狠心么？

贾宝玉　是的！我太狠心了，我问你，妹妹临终的时候，她说了些什么？

紫　鹃　（冷淡地）人已死了，说也无益。

贾宝玉　（拉紫鹃）不！紫鹃，你说呀！（紫鹃脱身走，宝玉摇摇欲倒，紫鹃见状，急扶。）

紫　鹃　二爷，你何苦如此，我讲就是，你听了，可不要伤心呀！

（唱）　千言万语说不尽，

姑娘为你痛烂心；

自从潇湘闻噩讯，

鲜血口口汗淋淋。

昼夜相思把你问？

毁袋焚帕泪湿襟！

她临终呼你声声紧，

一口血一滴泪她……她断了魂。

贾宝玉　（唱）　听罢言来心如焚，

（喝场）妹妹！我的妹妹呀！

（唱）　宝玉做了负心人。

青香敬上你消恨，

我一死何能报知音。（焚化纸钱）

（滚白）我叫叫一声妹妹呀妹妹！

冤死的妹妹呀！想你我情投意合，肝胆相照，你在临

危之时,为何不让我一见?使我如今遗恨千古,追悔百世;偌大乾坤,攘攘熙熙,只丢我形单影只,孤雁哀鸣!哎!林妹妹!好不悔煞我了!

（唱）　手扶灵堂珠泪滚,
　　　　满腔冤苦诉亡魂;
　　　　想当年一见情意深,
　　　　如同旧识早生根。
　　　　忘不了盛夏坐花荫,
　　　　忘不了围炉共谈心。
　　　　忘不了潇湘把诗吟,
　　　　忘不了怡红论古今。
　　　　忘不了香袋情温存,
　　　　忘不了赠帕订终身。
　　　　你为我时常泪淋淋,
　　　　我为你痴呆失了神。
　　　　只说是今生结秦晋,
　　　　未料棒打鸳鸯分;
　　　　公侯门庭死气沉,
　　　　天涯飘泊离家门。

紫　鹃　雪雁!这大观园是女儿坟,林妹妹、晴雯、金钏,她们都死过了,为了不负林妹妹对我的一颗心,我要走了!

宝　玉　（哀乐急奏,宝玉乱发站立辽阔大地）

（唱）　恼恨金玉难回头,
　　　　又恨这公侯府门不自由;
　　　　打开这铁门枷锁向外走,
　　　　海阔天涯任我游。

紫　鹃
雪　雁　你到何处去?

贾宝玉　不用问,你们日后自会知道。

（望灵堂一眼,飞步下）

——剧　终

编 后 语

　　《西安秦腔剧本精编》是一项大型剧本编辑工程。它收录了新中国建立后西安市辖的易俗社、三意社、尚友社、五一剧团四大著名秦腔社团上自清末、下至二十一世纪初近百年来曾经上演于舞台的保存剧本，承载与呈现着古都西安百年的秦腔史。这样一个浩大的戏剧工程，在西安市近百年文化史上是前所未有的，受到各方面广泛关注。

　　编辑组建立之初，面对的是四个社团档案室中百年以来的千余本（包括本戏、小戏、折子戏）约三千万字的剧本手抄稿、油印稿、铅印稿。由于时间久远，其中不少已经含混不清，或章节凌乱、缺张少页、错误多出，有的甚至连作者、改编者姓名、演出单位、演出时间等都已寻找不见，工作量之大、难点之多可以想象。更由于此次编辑的范围，是以必须经过舞台演出的剧本为前提，因而正式进入工作后，许多需要认真解决的具体问题都凸现出来了：

　　一是不少剧目，虽然演出过，但真正的排练演出本却找不到了。在查访中，有些尚可落实，有些则因当事人已故，无觅踪迹，只好录用现存的文学本，以解决该剧目缺失的遗憾。

　　二是有些排练演出本虽然收集到了，却不完整。有的有头无尾，有的有尾无头；有的场次短缺，有的唱段缺失;有的页码残缺,前后无法衔接。这样,只能依靠编辑组人员及有关演职人员反复回忆,或造访老艺人和当事人回忆,不厌其烦,完成残本的拾遗补缺、充实完善工作。

三是一些秦腔名戏和看家戏,艺术魅力强,观众很喜爱,但在长期的演出中,为了适应当时的形势,往往同一个戏,在新中国建立前后、改革开放前后都有不同版本。这些剧目,由于受客观时势和执笔者思想认识的影响,不少改编本把原作中一些脍炙人口的名场段、名唱段给遗漏了,拿掉了。今天看来,这是历史、文化的失误。因为这些场段、唱段的不少地方既含有简明而丰富的历史知识,又有淳朴淳厚的人文教化,附丽以历代秦腔名家的倾情演唱,熏陶和感染过无数戏迷观众,不失为秦腔传统艺术的闪光点所在。因此,在对这类剧本的认定和选用中,编辑组抱着尊重、抢救、保护国家非物质文化遗产的态度和立场,通过鉴别,更多地向传统倾斜,把该恢复、该补救的名场、名段都做了尽可能完善的恢复与补救。

四是曾经有一些在西安舞台上演过的老秦腔传统本,被兄弟剧种看好,拿去改编、移植成他们的优秀剧目。之后,这些剧本又被秦腔的剧作家再度移植、改编过来,在西安舞台上演。对这类本子,在找不到秦腔演出本的情况下,经过审定,也都作了收录,成为"出口转内销"的好本子。

五是有些保存本,当年演出、出版风靡一时,并有作者、改编者的署名。由于岁月的磨洗,演出本还在,而作者的名字则记忆模糊甚至不见了。为了尊重他们的劳动，还其以神圣的著作权，编辑组翻查了大量档案资料，终于使一些剧本的作者署名得以落实。

六是由于秦腔是大西北最有代表性的地方剧种，剧本中普遍存在大量的方言俚语、民俗风情，鲜明地体现着秦腔的地方戏色彩。但同时也因为作者和所写的题材来自不同方域，用字、用词、用语存在很多错、别和不规范、不统一的现象。此次编校，通过讨论、争议、比对、考证，尽可能地做到了规范和统一。

除此之外，还涉及到很多剧本在主题思想、故事情节以及版本、人物、时间、场景、舞台指示、板腔设置、动作、细节、念白、唱段、字词句、标点等许多大大小小的问题，需要进行有效地疏、改、勘、正工作。编辑组通过连续数月的辛勤工作，终于以艰苦的劳动征服了这座巨山。

参加本次编辑的专家平均年龄已 68 岁，每天要审校、修订三四万文字。为了提高工作效率，针对剧本的体裁特点，编辑组分为几个小组，采用读听结合、交叉审校的方法，尽可能精准地还原出作品的原貌，包括每场戏、每段唱词、每句念白、原作者、改编者、移植整理者、剧情简介、上演剧团、上演时间等等。为了争取进度，经常夜间加班，并放弃每周末和节假日的休息。为了保证质量，不时地对一些重要问题进行学术研究、学术的争执和判定，往往到深夜。其中有关秦腔的历史问题，有关一些现代戏的剧本入围标准问题，有关早期的秦昆相杂剧本的入选问题，甚至有的传统剧目中某个主要人物姓名中

秦腔
编后语
BIANHOUYU

的用字问题等，时常反复探讨。对较重大的，必须查明出处；对较具体的，则进行细心考证，直到水落石出。由于整个编校工作沉浸在不间断的学术气氛中，使编辑的过程，争议的过程，同时也是很好的互相学习的过程。特别是在阅编早中期一批秦腔剧作家的作品时，大家不禁为老先生们深厚的学识、精美的辞章和高超的艺术而叹服，更加体会到手中工作的重要性，更加珍惜此次机遇，从而加深了编辑组同志之间的学术友谊，提升了整体工作的水准。他们高昂执着的工作热情、认真负责的工作态度、严谨科学的工作作风、主动忘我的工作干劲，令人十分感动。

为了支持这项工程，不少老艺术家捐赠、捐用了自己多年的秦腔珍藏本、稀缺本、手抄本。有的老艺术家、老剧作家的家属、后代闻讯后主动从家里搜寻出原创作、演出剧本，送到编辑组工作驻地。全体编务人员，为了及时、保质、保量地做好业务供应工作和全组人员的生活安排，积极配合跑资料、查档案、复印剧本，忙前忙后，不遗余力。当他们听到几年前三意社在改革并团时尚遗存有部分资料档案后，便及时赶到原五一剧团档案室，从蛛网尘埃中翻寻到了七八十部老三意社的手抄本和油印本。上世纪五六十年代西安四大社团演出过很多好戏，有些戏直到现在还在乡间和外地热演，但由于政治气候、人事变更、内外搬迁等原因，造成原剧本遗失。后经有关方面帮助支持，从西安市艺术研究所找到了一批久已告别西安城内秦腔舞台、面目似已陌生的优秀剧目铅印、油印本，使剧本的编辑工作更加充实和完善。

这里，有几个问题需要予以说明。一是这套大型剧本集以西安易俗社、三意社、尚友社、五一剧团四个社团演出剧目为基础收集本子；四个社团均演出的同一剧本，只收集演出较早的本子，其他演出单位仅在书中予以署名；有原创作本、传统本的，一般不收录改编本，但个别两者都有历史、文化与研究价值的，可同时收录；除个别名折戏和进京、出国演出剧目外，凡有本戏的，原则上不再收折戏。二是为了突出"西安秦腔"的主题特色，经反复研究，决定按易俗社、三意社、尚友社、五一剧团四大块进行编排；在四大块中，又按传统戏、新编历史戏、现代戏三大类的历史顺序编目。三是从历史上看，秦腔不少优秀剧目被兄弟剧种搬演，很受欢迎，并成为兄弟剧种的保留剧目；同时，西安的秦腔也改编移植了兄弟剧种的不少成功剧本，丰富了西安秦腔舞台的演出剧目，满足了观众的欣赏需求，有些也成为各社团的保留剧目，因此，经过选择也都收录进来了。四是诞生于"文革"中的剧本，是一个历史现实，根据相关规定，经专家仔细甄别，有选择地收录；对有严重政治问题的不予收录；对确有一定保留价值而有涉版权纠纷的作为内部资料收录。五是有些优秀剧目由于年代久远、社团分合等历史原因，已无法搜集到剧本，只能成为遗憾了，待以后有下落时再版增补。

对眼前这套凝聚着众多领导、专家、艺术家、工作人员、技术人员、服务人员心血和辛勤汗水的《西安秦腔剧本精编》，编委会满怀感激之情向大家表示深切致谢！向关心、支持此项工程的西北五省(区)、市文艺界相关单位、专家学者及戏迷朋友表示诚挚的谢意！这套秦腔剧本集的出版是值得引以自豪的,它可以无愧地面对三秦大地,面对古都西安的故人、今人和后人！让我们不断总结经验,继续探索,与时俱进,努力为西安秦腔的发展繁荣做出新的贡献！

《西安秦腔剧本精编》编辑委员会

2011 年 9 月 14 日